全新譯校 經典新版世界名著 29

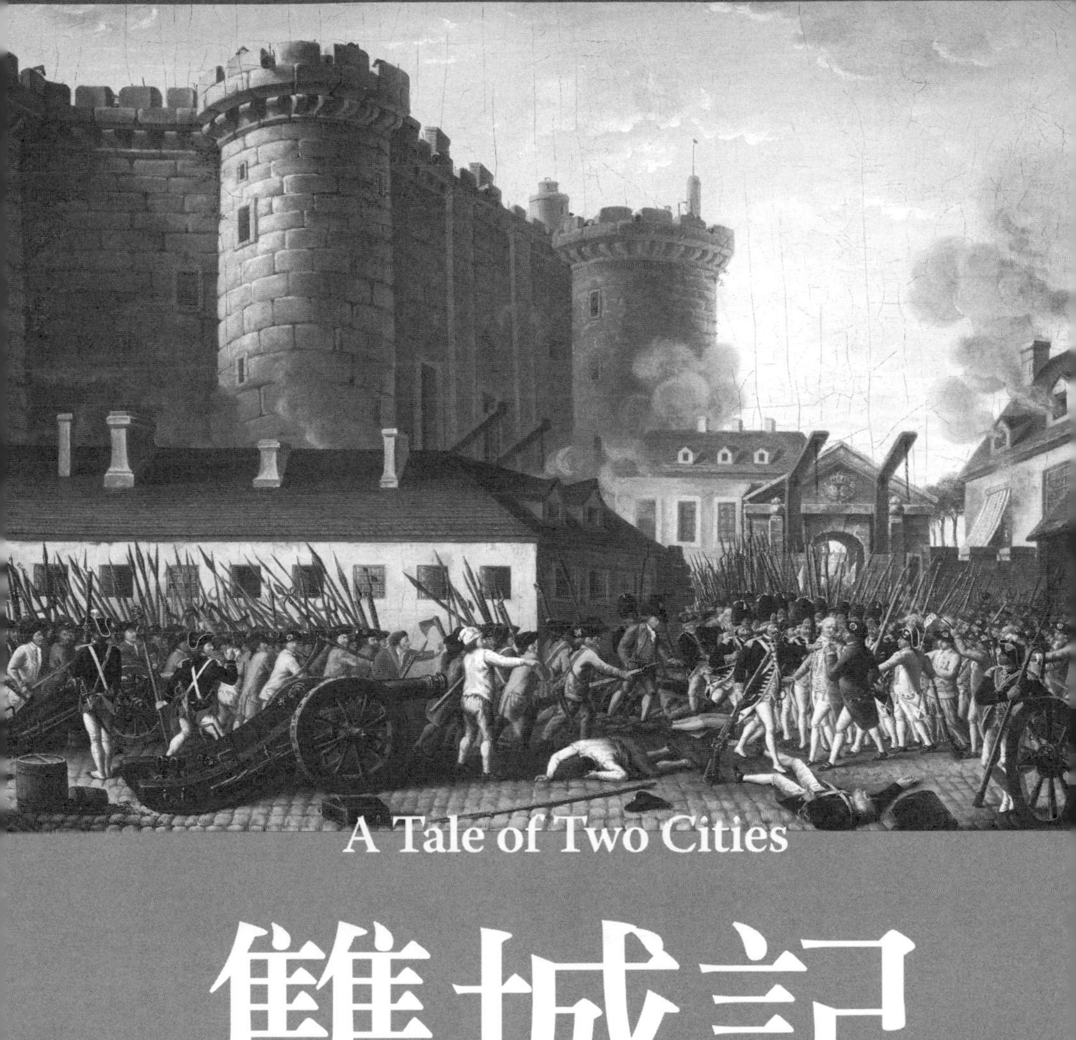

A Tale of Two Cities

雙城記

〔英〕狄更斯 著

宋兆霖 譯

【選書推薦】

豐富現代人心靈的饗宴

——「風雲時代」推出的文學經典名著

南方朔

多年來，我一直鼓吹要讀經典，尤其是文學經典。

因爲，經典之所以爲經典，乃是它濃縮著傑出作者的心靈、智慧與識見，可以讓人在閱讀裡深度反芻，並呼喚出每個人內心裡更優質的成份。經典是我們心靈的饗宴與邂逅，它永遠會讓人豐收。

文學經典的閱讀樂趣

正因爲經典重要，因而它一路相望，早已成爲每個國族、甚或全世界的文化傳承。在西方，愈是頂級的大學學府，就愈重視經典閱讀的課程安排，目的即是要讓未來的菁英階層，不只具有專業的知識技能，更要有「全人」（Universal Man）的格局和品質。由美國常春藤盟校所開列出來的經典書單，實在值得我們借鏡，做爲我們改革通識教育的參考。

因此，對經典的親炙與閱覽，不只是狹義的閱讀行爲而已，更應該是人格養成的一種教育和社會行爲。有遠見的出版人、編輯人不妨透過經典的濃縮重編，讓人們在生命成長的任何一個階段，都可略窺其堂奧，而後循序漸進，由親切怡人的經典，而走向博大深邃的著作，享盡閱讀的樂趣，並在閱讀中見證心靈的成長。

使人「重新發展愛情」

況且，閱讀文學經典、世界名著，還能滋潤現代人的心靈，使人對愛情與人性重新有一番體悟。

用「重新發展愛情」來說現在人們的心靈處境，真是再也貼切不過了。近代的人際關係早已發生鉅變，其中最大的變化即是性別間不再有任何的神秘，於是愛情與性的非崇高化遂成了一種新的難局。當愛情不再神秘，一切的愛情也就勢不可免的成爲精打細算的操縱遊戲。人們不再相信人際關係的持久性，而彷彿刺蝟般，無論太近或太遠都覺得不對勁。刺蝟般的愛情使得它遠離親密而更像是戰爭。古代那漫長但又充滿滋味的愛情過程早已消失。當愛情與性更加唾手可得，它的折舊與翻臉也就更加快速。愛情愈來愈像是商品的週期，也更加像吃興奮劑一樣在亢奮和低潮間震盪。

這就是愛情難局之所在，它使許多人將愛情與性分開，也讓許多人愈來愈逃避感情。當身體的接觸已不再是愛情的憑證，愛情的立腳點遂更加脆弱可疑。現在的世界上已難想像偉人的戀情，反倒常見各種愛情上的怨偶與悍夫悍婦不斷出現。愛情有時候竟然會變成「致命的吸引力」！

打開生命的窗子

因此，今日的愛情已漸漸失掉了它的位置。當古老愛情的神話瓦解，愛情世界上的善男信女就注定要在愛情戰爭裡擔驚受怕。愛情的起源是自戀，而後在自戀中打開生命的窗子；而今日的愛情則是人在自戀裡將自己關閉，並讓愛情遊戲更像是座叢林。情慾奔騰而愛情寂寥，失掉位置的愛情必須被「重新發明」，必須藉著不斷的驚喜和共感來維繫它易滅的燭焰。在這個愛情被急切渴望的時代，但願愛情真的能帶給人平安，而非怨懟與騷亂。

而「重新發明」愛情的最佳途徑，在我看來，就是隨時抽時間，閱讀自己喜歡、且已獲公認的文學經典！

選書以親切怡人爲主

在台灣，經典名著的閱讀有著固定的需求，一代代的少年和青年，都以熱切的願望進入這個領域，因此，許多西方的文學經典名著，早已有了許多不同的版本。而今，好朋友「風雲時代出版公司」也開始走進這個領域，開始出版西方文學名著。由第一批廿本名著的書目，可以看出它由於剛開始，因而選書以親切怡人、適於年青人閱讀者爲主。這批書目涵托了《雙城記》、《月亮寶石》、《格列佛遊記》、《魯濱遜漂流記》、《騎鵝歷險記》、《綠野仙蹤》、《簡愛》、《咆哮山莊》、《小王子、灰姑娘》、《小婦人》、《達・文西寓言》、《愛麗絲夢遊仙境》、《金銀島》、《狐》、《最後一課》、《少年維特的煩惱》、《吹牛大王歷險記》、《最後的莫希干人》、《間諜》、《快樂王子》。書目裡，雖然有些早已膾炙人口，但也有多本，如《月亮寶石》、《騎鵝歷險記》、《吹牛大王歷險記》、《最後的莫希干人》、《間諜》、《快樂王子》等，似乎仍是首譯，可以彌補台灣在文學名著翻譯上始終有所缺漏的遺憾。

我一向認爲出版業能關心名著經典，是一種功德。出版名著經典，乃是標準的「薄利事業」，經營維艱，但它卻是在文化這個領域撒佈可供後來者繼續成長的土壤。而除了經營艱難外，出版名著經典，也是極大的考驗。名著經典浩若瀚海，深淺繁易之間也等級極多，因而出版者需長期耕耘，鍥而不捨，始能規模逐漸完整。「風雲時代」的這套廿本，只是個開始，衷心期望更多個廿本，能相繼出現。

我讀過，我又讀了

近代義大利名作家卡爾維諾（Italo Calvino）曾經說過：經典名著乃是那種人們不會說「我讀過」，而是說「我又讀了」的著作。名著之所以為經典，乃是它的高稠密度和內含的巨大信息量。因而，每次去讀它，都會讀出新的東西、新的精神。經典名著乃是一口鐘，當人們輕輕的敲，它就回報以小小的聲音；當人們用力的敲，它就用大聲來回應。經典名著從不吝惜給與，而是要看人們如何對它提出索求。

因此，讓我們泡杯好茶，弄一個舒適自在的位子，坐下，拿起書，走進那個歷代傑出作家所建造出來的經典世界吧！

【專文導讀】

一個復活的年代

宋兆霖

狄更斯是十九世紀英國最偉大的作家，他在自己的作品中，以高超的藝術手法，描繪了包羅萬象的社會圖景，塑造出眾多令人難忘的人物形象。他的三十多年的創作生涯，爲英國文學和世界文學作出了卓越的貢獻，他的代表作《雙城記》，一百多年來，在全世界盛行不衰，一直深受廣大讀者的歡迎。

最受大衆歡迎的作家

查爾斯・狄更斯於一八一二年二月七日，出生於朴次茅斯市郊的波特西地區，一八一四年，全家遷居倫敦。狄更斯十二歲便被迫輟學獨立謀生，他只上過四年學，主要靠自學獲得廣博的知識和文學素養。

一八三三年，二十一歲的狄更斯懷著忐忑不安的心情，把他的第一篇以「博茲」署名的隨筆《明斯先生和他的表弟》投進了信箱，結果一舉成功，在同年的《月刊》十二期發表。此後，他的作品不斷刊出，到一八三六年二月，結集成兩卷本的《博茲特寫集》問世，其中有隨筆、特寫，也有短篇小說。

同年三月，他的第一部長篇小說《匹克威克外傳》開始在雜誌上連載，這部小說使他一舉成為最受大眾歡迎的作家，從此走上文學創作的道路，直至登上英國文學以至世界文學的峰巔。

他一生勤奮，除刻苦寫作外，還編輯雜誌、組織劇團演出、登臺朗讀自己的作品等等。繁重的勞動，家庭和社會上的煩惱，以及對改革現實的失望，損害了他的身心健康。一八七〇年六月九日，正在寫作長篇小說《德魯德之謎》的狄更斯，因腦溢血猝然離世。六月十四日，他被安葬於倫敦威斯敏斯特教堂的「詩人之角」。

人道主義的社會寫實者

狄更斯在自己的三十多年創作生涯中，寫了十五部長篇小說（其中《德魯德之謎》未完成），許多中短篇小說以及隨筆、遊記、時評、戲劇、詩歌等。他是一位以反映現實生活見長的作家，他的作品一貫表現出揭露和批判的鋒芒，貫徹他懲惡揚善的人道主義精神，但從他的創作思想和藝術風格看，顯然有一個變化發展、豐富完善的過程。

他的前期作品，如《匹克威克外傳》、《奧利佛・特威斯特》、《尼古拉斯・尼克爾貝》、《老古玩店》、《巴納比・拉奇》等，觸及社會都較膚淺，只是對貧富懸殊、道德墮落、摧殘婦女兒童等社會不公和不良現象，進行溫和的批判和善意的嘲諷，作品洋溢著充滿幻想的樂觀情緒，受苦的「小人物」最終往往贏得「仁愛」的有錢人的庇護，找到了幸福生活。而且均採用流浪漢小說的形式，結構顯得鬆散冗長，有的完全是以主要人物串聯起來的短篇故事。

狄更斯寫於十九世紀四十年代的中期作品，和前期作品相比，創作思想顯然有了變化，隨著他對社會認識的加深，樂觀的幻想已基本破除，「仁愛」的有錢人已不復多見，流浪漢小說的形式已被基本拋棄，這一時期的藝術特點，是通過辛辣的諷刺和誇張手法，較深地揭示人物的本質和時代的特色。作品有《馬丁・朱述爾維特》、《董貝父子》以及《聖誕頌歌》等。

十九世紀五六十年代是狄更斯創作的後期，在這個時期內，特別是五十年代前後和六十年代上半葉，他的創作成就達到了頂峰，他的思想上最深刻、藝術上最完整的作品，都是在這十多年中完成的。他先後寫了《大衛・考伯菲爾》、《荒涼山莊》、《艱難時世》、《小杜麗》、《雙城記》、《遠大前程》、《我們共同的朋友》等著名長篇，和未及完成的《德魯德之謎》。

狄更斯後期作品的題材範圍，達到了前所未有的廣度和深度，全面地揭示了英國的社會面貌：議會政治的黑暗、統治機構的昏聵、金錢社會的罪惡、人民大眾的貧窮。作品中樂觀主義精神已被嚴肅、沉重、苦悶的心情和強烈的憤怒所代替，幽默和諷刺逐漸減少，感傷和象徵相應增加，結構更加緊密，戲劇性有所加強。總之，這一時期的創作，使狄更斯成爲世界文壇最偉大的作家之一，使他的作品在世界各地得以長盛不衰。

愛與恨交織的時代

《雙城記》是狄更斯最重要的代表作之一，在他的全部創作中佔據著特殊的地位。它自問世以來，就深受讀者的歡迎，能與《大衛・考伯菲爾》相媲美。

可是，《雙城記》在評論界也是一部頗多爭議的作品。有人說它歪曲了歷史，醜化了封建貴族，另外也有人說，它醜化了革命人民。

有關這些爭論，讓我們先對《雙城記》的創作動機、創作目的和創作經過作一番考察，也許不無好處。

根據作者在本書的序言中所說，作者是在和他的孩子、朋友們一起演出柯林斯的劇本《冰海深處》時，開始有這個故事的主要構想的。《冰海深處》的主角，是一個被所愛的姑娘拋棄後，在北極探險時，爲拯救情敵而犧牲自己的青年。這種高尚的品德，完全符合狄更斯用來評價一個人的最高標準，是捨己爲人的典範和楷模。因而按作者原來的計畫，他的這部未來的小說的主角，也是一個犧牲自己生命去拯救情敵的青年。所以作者在一八五九年動筆前的兩三年，就開始構思卡頓的形象，這是最初的打算。

可是，也就在這一時期，作者進一步看到當時的英國社會矛盾日趨尖銳，克里米亞戰爭之後的經濟蕭條和寡頭政治的腐敗無能，三起三落的憲章運動以及歐洲大陸各國的革命運動，這種一觸即發的形勢使他憂心忡忡，覺得這和法國大革命前夜的形勢頗爲相似，擔心法國大革命會在英國重演。

有感於此，他決心在自己的作品中提出警告。於是，這也就同時成了《雙城記》的一個主題。他想通過這部小說來宣揚自己的人道主義理想，對當權者和廣大公眾提出雙重警告，用一個故事來對自己同時代的當權者和公眾呼籲，暴政會引起暴力，危機近在旦夕，人人都應慈悲爲懷，流血只能造成更多的流血，仇仇相報無有已時，只有仁愛之心才能挽救浩劫。

至於有人說，作者在本書中歪曲了歷史，醜化了封建貴族，事實並不盡然。許多情節，如使馬奈特醫生含冤入獄的空白逮捕令，法國人民的悲慘生活，攻佔巴士底獄等等，均有史記載，決非杜撰；雅各賓專政時期的一些過火行動，也都確有其事。如果說本書中對暴政和暴力的描寫均有失實之處，那恐怕是爲了雙重警告而作的藝術誇張吧！

狄更斯的小說，特別是前期作品，一般都比較鬆散冗長，《雙城記》在結構上，可說是最嚴密完整的一部，沒有多少與主題無關的繁枝雜葉。從情節看，雖然錯綜複雜，富有戲劇性，表現了冤獄、愛情和復仇的主題，但基本上，是在法國大革命的背景下，圍繞著馬奈特醫生一家和以德發日夫婦爲首的聖安東尼區展開的。主要表現愛與行善，反映恨與復仇。通過愛恨交鋒，善惡搏鬥，最後如作者所說，「愛總能戰勝恨」，「惡往往都是曇花一現，都要和作惡者一同滅亡，而善則永世長存」，達到作者一貫主張的懲惡揚善的創作意圖。

從藝術技巧看，狄更斯在本書中全面地運用了象徵、寓意、嘲諷、誇張、對比、重複等等手法。書中用了較多懸念和伏筆，既是故事發展的需要，也是爲了使情節更加曲折離奇，增加讀者的閱讀興趣。

狄更斯是一位語言大師，他的語言豐富多彩，明晰生動，無論寫人寫景寫事，都運用得恰到好處，本書中精彩的地方比比皆是。

《雙城記》發表至今已有一百四十多年，儘管由於價值標準和審美情趣的不同，在評論界有所爭議，但它仍被公認是狄更斯的一部代表作，深受全世界廣大讀者的歡迎。這一切都說明，《雙城記》的價值是不能否定的。

目錄
CONTENTS

第一卷　復活

1 時代

那是最美好的時代，那是最糟糕的時代；那是個睿智的年月，那是個蒙昧的年月；那是信心百倍的時期，那是疑慮重重的時期；那是陽光普照的季節，那是黑暗籠罩的季節；那是充滿希望的春天，那是讓人絕望的冬天；我們面前無所不有，我們面前一無所有；我們大家都在直升天堂，我們大家都在直下地獄——簡而言之，那個時代和當今這個時代是如此相似，因而一些吵嚷不休的權威們也堅持認爲，不管它是好是壞，都只能用「最……」來評價它。

當時，英國的王位上坐的是一位大下巴的國王和一位容貌平常的王后①；法國的王位上坐的是一位大下巴的國王和一位容貌姣好的王后②。在這兩個國家那些坐食俸祿的權貴們心中，有一點比水晶還要明澈，那就是大局已定，江山永固了。

那是我主耶穌降生後的一千七百七十五年。在那上天恩寵的幸福年代，英國正如當今一樣，非常信奉神的啓示。索斯科特太太③剛剛過了她的二十五歲大壽，禁衛軍中一個未卜先知的士兵，早已預言她這位聖靈將降臨人間，宣稱諸事已安排就緒，倫敦和威斯敏斯特④即將遭受滅頂之災。

公雞巷的鬼魂用叩擊聲宣洩天機後被祓除⑤，也只過去十二個年頭，而在剛過去的這一年中，又有精靈鬼怪用叩擊聲來宣洩天機了（驚人的毫無新穎之處）。不過，也有一些世俗事件的消息，來自美洲大陸英國臣民的一次會議⑥，最近傳到了英國朝野。說來也怪，這些消息對於人類，要比公雞巷裡孵出的任何一隻小雞宣洩的天機重要得多。

總的說來，法國不如她那位一手持盾、一手執三叉戟的姊妹⑦那麼熱衷於鬼神。可她濫發紙幣，揮霍無度，暢通無阻地走著下坡路。此外，她還在那些基督教牧師的指導下，以施行種種德政爲樂，諸如剁去一個青年人的雙手，用鉗子拔掉他的舌頭，然後把他活活燒死，只因她看見五六十碼外，有一行滿身齷齪的修道士走過，卻沒有在雨中跪下向他們行禮致敬。

很有可能，在那個受難者被處決之時，長在法國和挪威森林中的一些樹木，已被伐木人——命運之神做上標記，準備砍倒鋸成木板，做成一種裝有口袋和刀斧，在歷史上曾令人膽戰心驚的活動裝置⑧。很有可能，就在那一天，在巴黎近郊種著幾畝薄田的莊稼漢的簡陋外屋裡，也正停著幾輛製作粗糙的大車，在那兒躲風避雨，車子被濺滿污泥，豬在周圍拱嗅，家禽在上面棲息，這就是那個莊稼漢——死神留著用作大革命時押送死囚的囚車。可是那伐木人和莊稼漢，雖然不停地在幹活，卻默默無聲，連走起路來都躡手躡腳，誰也聽不見他們的腳步聲。由於對膽敢懷疑他們並已覺醒的人，都要加上不信神明和有意謀叛的罪名，情況就更加如此了。

在英國，幾乎沒有多少可供國人誇耀的秩序與安寧了。每天晚上，堂堂的京城都有明火執仗的盜竊和攔路搶劫的案件發生。各家各戶都公開得到告誡：離家出城，須將家具送到家具行倉庫保管。黑夜攔路搶劫的強盜，乃是白天市區經商的買賣人，若是在當強盜時，被同行的生意人認出，受到指責，就豪爽地給他的腦袋送上一槍，然後逃之夭夭；七個強盜攔劫郵車，被押車的警衛打死三個，接著，「由於彈藥用盡」，警衛又被餘下那四個強盜打死，之後，郵車被太太平平地洗劫一空；堂堂的倫敦市市長大人，也在特恩海姆公園被一個強盜攔劫，當著他全體扈從的面，這位顯赫人物被搶了個精光；倫敦監獄裡的犯人和看守發生毆鬥，司法當局就用裝有實彈的大口徑短槍，朝他們一陣亂放；小偷在王宮的召見廳裡剪走王公大臣脖子上的鑽石十字架；武裝士兵到聖賈爾斯區⑨搜查私貨，亂民向士兵射擊，士兵也向亂民開火，誰也不認爲這類事越乎常軌。

在處理這些事件中，屢屢動用劊子手，儘管徒勞而有害，但仍照用不誤。一忽兒，絞殺幾大串各色各樣的罪犯；一忽兒，星期六吊死一個在星期二捕獲的盜賊；一忽兒，在新門監獄⑩燒死成打剛抓到的人；一忽兒，又在威斯敏斯特大廈⑪門前焚燒小冊子；今天處決一個罪大惡極的殺人犯，明天又處決一名偷了農家孩子六便士的可憐巴巴的小偷。

所有這些事情，以及許許多多類似的事情，都發生在那令人難忘的已成過去的一千七百七十五年，以及臨近這一年的時候。就在那兩個大下巴的男人和那兩個容貌平常與容貌姣好的女子忙於這些事情，熱衷於用高壓手段來維持他們的神聖權力時，那伐木人與莊稼漢也在神不知鬼不覺地操勞著。公元一千七百七十五年，就這樣引領著這些赫赫人主和芸芸小民——其中包括本書所要記述的人物——沿著展現在他們面前的條條道路，向前走去。

①指英王喬治三世及其王后夏洛特．蘇菲亞。

②指法王路易十六及其王后瑪麗．安托瓦內特。

③即喬安娜．索斯科特（1750～1814），自稱是《聖經．新約．啓示錄》十二章中那個「身披日頭、腳踏月亮、頭戴十二星冠冕」的婦人，能知未來禍福，自成一教派，直至二十世紀初尚有影響。

④按當時英國行政區劃分，威斯敏斯特為倫敦以西另一城市，現為倫敦市一行政區。

⑤指發生在倫敦公雞巷三十三號的轟動一時的一件詐騙案。一個名叫威廉．帕森斯的人，詭稱該宅中每夜有鬼魂發出叩擊之聲，預告人間禍福。一七六二年騙局被拆穿，原來是他指使女兒所為，此人被處以枷刑。

⑥指一七七四年九月在費城召開的第一屆大陸會議。

⑦相傳希臘神話中的海神一手持盾，一手執三叉戟。英國以此為其國家紋章，表示稱霸海上。

⑧指法國大革命時發明的斷頭臺。

⑨倫敦一貧民區。

⑩倫敦一著名監獄。

⑪倫敦古建築，當時英國高等法院所在地。

2 郵車

十一月下旬一個星期五①的晚上，我們這個故事裡的第一個出場人物，正行進在多佛②大道上。當那輛多佛郵車費力地往射手山③上爬去時，對他來說，大道就在郵車前面，一直通向遠方。他和別的乘客一樣，跟在郵車旁邊，在泥濘中徒步上山。

除了我們那位乘客之外，還有兩位乘客也跟在郵車旁，吃力地往山上爬著。三個人都裹得嚴嚴實實的，連顴骨和耳朵都沒入衣帽之中，他們的腳上穿著過膝的長統靴。三個人中，誰也沒法根據眼前所見，說出另兩人的相貌；人人都裹得這般嚴實，不僅躲開了同伴的肉眼，也躲開了他們的心眼。那年月，行路人萍水相逢，全都互存戒心，不輕易相信人，因爲路上遇到的人，說不定就是一個強盜，或者是和強盜有勾結的人。

多佛郵車和往常一樣「友好親切」，警衛懷疑乘客，乘客既互相懷疑，也懷疑警衛，大家都懷疑別人。馬車伕則除了那幾匹馬之外，甚麼也不相信；至於那幾匹牲口，他可以把手按在《新舊約全書》上憑良心起誓：這樣的跋涉，牠們是怎麼也吃不消的。

「得——駕！」車伕吆喝著：「好，好！再使把勁就到山頂啦！該死的，把你們弄上來真夠嗆！——喬！」

「啊！」警衛回答了一聲。

「你看現在幾點了，喬？」

「足有十一點十分了吧。」

「天哪！」車伕煩躁地叫了起來，「到現在還沒爬上射手山！駕！駕！走，走呀！」最後的這陣衝刺，終於把郵車拖上了山頂。馬匹又停下來喘氣，警衛也下車來扳好制輪閘，準備下山。他打開車門，讓乘客上車。

「噓！喬！」車伕以警告的語氣叫了起來，從自己的車座上往下瞧。

「你說甚麼，湯姆？」

兩人都側耳傾聽。

「我說，有匹馬小跑著上來了，喬。」

「我說有匹馬在飛跑，湯姆。」警衛回答了一聲，鬆開握著車門的手，敏捷地登上自己的位子，「先生們！以國王的名義，全體注意！」

他匆匆下了這道命令，就扳起那支大口徑短槍的擊鐵，做好射擊準備。

狂奔的馬蹄聲很快就傳上山來。

「誰？」警衛扯開嗓門大聲喝道，「喂，站住！我要開槍了！」

有節奏的馬蹄聲突然中斷了，隨著踩踏泥淖和泥漿濺潑的聲響，濃霧中傳來一個人的喊叫：「這是多佛郵車麼？」

「這關你甚麼事！」警衛反駁說，「你是甚麼人？」

「這是不是多佛郵車？」

「你打聽這個幹什麼？」

「如果是多佛郵車，我要找一位乘客。」

「哪個乘客？」

「賈維斯・洛瑞先生。」

我們講到的那位乘客立即表示，他就叫賈維斯・洛瑞。警衛、車伕，還有另外兩個乘客，都滿腹狐疑地看著他。

「站在原地別動，」警衛對著霧中的那個聲音喊道，「因爲我要是一失手，你這輩子就沒救了。姓洛瑞的先生直接答話吧。」

「有什麼事？」那乘客用有點發抖的聲音問道，「誰找我？是傑里嗎？」

「是的，洛瑞先生。」

「有什麼事？」

「台爾森銀行給您送來一份急件。」

「我認識這個送信的，警衛。」洛瑞先生說著，走下踏板跨到地上。

一匹馬和一個騎馬人的身影，從打著旋的霧氣中慢慢走過來，一直走到郵車旁那位乘客站著的地方。騎馬人俯下身來，朝警衛瞥了一眼，把一小方折疊著的紙，遞給那位乘客。

他藉著一邊的車燈燈光打開信，看了起來——開始是默讀，隨後就大聲唸了出來：「『在多佛等著小姐。』你看，警衛，這信不長。傑里，你就說我的回覆是：『復活』。」

傑里在馬上不由一驚④，「這還真是個怪得出奇的回覆。」他用極其粗啞的聲音說。

「把這個口信帶回去，他們就知道我已經收到這封信了，跟我的親筆回信一樣。要盡快趕回去，再見。」

獨自被留在濃霧和黑暗中的傑里，這時已翻身下馬，不僅爲了讓他那匹精疲力竭的馬輕鬆一下，同時，也爲了擦掉自己臉上的污泥，抖掉帽沿裡的積水，那裡面的水恐怕已積了快半加侖了。他把轠繩挽在濺滿泥漿的胳膊上，直到聽不見郵車車輪的轔轔聲，黑夜重歸寂靜，才牽馬轉身朝山下走去。

「從聖堂柵欄⑤一路跑到這兒，老太太，我可信不過妳那對前腿了，還是到了平地再上吧。」粗聲嘎氣的送信人說著，朝他那匹母馬瞥了一眼，「『復活』，這真是個怪得出奇的口信。這對你可不利啊，傑里！我說，傑里！要是復活就這麼時興起來，你可就倒了八輩子的楣了，傑里！」

①西方習俗認為星期五不吉利，因耶穌在星期五被其門徒猶大出賣。
②英國東南肯特郡一海港，去法國多由此處登船過海峽。
③倫敦東南約八英里處的一座山。
④因為傑里暗中搞盜屍勾當，而盜屍者稱「復活人」。
⑤指當時倫敦城的西門。

3 夜影

「不成，傑里，不成！」信差騎在馬上，一路嘮叨著，「這對你不利，傑里。傑里，你是個本分的生意人，這對你的工作可不利啊！復活——！他要不是喝醉了，那才怪哩！」

他捎的那個口信使他百思不得其解，他三番五次摘下帽子來直搔頭皮。除了頂上一塊禿得高低不平外，他的頭上長滿又硬又黑的頭髮，向上豎著的參差不齊，向下掛著的幾乎垂到又肥又大的鼻子上。他的頭髮就像是鐵匠做的活兒，根本不像一頭頭髮，更像是牢牢釘在牆頂的鐵蒺藜，就連跳背遊戲①的能手，也會望而卻步，把他看成世界上最危險的人，不敢從他身上跳過。

信差加鞭催馬往回趕路，要把這口信捎給聖堂柵欄旁台爾森銀行門房裡的值夜人，再由他傳給裡面更有權的管事人。由於這口信，他只覺得黑夜裡幻影幢幢，那母馬，由於牠自己的不自在，眼前也出現了種種幻影。一路上，幻影似乎還不少，每碰上一個，牠就驚得向後一退。

這時候，郵車正載著那三個彼此莫測高深的同伴，搖搖晃晃、顛顛簸簸、吱吱嘎嘎、跌跌撞撞地行進在單調乏味的旅途上。三位旅客睡眼惺忪，神思恍惚，眼前也出現了種種夜間的幻影。

郵車裡，浮現出台爾森銀行一片繁忙景象。那位在銀行工作的旅客——他一隻胳膊套在皮圈裡，以免在馬車顛簸得特別厲害時和旁邊的乘客相撞，因而被擠到角落裡去——正半閉著眼在座位上打盹。那些小小的車窗，從車窗照進來昏暗的車燈燈光，還有對座乘客臃腫的身形，全都變成了銀行，而且正在做一筆大生意。

可是，雖說他眼前幾乎一直浮現出那銀行的情景，雖說他始終坐在郵車裡（暈暈乎乎，像服了麻醉劑一樣），卻還有另外一種思緒整夜纏繞著他。他正要前去把一個人從墳墓中挖出來。

在他眼前浮現出來的眾多面孔中，到底哪一張是那個被埋的人的真面目，他無法從那些夜間的幻影中認出。不過，他們全是一個年紀四十五歲左右男人的面孔，主要的區別在於他們的表情，以及憔悴枯槁的程度。驕傲，輕蔑，反抗，倔強，馴順，悲傷，一種表情接著一種表情；還有各種各樣下陷的面頰，死灰般的臉色，枯瘦的雙手和手指。不過臉龐大體上還是同一個，頭髮也總是個個都未老先衰地花白了。打著盹的旅客對這個幽靈問了上百次：

「埋了多久了？」

回答總是一樣：「快十八年了。」

「你已經完全放棄被人挖出的希望了嗎？」

「早就放棄了。」

「你知道要讓你復活嗎？」

「人家是這麼對我說的。」

「我想你是想活的吧？」

「我說不上。」

「要我帶她來見你嗎？你願意見她嗎？」

對這個問題的回答多種多樣，而且是自相矛盾的。有時灰心喪氣地回答：「等一等！要是馬上見到她，會要了我的命的。」有時又滿懷柔情，淚如雨下地說：「帶我去見她吧！」有時則瞪著眼，迷惑不解地說：「我不認識她。我不明白你說什麼。」

在想像中作了這麼一番交談之後，這位旅客又在幻覺中使勁地挖呀，挖呀，挖呀——一會兒用一把鐵鍬，一會兒用一把大鑰匙，一會兒用自己的雙手——要把這個可憐的人挖出來。終於挖出來了，臉上、頭髮上都沾著泥土，接著，突然倒地化成塵土。旅客一驚醒來，放下車窗，讓現實中的雨和霧打在自己的臉上。

但不久，他又神志恍惚地拋開了身旁的另兩個旅客，重又溜進那家銀行和那座墳墓了。

「埋了多久了？」

「快十八年了。」

「你已經完全放棄被人挖出的希望了嗎？」

「早就放棄了。」

疲憊不堪的旅客一覺醒來，只見天已大亮，深夜的幢幢幻影早已不知去向，可是，這些話就像剛說過一樣，話音仍在他耳邊縈繞——像他在現實生活中聽到過的一樣，清清楚楚地留在耳邊。

他拉下車窗，望著窗外剛剛升起的朝陽。車外是一片剛犁過的土地，地頭還留著從馬身上卸下的犁鏵。更遠處，是一片幽靜的矮樹林，林中還有許多火紅和金黃的葉子掛在枝頭。大地雖然寒冷潮濕，天空卻一片晴朗，太陽正冉冉升起，燦爛、寧靜而又美麗。

「十八年！」旅客望著太陽說道，「慈悲的造物主啊！被整整活埋了十八年啊！」

①一人彎腰站立，雙手扶膝；另一人手按其背，分腿跳越過去的遊戲。

4 準備

郵車終於在午前平安抵達多佛，皇家喬治旅館的茶房頭兒照例走上前來，打開車門。他做得畢恭畢敬，因爲在這樣的隆冬季節，坐郵車從倫敦來這兒，是件了不起的大事，應該向敢於冒險的旅客道賀致敬。

這時候，只有一位敢於冒險的旅客留下來接受道賀致敬了。

那天上午，餐室裡除了這位身穿棕色衣服的紳士外，沒有別的人。他的餐桌被拉到壁爐跟前，他坐了下來，等人送上早餐，火光照在他身上；他靜靜地一動不動坐著，簡直可以讓人替他畫像了。

洛瑞先生端坐在那兒，他實在是睡著了，早餐送到時才把他驚醒。他一面往桌邊挪一挪椅子，一面對茶房說：「請你們給一位年輕小姐準備一個房間，她今天隨時會來。她要是打聽賈維斯．洛瑞先生，或者只是打聽一位台爾森銀行來的先生，請你就通知我。」

「是，先生。是倫敦的台爾森銀行嗎，先生？」

「是的。」

這一天，有時候天氣晴朗得可以看見法國海岸，可是到了下午，又變得霧氣重重，洛瑞先生的頭腦似乎也變得昏昏然了。天黑以後，他坐在餐室的壁爐前，像早上等早餐那樣，等待著送晚餐來。他神志昏沉地忙著在那火紅的煤塊中挖呀，挖呀，挖個不停。

對一個在火紅的煤塊中挖掘的人來說，晚飯後喝上一瓶上等紅葡萄酒，除了使他不想幹活之外，並沒有什麼害處。洛瑞先生閒坐了好半天，就在他像個氣色很好的老先生帶出心滿意足的神情，倒出最後一杯酒時，狹窄的街道上傳來了一陣車輪聲，接著便轆轆地響進了旅館的院子。

他放下這杯還沒沾唇的酒，說：「是小姐來了。」

頃刻間，茶房進來報告，倫敦來的馬奈特小姐到了，很想見台爾森銀行來的先生。

「這麼快？」

馬奈特小姐已在路上吃過點心，現在什麼也不想吃。要是先生樂意而且方便的話，她很想馬上就見台爾森銀行來的先生。

台爾森銀行來的這位先生二話沒說，硬著頭皮把杯中的酒一飲而盡，理了理雙鬢上那古怪小巧的亞麻色假髮，跟著茶房走進了馬奈特小姐的房間。

「請坐，先生。」聲音十分清脆悅耳，略帶很少的一丁點兒外國腔調。

「吻妳的手，小姐。」他照老式的禮節說，又鄭重其事地鞠了一個躬，然後坐了下來。

「先生，昨天我收到台爾森銀行的一封信，告訴我一些消息——或者說是發現……」

「用詞無關緊要，小姐，這兩個詞都可以用。」

「……是有關我那可憐的父親留下的一點財產的事，我從沒見過他——他去世已經很久了……」

「……提出說我有必要去一趟巴黎，找銀行的一位先生接洽，他是專爲這件事去巴黎的。」

「就是我。」

「我也是這樣想的，先生。」

「我很榮幸，」洛瑞先生說，「能夠接受這一重託。我將更加樂意地完成這一重託。」

「我十分感激，先生，衷心感激。銀行方面告訴我說，這位先生會對我解釋這件事的詳細情況，而且，說我一定要在思想上做好準備，因爲情況是非常出人意料的。我現在已經做好了最充分的準備，當然，我也急於想知道那是怎麼一回事。」

「當然，」洛瑞先生說，「是的，我……」

他沉默了一會兒，又理了理耳朵邊捲曲的亞麻色假髮，接著說道：

「真不知道該從哪兒說起。」

「你一點都不認識我嗎，先生？」

「難道不是嗎？」洛瑞向前攤開雙手，面帶愛好爭論的笑容。

「馬奈特小姐，我是一個生意人，我要完成的是一樁生意上的任務。在妳聽我敘述時，妳只要把我當成是一架會說話的機器就行了——真的，我可不是別的什麼。如蒙許可，小姐，我將給妳講一講我們一位客戶的故事。」

「故事！」

他似乎有意搞錯了她所重複的這個字眼，匆匆回答說：「是的，客戶，在銀行業務上，我們把和我們有來往的人通稱爲客戶。他是一位法國紳士，一位從事科學的紳士，一位很有成就的人——一位醫生。」

「不是博韋①人吧？」

「呃，是的，是博韋人。像妳父親馬奈特先生一樣，這位先生是博韋人。也像妳父親馬奈特先生一樣，這位先生在巴黎很有名。我有幸在那兒認識了他。我們的關係純屬生意上的往來，不過關係很密切。當時，我在我們的法國分行，我在那兒已經——哦！工作二十年了。」

「當時——我是不是可以問一問，那是什麼時候，先生？」

「我說的是二十年前的事了，小姐。他娶了——一位英國太太——我是他的財產受託管理人之一。他的財產事務，像許多別的法國紳士和法國家庭一樣，完全交託給台爾森銀行經辦。同樣，我現在是，或者說，我一直是我們許多客戶這樣或那樣的受託人。這些純屬生意上的往來，小姐，這當中談不上什麼友誼，沒有特殊的利害關係，也沒有感情之類的成分。在我的銀行業務生涯中，我經辦了一樁又一樁的業務，就像在我的工作日裡打發了一個又一個客戶一樣。總之，我沒有感情，我只是一架機器。讓我們言歸正傳……」

「先生，我想起來，」年輕小姐那獨特的皺起的前額，一直非常急切地對著他，「我父親去世後僅兩年，我母親也去世了，我成了一個孤兒，是你把我帶到英國來的。我幾乎可以肯定，那就是你。」

洛瑞先生握住那信賴地朝他伸過來的略顯羞怯的小手，鄭重地把它舉到自己唇邊，然後，又把這位年輕小姐逕直領回她的座位。

「我剛才說的，這都是妳那令人惋惜的父親的故事。下面要說的就不一樣了。假如妳父親死的時候並沒有真死——別害怕，妳怎麼嚇了一大跳？」

她確實嚇了一大跳，雙手緊緊抓住了他的手腕。

「請求妳，」洛瑞先生用安慰的口氣說，從椅背上抽回左手，放到小姐劇烈顫抖的手指上，「請求妳別激動——這只是一樁生意上的事。像我剛才說的——」

她的神態使得他如此不安，他住了口，猶豫了一會兒，才又重新往下說：

「像我剛才說的，假如馬奈特先生沒有死；假如他是突然無聲無息地失蹤了；假如他是遭人綁架了；假如別人雖然沒法找到他，卻不難猜出他落到什麼可怕的地方；假如在他本國有個可以行使極大特權的仇人，那種特權，就我當年所知，就連海峽那邊最膽大的人，也不敢悄聲議論；例如，填上一份空白的密札②，就可以把任何人無限期地關在監牢裡；假如他的妻子乞求國王、王后、宮廷、教會告知一點他的消息，那全是徒勞——那麼，妳父親的身世，就跟這位不幸的先生——這位博韋的醫生一樣了。」

「我求你再多告訴我一些，先生。」

「好的，我這就講，妳受得了嗎？」

「我什麼都受得了，只要你別像現在這樣，把我弄得疑惑不定。」

「妳說話神態鎮靜，妳——是很鎮靜的。這就好！」（儘管她的神態顯得並不像他說的那麼滿意）「這只是一樁生意上的事。把它看作一樁生意吧！——一樁非辦不可的業務。假如這位醫生的妻子雖說膽識過人，勇氣可嘉，但在她的孩子出生前，因此事遭受了極大的痛苦——」

「這小孩是個女兒吧，先生？」

「是個女兒。小姐，假如這位可憐的太太，在她的孩子出生前遭受了極大的折磨，使得她決心不讓這可憐的孩子再經受她飽嚐過的痛苦，便想方設法要她相信她的父親已經死了——別，別跪下！老天爺，爲什麼妳要對我下跪？」

「因爲你講了真情。啊，親愛的好心善良的先生，因爲你講了真情！」

「這……這……只是一樁生意上的事。妳把我弄得心亂如麻了，心亂了，我還怎麼辦事呢？還是讓我們清醒清醒頭腦吧。要是不見怪，妳是不是現在就說說，比如九乘九便士是多少，或者二十個幾尼③是多少先令，這很有好處。我也就可以對妳的精神狀況放心了。」

他把她輕輕扶了起來，她沒有直接回答他的要求，只是靜靜地坐著，那雙一直緊緊抓住他手腕的小手，已經不再像原來那樣顫抖了。這一來，就讓賈維斯．洛瑞先生重又定下心來。

「這就對了，這就對了。拿出勇氣來！來辦事情！妳面前還有許多意義重大的事等著妳去辦哩。馬奈特小姐，妳的母親是這樣安排妳的前程的。她一直到死——我認爲她是因心碎而死的——始終都沒有放棄尋找妳父親，卻一無所獲。她去世時，妳才兩歲，她盼望妳長得健康美麗，生活得快樂幸福，不讓妳的生活蒙上烏雲，不讓妳擔驚受怕，懸著一顆心，不知道父親究竟在獄中耗盡心力，還是仍在那兒挨著漫長的歲月。」

他說這番話的時候，以羨慕愛憐的心情，俯視著小姐那頭飄垂的金髮。

「要知道，妳的父親並沒有多少財產，所有一切全都留給妳母親和妳了。在金錢或其他財產方面，到現在為止，沒有什麼新的發現，不過……」

他感到手腕被抓得更緊了，就沒有再說下去。

「不過他已經——已經被找到了。他還活著。大大變了樣，可能都快不成人樣了，儘管我們抱著樂觀的希望。人總算還活著。妳父親已經被送到巴黎一個先前的老僕人家裡，所以我們現在就要去那兒。我呢，去認明他，只要我能做到；妳呢，去使他恢復生活、情愛、責任、休息和安樂。」

一陣戰慄傳遍她的全身，而且從她身上傳到了他身上。她用一種低微、清晰而又敬畏的音調說道：「我是去看他的鬼魂啊！那是他的鬼魂吧——不是他！」

洛瑞先生默不作聲地撫摸著她的手。「好啦，好啦，好啦！妳看，現在事情都原原本本地告訴妳了。妳再走一程海路，一程陸路，妳很快就能到達他本人的身邊了。」

她又用同樣的聲調悄聲說：「我一向自由自在，一向無憂無慮，他的鬼魂還從來沒有找過我呢！」

「只有一件事還得提醒妳，」洛瑞先生加重了語氣，想要促使她引起注意，「找到他的時候，他已改用另一個名字。他自己原來的名字，早就被人遺忘或者早就隱瞞下了。現在去打聽他的真名實姓，不僅無益，反而有害；要去追究這麼些年他是無人過問，還是被人有意長期囚禁，也是有害無益的。最好是不管在什麼地方，不論用什麼方式，都不要提起這件事，而且，無論如何得馬上把他轉移出法國。這完全是一項秘密服務項目。我所有的證件、賬目、備忘錄，全都包羅在『復活』這個詞裡了；這可以表示任何意思。可是怎麼啦？妳一點也沒留神聽！馬奈特小姐！」

她一動不動，悄無聲息，可完全失去了知覺；她兩眼睜開，定神地看著他，剛才的那種表情，看上去彷彿已經雕刻或烙印在她的前額上。她把他的胳臂抓得緊緊的，使得他不敢驟然抽身，生怕會傷著她，因而只得一動不動地大聲呼救。

一個模樣粗野的女人，搶在僕役的前面跑進了房間。洛瑞先生雖然心急如焚，也看清了她渾身上下一片通紅，連頭髮也是紅的，穿一件式樣古怪的緊身衣，戴一頂非常奇特的軟帽，像禁衛軍戴的特大號高皮帽，或者像一大塊斯提耳頓乾酪④。她當機立斷，用她壯實有力的手，當胸一掌，把他推到最近的牆上，從而迅速地解決了他從那可憐的年輕小姐手中脫身的問題。

「嗨，瞧你們這幫人！」這女人衝著僕役們咆哮起來，「還不趕快去拿東西來！站在那兒盯著我幹嘛？我有什麼好看的，呃？你們要是還不快去把嗅鹽、冷水和醋拿來，我要叫你們好看！快去！」

大家立即分頭去拿這些甦醒劑了，她則輕輕地把病人放到一張沙發上，熟練而又溫柔地照料著她，管她叫「我的寶貝」、「我的小鳥」，還得意洋洋、小心翼翼地把她的金髮理順，讓它散披在肩上。

「喂，你這個穿棕色衣服的！」她憤憤地轉向洛瑞先生說，「不把她嚇死，你就沒法和她說清你要說的話了嗎？你瞧瞧她，漂亮的小臉煞白，兩手冰涼。」

洛瑞先生讓這個難以回答的問題弄得窘迫不堪，只好站得遠遠地看著，謙卑地勉強表示贊同。那個強健有力的女人有板有眼地用一套套方法，使受她照管的人甦醒了過來，然後哄馬奈特小姐把低垂的頭靠在她的肩上。

「但願她就會好起來。」洛瑞先生說道。

①巴黎西北一小城。

②當時的法國國王賜給寵臣們的一種蓋了印章的空白逮捕令。

③舊英國金幣，一幾尼等於二十一先令。

④英國一種有青霉的優質白乳酪。

5 酒店

一大桶酒掉落在街心，摔破了。在人們把它從大車上卸下來的時候，酒桶突然滾落下來，桶箍斷裂，木桶像胡桃殼似的四分五裂，剛好散落在酒店門前的石頭街道上。

附近一帶的人，有的扔下活兒，有的不再閒逛，全都趕到出事地點喝酒來了。街道上鋪的石頭，七高八低，大小不一，稜角凸出，彷彿存心要把一切走上前來的人都弄殘廢似的。這些石頭把酒圈成了一個個小酒窪，照著酒窪的大小，周圍全都擠滿了數目不一的搶酒喝的人。有的男人跪在地上，用雙手把酒捧起來啜飲，或者趁酒還沒有從指縫間流掉，捧給從他們肩上伸進頭來的女人吮吸。

還有一些人，有男有女，用破陶杯在酒窪裡舀著，甚至有人用女人的頭巾去蘸，然後擠進小孩的嘴裡；爲了要讓酒不流失，有的人用泥築起了小小的堤壩；還有旁觀者聽從高處窗口裡的指揮，奔東趕西，忙著攔截那些湧向新方向的涓涓細流；也有人在那些被酒浸透的酒桶板上下功夫，起勁地舐著，吮著，甚至津津有味地啃嚼那些被酒漚軟的木桶碎片。這裡沒有排水溝，酒不會流走，可是不僅所有的酒都被吮乾喝淨，連不少爛泥也一併帶走了，就像這條街上有了個清道夫似的。

灑出的酒是紅葡萄酒，它染紅了巴黎近郊這個聖安東尼區①狹窄街道的地面，也染紅了許多雙手、許多張臉、許多赤腳、許多木鞋。那鋸木柴男人手上的紅色，印到了木柴上；那哺餵嬰兒的女人，把染上紅色的頭巾重又纏到頭上時，紅色印上了額頭。那些貪婪地啃嚼過酒桶碎片的人，像老虎吃了活物滿嘴通紅；一個滿嘴血紅溝、愛開玩笑的高大漢子，頭上搭一頂髒口袋似的睡帽，用手蘸起和著泥的酒漿，在一堵牆上寫了個「血」字。

這種酒灑滿街心的石頭，許多人被它染得血紅的時日，快要到來了。

這家酒店就開在街角上，在外觀和等級上，都比別的店高出一籌。酒店老板穿著黃馬甲、綠褲子站在門外，看著人們在爭喝倒在地上的酒。「這跟我不相干，」最後，他聳了聳肩膀說，「是市場送酒人幹的好事，讓他們另外再送一桶來。」

他一眼看見了那正在牆上塗字的、愛開玩笑的高個子，隔街朝他喊了起來：

「喂，我說加斯帕，你在那兒幹什麼呀？」

那人意味深長地指了指他鬧著玩寫的字。

「又在幹什麼？想進進瘋人院嗎？」酒店老闆說著，穿過街去，抓起一把爛泥，把那個鬧著玩的字塗掉，「幹嘛寫在大街上？難道——告訴我——難道你就沒有別的地方好寫這種字了嗎？」

酒店老闆三十來歲，粗脖子，像個雄赳赳的武夫。他一定火氣很旺，儘管天氣寒冷入骨，他仍未穿外衣，只把衣服搭在肩上。襯衫袖子高高捲到肘部，露出棕色的胳臂，一頭濃密捲曲的黑色短髮，沒戴帽子。他一身全都黝黑，眼睛很有神，而且兩眼之間間隔開闊。顯然，這是個意志堅強、決心堅定的人；這種人，在兩邊是深淵的羊腸小道上，最好不要和他狹路相逢，因爲他是死也不會回頭的。

他走進店裡時，他的妻子德發日太太，正端坐在櫃檯後面。他太太年紀和他不相上下，身材粗壯，有一雙似乎什麼都不看、卻什麼都不放過的眼睛，一隻大手上戴著沉甸甸的戒指，臉色鎮靜，相貌堅毅，舉止從容不迫。

德發日太太身上有一種氣質，讓人可以由此斷定，她所經管的任何賬目都是不大會出錯的。生性怕冷的德發日太太身上緊裹著毛皮衣服，頭頸上還圍著一塊色彩鮮艷的披肩，不過，一對大耳環倒沒有遮住。她面前擺著編織活，但沒有編織，而是捏著一支牙籤在剔牙。

她用左手托著右肘，專心致志地剔著，丈夫進來時她沒有作聲，只是輕輕咳了一聲。這一聲咳嗽，加上她微微向上抬了抬那濃黑的眉毛，是暗示她丈夫好好注意店裡酒客的情況，因爲就在他走到街對面去時，來了新顧客。

酒店老闆轉眼朝四周打量，最後，目光停留在角落裡坐著的一位年老紳士和一位年輕小姐身上。店堂裡還有另外幾個顧客：兩個在玩紙牌，兩個在玩多米諾骨牌，三個站在櫃檯旁，慢吞吞地喝著杯子裡的那一點兒酒。當他走到櫃檯後面時，注意到那位老先生向那位小姐使了個眼色，意思是：「這就是我們要找的人。」

「你們他媽的到這兒來搗什麼鬼？」德發日先生自言自語地說，「我又不認識你們。」

他假裝沒看見這兩個陌生顧客，自顧自的跟站在櫃檯旁喝酒的三位顧客攀談起來。

「怎麼樣，雅克②？」三人中的一個，問德發日先生，「灑在地上的酒都喝光了嗎？」

「喝得一滴不剩了，雅克。」

待他們這樣互喚過這個名字後，正在用牙籤剔牙的德發日太太又輕輕地咳了一聲，微微地抬了抬眉毛。

「這幫窮哥們，」三人中的第二個對德發日先生說，「是不大能嚐到酒味的，除了黑麵包和死亡，嚐不到別的味。是吧，雅克？」

「是的，雅克。」德發日先生回答。

在第二次這樣互喚這個名字時，德發日太太依舊泰然自若地在用牙籤剔牙，過後，她又輕輕地咳了一聲，微微地抬了抬眉毛。

三個人中的最後一個放下喝乾的酒杯，咂了咂嘴，開口說話了。

「唉，越來越糟糕了！這幫窮哥們嘴裡嚐的盡是苦味，他們過的總是苦日子，雅克。我說得對不對，雅克？」

「說得對，雅克。」德發日先生這樣回答。

第三次這樣互喚過這個名字後，德發日太太把牙籤放到一邊，眉毛高高抬起，在座位上輕輕地挪動了一下身子。

「行了！沒錯！」她丈夫嘟囔著說，「先生們，這是我太太。」

三位顧客一齊向德發日太太脫帽致敬，把帽子拿在手中揮動了三下。她低了低頭，朝他們很快看了一眼，受了他們的禮，然後，就漫不經心地朝酒店看了一圈，不慌不忙地拿起編織活，聚精會神地織了起來。

「先生們，」她丈夫說，眼睛一直留神地注視著她，「日安，剛才我出去時，你們在打聽，說是想要看看那個帶家具的單人套間。它就在六樓，樓梯口在緊靠這裡左首的那個小院子裡，」說著，他用手指了指，「就在我酒店的窗口旁邊。我這會兒想起來了，你們當中有一位去過那裡，他可以領路。先生們，再見。」

他們付了酒錢，走了。德發日先生的眼睛一直留神著他那正在編織的妻子。這時，那位年老的紳士從角落裡走了過來，要求和他說句話。

「遵命，先生。」德發日先生答應說，默默地跟他走到門邊。

他們的交談非常簡短，但十分乾脆，老先生幾乎剛開口，德發日先生便大吃一驚，全神貫注地聽了起來。不到一分鐘，他就點點頭，走出門去。那位紳士接著對年輕小姐做了個手勢，也一齊跟了出去。德發日太太手指靈巧地飛快編結著，眉毛一動也不動，好像什麼也沒看見。

賈維斯．洛瑞先生和馬奈特小姐，就這樣走出酒店，跟著德發日先生來到樓梯口，就是剛才他指點那另外三個人進去的地方。樓梯口外面是個臭哄哄的小院，這是個公用的總出入口，裡面有一大堆房子，住著許多人家。

在通向陰森森的磚鋪過道裡，德發日先生朝老主人的孩子單腿跪下，吻了吻她的手。這本是個文雅的動作，可是他做得一點兒也不文雅。頃刻之間，他的神情發生了十分明顯的變化，他臉上已沒有溫和善良的表情，也不再有坦白直率的神態，一下子變成了一個詭秘、憤怒的危險人物。

「樓很高，不大好上，最好慢點兒。」開始上樓梯時，德發日先生用嚴峻的聲調對洛瑞先生說。

「就他獨自一個人嗎？」洛瑞先生悄聲問道。

「獨自一個人！上帝保佑，誰能跟他住在一起呀！」對方同樣低聲回答。

「那他一直獨自一個人？」

「是的。」

「是他自己希望這樣？」

「是他自己要這樣的。他仍和我第一次見到他時一樣。那之前他們找到我，問我是不是肯冒風險收留他，小心照顧他──現在，他還和那時一模一樣。」

「他變樣了嗎？」

「變了！」

酒店老闆收住腳步，用手捶了捶牆，狠狠地咒罵了一句。這比任何的正面回答都有力多了。洛瑞先生和他的兩位同伴越爬越高，他的心情也越來越沉重了。

終於爬到了樓梯的盡頭，他們第三次停了下來。可要到那間閣樓，還得往上爬另一道更陡更窄的樓梯。酒店老板一直走在前面一點，而且總是走在靠近洛瑞先生一邊，好像生怕那位年輕小姐會向他提出什麼問題。直到這會兒，他才轉過身來，小心翼翼地摸著搭在肩上的外衣口袋，掏出一把鑰匙。

「這麼說，門是鎖著的，朋友？」洛瑞先生吃驚地問。

「嗯，是的。」德發日先生冷冷地回答。

「你認爲有必要把這位不幸的先生這樣禁閉起來嗎？」

「我認爲有必要鎖上。」德發日先生緊皺起雙眉，湊近他的耳朵悄聲說。

「爲什麼？」

「爲什麼！因爲他被鎖著過了那麼多年，要是現在讓門開著不鎖，他會給嚇得——狂喊亂叫——發瘋——死掉——還有我說不上的災難。」

「這怎麼可能？」洛瑞先生叫了起來。

「這怎麼可能？」德發日先生悲憤地重複了一句，「是啊，我們生活的雖然是個美好的世界，可是這是可能的，還有許許多多這樣的事情都是可能的，不但可能，而且已經有了——有了，瞧你說的！天底下，哪兒都有，每天都有。魔鬼萬歲。我們還是繼續上去吧！」

這席對話是悄聲低語進行的，一個字也沒有傳到那位年輕小姐的耳中。但是這時，由於她過於激動，渾身顫抖不已，臉上顯得如此焦慮不安，畏懼驚恐，使得洛瑞先生覺得自己有責任勸說幾句，讓她恢復勇氣。

「鼓起勇氣來，親愛的小姐，勇敢些！最糟糕的時刻就要過去了。隨後，妳帶給他的一切好事，一切寬慰，一切幸福，就會開始。請我們的好朋友過來扶妳一把吧。朋友德發日，來吧！」

他們慢慢地、輕輕地往上爬去。梯子很短，很快就到了頂上。由於這兒有個拐角，他們一眼就看見了三個人，他們都低著頭，緊湊在門邊，透過牆上的縫隙或小洞，正聚精會神地往朝房裡張望。聽到腳步聲到了跟前，他們連忙轉過身來，直起腰，這才讓人看出，原來就是剛才在酒店裡喝酒的那三個人。

「你們來得這麼突然，我把他們三個給忘了，」德發日先生解釋說，「好小子們，先離開一下，我們要在這兒辦點事。」

三個人擦身而過，悄悄地下樓去了。

這層樓看來沒有別的門了，等那三人一走，酒店老闆就逕直來到這扇門前。洛瑞先生略帶怒意地低聲問他：

「你把馬奈特先生當作展覽品了？」

「你看見了，我只讓經過選擇的少數人看。」

「這樣做合適麼？」

「我想是合適的。」

「這少數的是什麼人？你是怎麼選擇的？」

「我選的是真正的人，和我同名的人——我叫雅克——讓他們看看，對他們有好處。行了，你是英國人，那是另一碼事。請你們在這兒稍等一會兒。」

他打了個手勢，要他們靠後站，然後彎下腰，從牆縫朝裡張望。他很快又抬起頭來，在門上拍了兩三下——顯然，這只不過是爲了弄出聲音，沒有別的用意。出於同樣目的，他又用鑰匙在門上划了三四下，然後才笨手笨腳地把鑰匙插進鎖孔，儘量使勁地轉動著鑰匙。

門在他手下慢慢地朝裡打開了，他朝房裡看了看，說了句什麼。一個微弱的聲音回答了句什麼，兩人都只說了一兩個詞。

他回過頭來，招呼他們進去。洛瑞先生用胳臂緊緊摟住姑娘的腰，撐持著她，因爲他發覺姑娘的身子直往下沉。

「進來吧！」他極力鼓勵著，頰上的淚水在閃亮，「進來吧，進來！」

「我怕。」她哆哆嗦嗦地回答。

「怕？怕什麼？」

「我說的是怕他，怕我父親。」

領路人打手勢叫他們快進去，而她卻是這個模樣，洛瑞先生被逼得沒有辦法，只好拉住搭在肩上那隻哆嗦的胳臂，讓它摟住自己的脖子，稍稍把她架起，連揹帶扶，匆匆把她攙進房間。一進房間，他就把她放下，扶著她，讓她靠在自己身上。

德發日先生拔出鑰匙，關上門，從裡面把門鎖上，再拔出鑰匙，拿在手中。所有這些他都做得有條不紊，還儘量把聲音弄得又響又刺耳。末了，他以均勻的步伐走過房間，走到窗口旁。他在窗前停下，轉過臉來。

這間閣樓，原本是用來堆放木柴之類東西的，又黑又暗。因為那個老虎窗式的窗戶，其實是開在屋頂的一個門，外面裝著一個小吊車，用作從街上往裡吊東西。窗口沒安玻璃，而是像法國房子的任何門那樣，有兩扇中間關閉的門。為了禦寒，一扇門緊緊關著，另一扇也只開著一條縫，因此，透進來的光線很少，剛進來的時候，簡直什麼也看不清，只有長年累月對此習慣了，才能使人具有在這種昏暗光線下幹細活的本領。

此時，在這間閣樓上，確有一個人在幹細活，酒店老闆站在窗前看著他。這是個白髮蒼蒼的老人，背朝著門，臉對著窗，坐在一張矮凳上，向前躬著腰，正在忙著做鞋。

①巴黎近郊最貧困的工人區，一七八九年七月，聖安東尼區工人首先起義，和巴黎人民一起攻佔了巴士底獄，開始了法國大革命，這個工人區有「革命聖地」之稱。

②十四世紀中葉法國農民暴動時，貴族對農民的蔑稱，從此成為農民的渾名。此處為法國大革命時期革命者互稱的暗號。

6 鞋匠

「日安！」德發日先生俯視著那埋頭做鞋的白髮老人的頭說。

那頭抬了抬，彷彿從遠處傳來的一個非常微弱的聲音作了回答：

「日安！」

「哦，你還在一個勁兒地幹活？」

沉默了許久，那頭又抬了抬，那微弱的聲音又答道：「是的——我在幹活。」他那一對乾癟凹陷的眼睛朝問話人看了看，然後又低下頭去。

他又默默地幹了幾分鐘活，那雙乾癟凹陷的眼睛又朝上看了看，既無興趣也無好奇，只有一種機械呆板的直覺。

「你想要今天做完這雙鞋嗎？」德發日先生問著，打手勢要洛瑞先生走上前來。

「你說什麼？」

「你打算今天做完這雙鞋子嗎？」

「我說不上是不是打算這樣。我想是吧。我不知道。」

不過這一問，讓他想起了他的活計，他又埋頭幹了起來。

洛瑞先生悄悄走上前來，把姑娘留在了門邊。他在德發日身旁站了一兩分鐘，鞋匠抬頭看了看，他發現多了一個人，但並沒有表示驚訝，可是在他看著這個新出現的人時，卻不由自主地舉起一隻手，那哆嗦的手指伸到唇邊（他的嘴唇和指甲全都是鉛灰色的），隨後，那隻手又落回到活計上，重新埋頭做起鞋來。那表情和動作，都只是剎那間的事。

「瞧，有人看你來了。」德發日先生說。

「你說什麼？」

「來客人了。」

鞋匠像先前那樣仰頭看了看，但是手沒有離開活計。

「瞧！」德發日說，「這位先生是位行家，一眼就能看出這鞋子做得好壞。把你正在做的那隻鞋給他看看。拿著，先生。」

洛瑞先生接過了鞋。

「告訴先生這是什麼鞋，做鞋的人叫什麼名字。」

這次停頓的時間比以往更長，半晌後，鞋匠才回答：

「我忘了你問我什麼了，你說什麼來著？」

「我說，你能不能說說這是什麼鞋，好讓先生知道。」

「這是隻女鞋，是年輕小姐走路穿的鞋。這是時新的式樣。我以前沒見過這種式樣。我手頭有個鞋樣。」他朝那隻鞋看了一眼，露出了一點倏忽即逝的得意神色。

「那麼，做鞋人的名字呢？」德發日問。

「你是問我的名字嗎？」

「是的，我問你的名字。」

「北樓一百零五號。」

「就這個嗎？」

「北樓一百零五號。」

他發出一種疲憊的聲音，既非嘆息，也非呻吟，然後重又埋下頭去幹活，直到沉默被再次打破。

「你的職業不是鞋匠吧？」洛瑞先生目不轉睛盯著他問。

他那對乾癟凹陷的眼睛轉向德發日，彷彿想把這個問題轉給他，但是由於得不到對方的幫助，他看了看地板，只好又轉過去看那問話人。

「我的職業不是鞋匠？是的，我的職業不是鞋匠。我——我是在這兒學的。我自己學的。我請求准許我——」

他又出神，竟達數分鐘之久。在整個這段時間裡，雙手都反反覆覆地做著前面說的那一套動作。後來，他的目光終於又慢慢轉回到剛才他茫然注視的那張臉上；當眼光停留在那張臉上時，他吃了一驚，於是又接著說話，就像是個剛剛睡醒的人，重又回想起頭天晚上的話題一樣。

「我請求准許我自學做鞋，費了很長時間，經過許多周折，才得到准許，打那以後，我就一直做鞋。」

他伸手要回剛才從他手裡拿走的鞋時，洛瑞先生仍目不轉睛地看著他的臉問：

「馬奈特先生，你一點也不記得我了嗎？」

鞋掉落在地上，他坐在那兒定睛注視著問話人。

「你認出他來了嗎，先生？」德發日悄聲問道。

「是的，不過只有一剎那。開始，我以爲一點沒有希望，可是毫無疑問，有那麼一會兒，我確實看見了我過去十分熟悉的那張臉。噓！讓我們再往後退退。別說話！」

姑娘已從閣樓的牆邊走過來，走到他坐的凳子跟前。她只要一伸手，就可以撫摸到他－而他竟一無所知，埋頭幹活，此情此景，實在有些令人不寒而慄。

沒有說一句話，也沒有出一點聲音，她像個精靈，站在他的身旁；而他，則只顧埋頭幹活。

過了好半晌，他終於需要把手裡的工具換成鞋匠刀了。刀就在他身邊，但不是她站著的這邊。他拿起刀，正要重新埋頭幹活，突然看見了她裙子的下襬。他抬起眼睛，看到了她的臉。兩位站在一旁看著的人，急忙走上前去，可是她用手勢止住了他們。她一點也不怕他用刀子傷害她，不過他們兩人實在有些擔心。

他用嚇人的眼神注視著她，過了一會，囁嚅著像要說什麼，卻沒有發出聲來。他呼吸急促艱難，過了半晌，才聽見他說道：

「這是怎麼回事？」

滾滾熱淚流下了她的臉頰，她把自己的雙手放在唇上親了親，向他送去一個飛吻，然後把雙手抱在胸前，彷彿抱著他那受盡磨難的頭。

「妳不是看守的女兒麼？」

她嘆息著說了聲：「不是。」

「妳是誰？」

她生怕自己一時還控制不住自己的聲音，沒有作答，而是傍著他，在凳子上坐了下來。他往一旁退避，可是她伸出一隻手放在他的胳臂上，這一來，他突然異常激動地一驚，一陣震顫通過他的全身。他輕輕放下刀子，坐在那兒凝視著她。

她把那長長的金色鬈髮匆匆撩到旁邊，讓它順著脖子披垂下來。他一點一點地伸過手去，托起她的頭髮看了又看。看著看著，又走了神，接著便深深嘆了口氣，重又埋頭幹起活來。

沒過多久，姑娘放開了他的胳臂，把手放到了他的肩上。他疑惑地朝那手看了兩三次，似乎想要確定一下，它是否真的在那兒，然後放下活計，伸手從胸前摸出一個用發黑的線拴著的小破布包，他小心翼翼地在膝頭打開小包，裡面包著一兩根長長的金色頭髮，那是他多年前在手指上繞好理順了的。

他又把她的頭髮拿在手中，仔細察看。「是一樣的。這怎麼可能！那是什麼時候？這是怎麼回事呢？」

那種專心致志的生動表情，重又回到了他的眉宇間，他似乎漸漸意識到她也長著這種頭髮了。他把她轉過身來，對著亮光，仔細地朝她察看著。

「那天晚上，我被人叫出去時，她曾把頭靠在我的肩上——她生怕我走，可我毫不在乎——當他們把我關進北樓時，我在袖子上發現了這幾根頭髮。『把這幾根頭髮留給我吧！它們也許能使我的靈魂飛出，但決不可能幫助我的肉體脫逃。』這就是當時我說的話，我記得清清楚楚。」

他的嘴唇反覆動了許多遍，才把這番話說了出來。不過，他一旦找到了要說的話，那話也就連貫而來，雖然說得很慢。

「這是怎麼回事？——那是妳嗎？」

他突然令人吃驚地抱住了她，兩位站在旁邊看著的人又嚇了一跳。可是她仍安安靜靜地坐在那兒，讓他抱著，只是悄聲說道：「我求你們了，兩位好先生，請你們別過來，別說話，別動！」

「聽！」他大叫起來，「這是誰的聲音？」

他這樣叫喊時，雙手放開了她，舉向自己的蒼蒼白髮，發瘋似的揪扯著。待這陣發作停息，除了做鞋外，一切都又在他心中逝去了。他收拾起小布包，盡量在胸前拴得更牢；但他還在打量她，淒然地搖著頭。

「不，不，不，妳太年輕，太漂亮了。不可能。看看我這個囚犯，已經成了什麼樣子。這雙手已不是她當年熟悉的那雙了，這張臉也不是她當年熟悉的那張了，這聲音也不是她當年聽熟的了。不，不。她——還有他——是在北樓的漫長歲月以前——那是多年以前了。妳叫什麼名字呀，我溫柔的天使？」

看見他的語氣和態度溫和起來，女兒高興得在他面前跪了下來，雙手祈求似的放在他的胸前。

「啊，先生，你以後自然會知道我的名字，會知道誰是我的母親，誰是我的父親，以及爲什麼我對他們那悲慘淒苦的命運竟會一無所知。可是現在我不能告訴你，也不能在這兒告訴你。此時此地，我能對你說的只有：求你撫摸我，祝福我。吻我，吻我呀！哦！親愛的，親愛的！」

他那頭冰涼陰冷的白髮和她的光輝燦爛的金髮混在一起了，金髮溫暖，照亮了他的白頭，彷彿是自由之光照遍了他的全身。

他倒在她懷裡，臉埋在她胸前；此情此景，如此感人肺腑，他曾經經受的奇冤大難，如此令人不寒而慄，使得那兩位在旁看著的人，不由得掩住了臉。

好大一陣子，閣樓裡寂靜無聲，他那急劇起伏的胸膛和不斷顫抖的軀體已經歸於平靜，這是暴風雨後必然到來的平靜——這是人性的標記，那叫做「生命」的暴風雨，最後必將歸於寧靜和沉默——那兩人走上前來，把父女倆從地上扶起。原來，那位父親已經漸漸滑到地上，疲憊不堪、昏昏沉沉地躺在那兒。那位女兒也順勢躺下依偎著他，好讓父親的頭枕在她的胳臂上；她的頭髮披散在他的身上，替他遮住了亮光。

「要是不去驚動他，」當洛瑞先生連連擤了幾次鼻涕，俯下身來看他們的時候，她做了個手勢招呼他，「能立刻辦好離開巴黎的手續，那樣，就可以直接從這兒把他接走——」

「這得好好考慮考慮，他經受得住這趟旅行嗎？」洛瑞先生問道。

「總比留在這個城裡好，這裡對他來說，真是太可怕了。」

「說得對，」德發日說道，他正跪著一面察看，一面傾聽，「總比留在這兒好。不管怎麼說，馬奈特先生都是及早離開法國為好。要不要我去雇一輛馬車和幾匹驛馬來？」

「這是業務，」洛瑞先生說，他又恢復了他那有條不紊的態度，「要是有業務上的事要辦，還是我去辦為好。」

「那你們就去吧，讓我們留在這兒，」馬奈特小姐催促說，「你們看，他已經很平靜了，把他留給我照看，你們用不著擔心。有什麼好不放心的呢？最好把門鎖上，免得有人來打擾，我準保你們回來時，會看到他像現在一樣安靜。不管怎麼樣，我都會好好照看他，一直等你們回來，然後，我們就馬上把他帶走。」

洛瑞先生和德發日都不大贊成這個辦法，主張他們兩人中留下一個。可是天快黑了，時間緊迫，不但要去找好馬車，還得辦妥旅行證件。最後，他倆只好匆匆忙忙分了分工，趕緊分頭去辦各項事情了。

隨後，夜幕漸漸降臨，女兒把頭枕在硬梆梆的地板上，緊靠在父親身旁，守護著他。夜色愈來愈濃，他們倆都安安靜靜地躺著，直到一線燈光從牆縫中透了進來。

洛瑞先生和德發日先生已經做好旅行的一切準備，不僅帶來了旅行斗篷和別的衣著，還帶來麵包、肉、酒和熱咖啡。德發日先生把這些吃的東西和拿著的燈，放到鞋匠的板凳上（閣樓裡除了僅有一張草墊鋪的小床外，再沒有別的東西了），然後和洛瑞先生一起把囚徒喚醒，扶他站了起來。

他長期以來習慣於服從強制的命令，這時，也以這種順從的態度吃喝了別人給他的東西，穿戴上給他的斗篷和別的衣著。他爽快地讓女兒挽住他的胳臂，還用雙手拉住——緊抓住——她的手。他們開始下樓。

門口沒有人群聚集，就連那麼多窗戶裡也見不到一個人影；街上冷冷清清，異常寂靜，沒一個偶爾過往的行人。只能見到一個人，那是德發日太太——她靠在門柱上自顧自的編織著，什麼也沒有看。

囚犯已經坐進馬車，她的女兒也跟著進去了，可是洛瑞先生的腳剛踏上馬車踏板，就停了下來，鞋匠淒淒切切地要起他的製鞋工具和沒做完的鞋來了。德發日太太馬上朝她丈夫高喊，她去取來，說著，邊編織邊穿過院子走進暗處。她很快就拿來了這些東西，遞進車裡——完了立刻又靠在門柱上編織，什麼也沒有看。

德發日先生爬到車伕的座位旁，說了句「去關卡！」車伕響亮地甩了一下鞭子，馬車就在黯淡搖曳的車燈燈光照耀下，轔轔地向前駛去。

馬車駛過了光明亮堂的店鋪，衣著鮮艷的人群，燈光輝煌的咖啡館和戲院，最後來到一個城門口。有幾個士兵提著燈，站在哨所那兒。

「拿出證件來，過路的！」

「請看吧，長官。」德發日先生一邊下車一邊說著，隨後鄭重其事地把他拉到一邊，「這些就是車裡那位白髮老先生的證件，他們把他連同這些證件一起交託給我，這是——」他放低了聲音。

那些軍用提燈中出現了一點騷動，接著，一隻穿著軍裝的胳臂，舉著一盞燈伸進馬車照了照，手臂的主人用異乎尋常的目光看了看白髮老先生。「好了，走吧！」穿軍裝的人說。

「再見！」德發日先生說。於是馬車又繼續前行，在那越來越暗、搖曳不定的燈光照耀下，來到了廣袤無際的星空之下。

從出發到黎明，在這整個寒冷不安的時刻裡，那些幻影又在洛瑞先生耳邊竊竊地問了起來——他坐在這個從墳墓裡挖出來的人面前，心裡想著，這人的哪些智能已經喪失殆盡，哪些還能恢復如初——依舊是那個老問題：

「我想你是想復活的吧？」

依舊是那句回答：

「我說不上。」

第二卷　金線

1　五年以後

台爾森銀行的大門口總是坐著一個打雜的人——未經召喚絕對不許入內——成了銀行的一塊活招牌。他有時幫著搬搬東西，有時跑腿送送信。營業時間他從來不會不在，除非差他外出辦事，要是另有差遣，他就讓兒子來頂替。

他的兒子十二歲，是個討人嫌的淘氣鬼，長得跟他父親一模一樣。人們都知道，台爾森銀行對這個打雜的人一向寬容大度。銀行總是寬容他那種地位的人的，而時勢和潮流已把這個人推到了這個崗位上。他姓克倫徹，出生後，在東部教區的豪茲迪契區教堂，在別人幫助下脫離黑暗進入光明世界時，又獲得了傑里這樣一個稱呼。

克倫徹先生高臥在床，身上蓋著一條雜色碎布拼縫起來的被單，像個穿著雜色衣服的小丑回到了家中。起初他睡得很熟，繼而在床上輾轉反側，最後抬起身子，鐵蒺藜似的頭髮彷彿要把被單劃成碎片。這時，他惱怒地叫了起來：

「真該死，一定又在搞那一套了！」

一個外貌整潔、手腳勤快的女人從屋角站了起來，看她那副慌慌張張、戰戰兢兢的樣了，他指的一定是她了。

「怎麼！」克倫徹先生說著，探頭到床外面找靴子，「妳又在搞那一套了，是不是？」

用這句話作為第二次道早安之後，他拾起一隻靴子，朝那女人扔了過去，作為第三次道早安。

這是隻沾滿污泥的靴子。它可以說明和克倫徹先生有關的奇怪現象：他經常在銀行下班時穿著乾淨的靴子回家，可是第二天早晨起床的時候，靴子上卻滿是泥污。

克倫徹先生出來吃早餐時，氣還沒有全部消掉，他特別恨克倫徹太太做餐前禱告。

「賤貨！妳想幹什麼？又來了嗎？」

他老婆解釋說，她只是做一下「飯前祈禱」。

「別搞了！」克倫徹先生說著，朝四周打量了一下，彷彿很想看到由於他老婆的祈禱，麵包真的會不翼而飛似的，「我可不想讓人禱告得沒了房子沒了家。我不能讓人把我餐桌上的吃喝全都禱告掉。閉嘴！」

傑里．克倫徹先生兩眼通紅，滿臉兇相，好像終夜參加一個毫無樂趣的聚會似的。他吃早餐簡直不能叫吃，而是狼吞虎咽，就像獸籠裡的四足動物，邊吃邊狺狺吼叫。

快到九點的時候，他收起怒氣沖沖的尊容，盡可能掩飾好自己的本相，擺出一副體體面面、一本正經的樣子，動身去幹他白天的行當。

儘管他愛說自己是個「本分的生意人」，他幹的那個工作很難稱之爲生意。他的全部本錢，只有一張用斷了背的椅子改成的木板凳。每天早晨，小傑里就扛著這張板凳跟著父親去上班，他把它放在銀行緊靠聖堂柵欄門那頭的窗戶下，再去拾一把過往車輛上掉下的麥稈，墊在打雜工的腳下禦寒防潮，這一天的營寨就算安紮好了。

克倫徹先生踞守在這個崗位上，在佛利特街和聖堂區一帶無人不知，無人不曉，和聖堂柵欄門一樣有名——也可以說，一樣醜陋難看。

這時，台爾森銀行裡有個正式的內勤信差，從門裡探出頭來，傳話說：

「要個送信的！」

「好哇，爸爸，有活幹了！」

小傑里向父親道別後，就接替父親在板凳上坐下，開始對剛才父親嚼過的那根麥稈產生了興趣，也學著嚼了嚼，並且琢磨起來。

「老是一股臭味！他的手指上有股鐵鏽臭味！」小傑里咕噥著，「我爸打哪兒弄來這股鐵鏽臭味的呢？他在這兒沒弄什麼鐵鏽呀！」

2 看熱鬧

「老貝利①，你一定很熟悉吧？」一位年老的職員問送信的傑里。

「是——的，先生，」傑里不很情願地答道，「我是熟悉貝利那地方的。」

「那好，你也熟悉洛瑞先生吧。」

「我對洛瑞先生比對老貝利熟悉多了，先生。」傑里像法庭上一個不願回答問題的證人那樣答道，「像我這樣一個本分的生意人，當然更願意熟悉洛瑞先生，而不是老貝利。」

「那好。你找到那個證人入口處，把這張寫給洛瑞先生的字條給守門人看，他就會讓你進去。」

「到法庭裡面去嗎，先生？」

「到法庭裡面去。」

克倫徹先生的兩隻眼睛靠得更近了，彷彿是在互相詢問：「你看這是怎麼回事？」

「我是不是要在法庭裡等著，先生？」他提出了這個問題。

「我這就告訴你。守門的會把這張字條拿去交給洛瑞先生，你要打個手勢，引起洛瑞先生注意，讓他看見你站在那兒。然後你要做的就是，在那兒等著，直到他叫你爲止。」

「就這些嗎，先生？」

「就這些。他想要身邊有個送信的。這張字條是告訴他，你已經去了。」

年老的職員慢條斯理地把字條折好，在外面寫上收條人的姓名；克倫徹先生一直默不作聲地看著，直到他使用吸墨紙時，才開口發問道：

「我想，今天上午是審理僞造案吧？」

「叛國案！」

「那可是要開膛分屍的呢，」傑里說，「真野蠻！」

「這是法律，」老職員轉過頭來，戴著眼鏡的眼睛吃驚地瞪著他，「這是法律。」

「我覺得，法律規定把人開膛分屍，太狠了，先生。把他處死已經夠狠的了，開膛分屍，這就狠得出格了，先生。」

「一點也不，」老職員回答說，「別說法律的壞話，還是多留神留神你自己的胸口和嗓子，我的好朋友，讓法律自己去管好自己吧。這是我對你的忠告。」

「我的胸口和嗓子，是辛苦幹活兒得的病。」傑里說，「我讓你給評評，我這份養家糊口的差使有多辛苦！」

「得啦，得啦，」老職員說，「我們大家都是在掙錢糊口，只是路子不同，有的人辛苦，有的人輕鬆。這是信，去吧！」

傑里接過信，心裡暗罵：「你這個乾癟的糟老頭！」表面上卻恭恭敬敬地鞠了一個躬。出門時，他順便給兒子打了個招呼，說了要去的地方，就上路了。

在這個令人厭惡的審判現場，到處都是擠來擠去的人，送信人用慣於不惹眼地在人堆中擇路的本領，穿過了發出惡臭的人群，找到了要找的門，把信從門上的一個活板小窗遞了進去。當時，人們到老貝利來看熱鬧，就像到貝德蘭姆②看熱鬧一樣，是要花錢的，只不過前一種娛樂收費要貴得多，因此，老貝利所有的門都有專人把守——而只有那些使罪犯進去的社會之門，卻是永遠敞開著的。

經過一番猶豫拖延，那門才很不情願地轉動鉸鏈，打開了一道窄小的縫，剛夠傑里・克倫徹先生側著身子擠進法庭。

「在審什麼？」他發現身旁有個人，就輕聲問道。

「還沒開始哩。」

「要審什麼？」

「叛國案。」

「要開膛分屍吧，呃？」

「是啊！」那人津津有味地說道，「先關在囚籠裡吊個半死，再放下來，讓他親眼看著自己被開膛，然後掏出五臟來燒了，最後才把頭砍下來，把身子剁成四塊。就這麼個判法。」

「你的意思是，假如查明他有罪吧？」傑里替他添了一個附加條款。

「嗨！他們會查明他有罪的，」那人說，「你用不著擔心。」

說到這兒，克倫徹先生的注意力卻轉到了守門人的身上，只見那人拿著字條，逕直朝洛瑞先生走去。洛瑞先生在一張桌子旁邊坐著，周圍是一群戴假髮的先生；坐在他近旁的一位戴假髮的先生，是犯人的辯護律師，面前堆著厚厚一大疊文件；幾乎就在洛瑞先生的正對面，坐著另一位戴假髮的先生，雙手插在口袋裡，那人的全部注意力似乎都集中在法庭的天花板上。

傑里粗聲地咳嗽了幾聲，又揉揉下巴，打打手勢，終於引起了站起來找他的洛瑞先生的注意。一見到他，洛瑞先生默默地點了點頭，就又重新坐下。

「他跟這案子有什麼關係？」剛才和他攀談的那人問道。

「我什麼都不知道。」傑里說。

「那麼，要是我可以問一句的話，你跟這案子有什麼關係呢？」

「我也什麼都不知道。」傑里說。

法官進來了，法庭內引起一陣騷亂，接著又安靜下來，這兩人的對話也被打斷。此時，被告席成了人們注意的中心。兩個原先一直站在那兒的獄卒走出去，把犯人帶了進來，帶到被告席上。

眾目睽睽的目標，是一個二十五歲左右的青年人，他身材勻稱，儀表堂堂，有一張曬成棕色的臉和一對黑色的眼睛，看來是位年輕的紳士。他穿著一身樸素的黑色或深灰色的衣服，又長又黑的頭髮，用一條緞帶束在頸後，這主要是爲了不讓其礙事，而不是爲了修飾打扮。

內心的情緒總是透過人體的外表流露出來的，因此他在當前處境下必然會產生的蒼白，還是從臉上的棕色中泛了出來，可見靈魂比太陽更有力量。儘管如此，他還是從容鎮定地向法官鞠了一個躬，然後就靜靜地站著。

法庭上一片肅靜！昨天查爾斯．達內對於對他的起訴，曾申辯自己無罪。起訴書（振振有詞、廢話連篇地）控告他是尊貴的、英明的、至善至美的國王陛下的叛逆，因爲他曾多次利用多種機會及多種手段，在法王路易發動之戰爭③中，助其反對前述尊貴的、英明的、至善至美的國王陛下，亦即他在前述尊貴的、英明的、至善至美的國王陛下的領土和法王路易的領土之間頻繁往來，窮兇極惡、背信棄義、奸邪狡詐，以及用心險惡地向前述法王路易洩漏前述尊貴的、英明的、至善至美的國王陛下準備派往加拿大及北美之兵力。

突然，犯人的臉轉向了法庭的左邊，幾乎和他的視線平齊的地方，在法官席那邊的角落裡，坐著兩個人；他的目光立即停留在他們身上；突然間，他的神色大變，因而使得所有原本注視著他的目光，全都轉向了那兩個人。

看客們都注視著他們兩個人，一個是剛剛二十出頭的年輕小姐，另一個是位老紳士，顯然是這位小姐的父親。他的相貌頗爲特別，頭髮雪白，臉上有時有一種難以言喻的表情：並非激動，而是沉思冥想。每當他臉上出現這種表情時，就顯得很蒼老；可是當這種表情驅散消失時——像現在他和女兒說話時這樣——他又變成了一個未過盛年的英俊男子。

他女兒坐在他身旁，一隻手挽著他的胳臂，另一隻手也按在那胳臂上。她對眼前的景象感到害怕，也對那個犯人滿懷憐憫，因而一直緊挨著父親。她眉宇間的神情，清楚地表明了她對被告面臨的厄運充滿著恐懼和同情。

這神情是如此引人注目，如此強而有力，如此自然流露，使得那些對犯人原無憐憫之心的看客，也爲之感動了。於是，到處是一片竊竊私語之聲：「他倆是什麼人呀？」

送信的傑里按照自己的方式進行了一番觀察。他一面出神地吮著自己手指上的鐵鏽，一面伸長了脖子去打聽他們到底是什麼人。他周圍的人已經把這個問題傳過去，傳到離那兩人最近的那個差役那裡，然後又從他那裡更慢地傳了回來，最後傳到了傑里的耳朵裡：

「是證人。」

「是哪一邊的？」

「反對一方的。」

「反對哪一方的？」

「反對犯人的。」

剛才也和大家一起朝那方向看的法官，這時已回過頭來，他靠在椅背上，定睛看著那個性命捏在他手裡的人；檢察總長先生站了起來，搓繩子，磨斧頭，給絞架釘上釘子。

①英國倫敦中央刑事法庭的俗稱。

②英國第一家精神病院伯利恆皇家醫院的俗稱。

③指法國為支持美國的獨立戰爭，於一七七八年向英國宣戰。

3 失望

檢察總長先生不得不向陪審團申述，站在大家面前的這個犯人年紀雖輕，但在從事叛國活動方面已是個老手，因而理應剝奪其生命。他的種種通敵行爲，並非始於今朝昨日，或者是去歲前年，而是早在多年以前就確鑿無疑地經常往來英法之間，從事他那不可告人的秘密勾當。倘若他的叛國活動都能得逞（幸而決不會如此），他的罪惡勾當就不會被發覺了。多虧上天有靈，讓一個無畏無懼、無瑕無疵之人探知該犯陰謀，震驚之餘，向陛下的首相和最尊貴的樞密院作了揭發。此愛國志士將親自出庭作證。

檢察總長發言完畢，法庭上響起一片嗡嗡之聲，彷彿有一大群綠頭蒼蠅擁在犯人周圍，等著他很快變成什麼腐爛的東西。嗡嗡聲平靜下來了，那位無可指摘的愛國志士出現在證人席上。

接著，副檢察總長先生繼他的上司之後，對這位愛國志士作了查詢：此人名叫約翰·巴塞德，是個紳士。

他本人當過間諜嗎？沒有，他不屑回答這種荒謬的旁敲側擊。他靠什麼爲生？自己的產業。產業在哪兒？他記不清楚了。什麼樣的產業？這與他人無關。是繼承來的遺產嗎？是的，是遺產。是誰的遺產？一個遠親。很遠的遠親？相當遠。坐過牢嗎？當然沒有。從沒進過負債人拘留所嗎？——好，再問一遍。

從沒進過？進過。幾次？兩三次。不是五六次？也許是五六次。職業是什麼？賦閒紳士。挨過踢嗎？可能挨過。經常挨踢？不經常。有沒有被人一腳踢下樓過？絕對沒有。有一次在樓頂上被人踢了一腳，是我自己摔下樓了。是因爲擲骰子作假挨踢的嗎？踢我的那個愛撒謊的醉鬼是這麼說的，不過那不是事實。你能發誓說那不是事實嗎？當然可以。有沒有靠賭博作假爲生？從來沒有。有沒有靠賭博爲生？沒有比別的紳士賭得更厲害。有沒有向這個犯人借過錢？借過。還過他嗎？沒有。你和這個犯人不過是泛泛之交，你是在馬車上、旅館裡和輪船上硬賴著要和他親近的嗎？不是。確實看到這個犯人帶著這些表冊了？當然。關於這些表冊，還知道些什麼？沒有了。比如說，是自己弄來的這些表冊？不是的。想從這次作證中得到什麼好處？不。不是受雇用，定期拿政府津貼設圈套陷害人？絕對不是。或者是幹別的？絕對沒有。可以起誓？可以再三起誓。除了愛國心，再沒有別的動機了？再也沒有了。

那位品行端正的僕人羅傑．克萊，則在整個作證過程中，一而再、再而三地不斷賭咒發誓。

四年前，他開始給這個犯人當差，老老實實，忠心耿耿。當時，他在加來號郵船上，問犯人是否要雇個貼身佣人，犯人就雇用了他。他要求這個犯人雇用他，但並沒有求他開恩做好事的意思——從來沒有這樣想過。過了不久，他就對犯人起了疑心，開始注意他。

旅途中，他在整理他的衣服時，多次發現犯人的口袋裡有和這些表冊差不多的東西。這些表冊是他從犯人的書桌抽屜裡拿來的。他並沒有預先把這些表冊放進裡面。他曾經看到犯人把和這些一樣的表冊，拿給幾位法國先生看。看過和這差不多的表冊，他愛自己的祖國，不能容忍這樣的事情，所以就告發了。

那些綠頭蒼蠅又嗡嗡地響起來了，接著，檢察總長傳賈維斯．洛瑞先生作證。

「賈維斯．洛瑞先生，你是台爾森銀行的職員嗎？」

「是的。」

「在一千七百七十五年十一月的一個星期五的晚上，你是否因公出差，乘郵車從倫敦到多佛？」

「是的。」

「郵車裡還有別的乘客嗎？」

「還有兩個。」

「他們是深夜在中途下的車嗎？」

「是的。」

「洛瑞先生，認一認這個犯人。他是不是那兩個乘客中的一個？」

「我不能保證說他是。」

「洛瑞先生，再看看這個犯人。憑你的確切記憶，你以前見過他嗎？」

「見過。」

「什麼時候？」

「在那以後的幾天，我動身從法國回來時，這個人上了我乘坐的那艘郵船，和我同船回國。」

「他什麼時候上的船？」

「半夜稍過一點。」

「是夜深人靜的時候。在那不尋常的時刻上船來的，只有他一個乘客嗎？」

「碰巧只有他一個人。」

「不要管是不是『碰巧』，洛瑞先生。在那夜深人靜的時候，他是上船的唯一乘客嗎？」

「是的。」

「洛瑞先生，當時你是單身一個呢，還是有別的同伴？」

「有兩位同伴，一位先生和一位小姐。他們現在都在這兒。」

「他們現在都在這兒。你當時跟這個犯人交談過嗎？」

「可以說沒有。那天正遇上暴風雨，航行艱難，船顛簸得很厲害，我從啓程到登岸，差不多一直躺在沙發上。」

「傳馬奈特小姐。」

剛才引起大家注目的那位小姐，從座位上站了起來，所有的目光又都落到了她的身上。她的父親也和她一起站了起來，她的手挽著他的胳臂。

「馬奈特小姐，妳以前見過這個犯人嗎？」

「見過，先生。」
「在什麼地方？」
「就在剛才提到的那艘郵船上，先生，時間也是同樣。」
「妳就是剛才提到的那位小姐嗎？」
「哦，很不幸，我就是！」
她那滿懷同情的淒婉聲調，被法官那很不悅耳的嗓音淹沒了，他聲色俱厲地說：「問妳什麼就答什麼，不要加以議論。」
「馬奈特小姐，那次渡海峽時，妳和這個犯人交談過嗎？」
「交談過，先生。」
「回憶一下談的是什麼？」
「這個犯人上船以後，注意到我的父親，」說著，她滿懷深情地把目光轉向站在她身邊的父親，「我的父親已瘦得不成樣子，我生怕他呼吸不到新鮮空氣，就在甲板上離艙房梯子不遠的地方，給他鋪了一張床，我自己就坐在他旁邊的甲板上照料他。那天晚上，船上只有我們四個人，沒有別的乘客。這位犯人好心地請求我允許他教我怎樣替父親擋住風寒，比我安置得更好。當時，我根本不知道出港後會有怎樣的風浪，不懂得怎樣把父親安置好。他幫了我的忙。他對我父親的狀況非常關心，體貼備至，我深信他是真誠的。就在這樣的情況下，我們開始攀談起來。」

「讓我打斷妳一下。他是一個人上船的嗎？」

「不是。」

「和他一起的還有幾個人？」

「有兩位法國先生。」

「他們在一起商量過什麼事情嗎？」

「他們一直談到最後一刻，兩位法國先生才不得不坐著他們的小船回岸上去。」

「他們有沒有傳遞過什麼文件，像這些表冊之類的東西？」

「是傳遞過一些文件，不過，我不知道是些什麼文件。」

「形狀和大小像這些嗎？」

「有可能，不過我確實不太清楚。因爲他們是站在艙房梯子的頂上，就著掛在那兒的那盞燈的燈光，燈光很暗，他們說話的聲音又很低，我聽不見他們說了些什麼，只看見他們在翻看一些紙張。」

「好了，馬奈特小姐，現在說說犯人和妳談話的內容。」

「犯人對我完全是以誠相見的——那是因爲當時我的處境非常困難——正像他完全出於好心善意，處處幫助我父親一樣。但願，」說著，她潸然淚下，「但願我今天不是對他以怨報德。」

綠頭蒼蠅又嗡嗡地響了起來。

「馬奈特小姐，如果這個犯人不能充分理解妳出來作證是出於義務——是迫不得已——是無法逃避——是很不情願的，那在場的不會有第二個人和他有同感的。請繼續往下說。」

「他對我說，他這次出門，是為了處理一件非常困難、棘手的事情，這事可能會讓人引起麻煩，所以他用了化名。他說，為了這件事，幾天前他去了法國，可能在今後很長一段時間內，他還得經常往返於英法之間。」

「他說到有關美洲的事情了嗎，馬奈特小姐？說詳細些。」

「他詳盡地給我解釋了那場爭端①的起因，說是在他看來，錯在英國方面太愚蠢了。他還開玩笑地加了一句說，說不定喬治·華盛頓還會和喬治三世一樣名垂青史哩。他說這話並沒有惡意，只是一種說笑，消磨時間罷了。」

檢察總長先生此時像法官大人提出，為了穩妥慎重和程序健全，有必要傳訊這位年輕小姐的父親馬奈特醫生，於是他就被傳訊了。

「馬奈特醫生，認一認這個犯人。你以前見過他嗎？」

「見過一次。是在他到我倫敦寓所來訪的時候，大約是三年或三年半以前。」

「你是否能證明他就是和你同船的那個乘客？或者是否能說說他和你女兒談話的內容？」

「這兩點我都辦不到，先生。」

「你說這兩點都辦不到，有什麼特殊原因嗎？」

他低聲回答道：「有。」

「你曾經不幸地在你的祖國未經審判、甚至未經起訴，就被長期囚禁，是嗎，馬奈特醫生？」

他用一種感人肺腑的聲調答道：「是啊，長期囚禁。」

「剛才問到的那個場合，是你剛獲釋不久嗎？」

「他們告訴我是這樣。」

「你已經不記得當時的情況了嗎？」

「一點也不記得了。從某個時候——我甚至說不上到底是什麼時候——我給囚禁了起來，我就幹了做鞋這一行，直到我發現自己和親愛的女兒同住在倫敦爲止，我腦子裡只有一片空白。這個過程，我一點也不記得了。」

檢察總長先生坐了下來，這父女倆也一起坐了下來。

隨後，這個案子出現了意想不到的轉機。現在的目的是要證明，這個犯人五年前在十一月份一個星期五的晚上，曾和某個尙未緝拿歸案的同犯，一起搭乘從倫敦駛往多佛的郵車。爲了掩人耳目，該犯深夜在中途下車，但並未在下車的地方停留，而是從那兒往回走了十幾英里，到一個駐軍要塞搜集情報。傳來了一名證人，他證實該犯當時確曾在那有要塞和船廠的市鎭，在一家旅館的咖啡室裡，等候過另外一個人。

犯人的律師仔細盤問了這個證人，但毫無結果，只問出他除了這次之外，從未在其他任何地方見過這個犯人。這時，那位在整個開庭過程中一直都望著天花板的戴假髮的先生，在一張小字條上寫了幾個字，揉成團，扔給了這位律師。律師抽空打開字條一看，不由得充滿好奇地，仔仔細細把犯人上上下下打量了一番。

「你還是認爲你肯定那人就是這個犯人？」

證人表示這毫無疑問。

「你有沒有見到過和這犯人很像的人？」

證人說，從未見過相像到會使他認錯的人。

「那麼，請你好好看看那位先生，我那位博學的同行，」說著，他指了指剛才抛紙團給他的人，「然後再好好看看這個犯人。你怎麼說？他們是不是彼此很相像？」

對比之下，這位博學同行的外表除了有些懶散、不修邊幅外——姑且不說他放蕩不羈——他們長得一模一樣，不僅使證人，他使在場的每一個人都大吃一驚。

辯護律師請求法官大人吩咐這位博學的同行摘掉假髮，法官不太情願地同意之後，讓他摘掉了假髮，他們就顯得更像了。

法官大人問斯特里佛先生（犯人的辯護律師），下一步，他們是否要按叛國罪審判卡頓先生（那位博學的同行）。

斯特里佛先生回答法官大人說，不。不過，他想請證人告訴他，發生過一次的事情，是否會發生第二次？假如他能及早看到這個證實他過於輕率的例子，他是否會這麼自信？現在已經看到了這個例子，他是否還是那麼自信？等等，等等。這麼一來的結果是，把這個證人像陶器似的砸得粉碎，把他在這個案子中的作用，砸成了一堆廢料。

終於，輪到陪審團進行討論，綠頭大蒼蠅又嗡嗡地響了起來。卡頓先生始終坐在那兒，盯著法庭的天花板出神，就連這一群情激動的時刻，也未能使他挪動位置和改變姿勢。

然而，這位看似漫不經心的卡頓先生，對眼前發生的事，實際上瞭如指掌。比如現在，馬奈特小姐的頭低垂在她父親的胸前，這一情況是他第一個發覺，並馬上叫了起來：「法警！快照顧一下那位年輕小姐。幫那位先生把她扶出去。沒見她快摔倒了嗎？」

在她被攙出去的時候，大家都對她非常憐憫，對她父親也深表同情。讓他回憶起那遭囚禁的歲月，顯然使他十分痛苦。在他受到傳訊時，看得出他內心非常激動。打那以後，使他變得蒼老的沉思，或者說是憂慮的表情，便像一片烏雲似的籠罩著他。他出去之後，陪審團人員回來了，停了片刻，首席陪審員代表陪審團發言。

陪審員們沒有取得一致意見，要求暫時退席。法官大人（也許心裡還念念不忘喬治·華盛頓）對他們未能取得一致意見表示驚訝，不過，還是欣然同意他們可以在監督與警衛下退席，接著他自己才退了席。

這場審判整整延續了一天時間。此時，法庭裡已點上了燈，旁聽的人都陸續休息吃喝去了，犯人也退到被告席後面坐了下來。

在滿佈小偷和流氓的前廳裡，雖說有羊肉餡餅和麥酒解悶，一個半鐘點的時間還是過得緩慢難熬。嗓子沙啞的送信人吃了那種點心後，很不舒服地坐在一張長凳上打起盹來。忽然傳來一陣嘈雜的人聲，一股急速的人流湧向法庭的階梯，把他也捲了進去。

「傑里，傑里！」等他到了門口，洛瑞先生已經在那兒叫他了。

「在這兒，先生！要往回擠真跟打架一樣。我在這兒，先生！」

洛瑞先生從人群中給他遞過來一張字條：「快接住！你拿到了嗎？」

「拿到了，先生。」

草草寫在字條上的是四個字：「無罪釋放。」

「這回要是你再送『復活』這個口信，」傑里轉身往外走的時候，嘴裡嘟噥道，「我就明白是什麼意思了。」

走出老貝利之前，他根本沒有機會再說什麼，或者說再想什麼，因為人群亂哄哄地突然一擁而出，幾乎使他雙腿架空地衝了出來，嘈雜的嗡嗡聲衝到街上，彷彿那些失望的綠頭蒼蠅一窩蜂似的飛了出來，各自分頭到別的地方尋找腐屍臭肉去了。

①指美國反對英國殖民統治的獨立運動。

4 慶賀

在法庭裡沸沸揚揚地泡了一整天的人們，連最後那幾個，都穿過燈光昏暗的過道，走得一乾二淨了。這時，馬奈特醫生、他女兒露西．馬奈特、洛瑞先生，和被告辯護律師斯特里佛先生，一起圍站在查爾斯．達內先生的周圍——他剛剛獲釋——慶賀他死裡逃生。

哪怕在比這亮得多的燈光下，也很難認出這個一臉智力超群、身姿挺拔的馬奈特醫生，就是巴黎閣樓上的那個鞋匠。可是無論是誰，即使沒有機會對他進行過深入細緻的觀察，即使沒有聽過他悲愴低沉的語調，也沒有見過那無端地籠罩著他的茫然神情，只要朝他看上一眼，就沒有人會不再看他的。

一種外在的原因，比如提到他多年來遭受的苦難，就經常會——像剛才被傳訊時那樣——從他靈魂深處勾出那種茫然的神情，當然，它們也會自行浮現出來，給他蒙上一層陰影，使那些了解他身世的人難以理解，彷彿看見夏日的陽光，把遠在三百英里外的巴士底獄的陰影，投射在他的身上。

只有他的女兒有力量從他心中驅除陰鬱的憂思。她是一條金線，把他受苦遭難前的「過去」和受苦遭難後的「現在」連接了起來，她的語聲，她的容光，她的撫愛，幾乎總是能對他產生強大有益的影響。當然，她的魔力也不是絕對的，因爲她記得有幾次，連她也無能爲力。不過這種情況爲數不多，也無關緊要，她相信以後不會再有了。

達內先生滿懷感激之情，熱烈地吻了他的手，接著，轉身向斯特里佛先生衷心致謝。

斯特里佛先生三十剛剛出頭，但看上去比實際年齡至少要大二十歲。他身材粗胖，聲音洪亮，紅光滿面，直來直去，從不拘泥於斯文禮節。在人們聚談時，他總是喜歡排開眾人，擠到前面去（在精神上和行動上都是如此），搶先插話，這正好說明他在實際生活中那種敢闖敢上的衝勁。

這時，他仍然戴著假髮，穿著律師袍，挺胸凸肚，站在他的當事人面前，把個純樸老實的洛瑞先生都擠到了一邊。他說：「達內先生，我很高興能把你體體面面地解救出來。對你的起訴實在太卑鄙了，卑鄙到了極點，不過，我們還是取得了勝利。」

「你對我的救命之恩，我終生感激。」他的當事人握著他的手說。

「我使出了全身本領來救你，達內先生；我相信，我的本領也跟別人的一樣大。」

這很清楚，他是要人義不容辭地出來說聲「你的本領大多了」，而洛瑞先生也確實這樣說了。他這樣說，也許並非完全出於無私，而是想趁機擠回原地。

「你這樣看嗎？」斯特里佛先生說，「對了！你在這兒整整待了一天，你應該最清楚。再說，你也是個代人辦理事務的。」

「正因為是這樣，」洛瑞先生說道，這時，那位精通法律的律師像剛才把他擠到一邊那樣，又把他推回到這夥人裡面，「作為代理人，我要求馬奈特醫生宣布結束這場談話，命令我們各自回家。露西小姐看來不太舒服，達內先生擔驚受怕了一天，我們大家都累壞了。」

於是，他們叫來一輛出租馬車，父女倆坐上車先走了。洛瑞先生也逕自回台爾森銀行去了。

斯特里佛先生在過道裡和他們分手後，便衝回法庭的更衣室去了。

另外還有一個人，剛才沒有跟他們聚在一起，也沒有和他們當中的任何一個人搭訕過一句，只挑了個陰影最濃的牆角站著。這時，他默不作聲地跟著大家走了出來，站在那兒，一直看著馬車離去，然後才走向站在人行道上的達內先生，說：

「你我碰在了一起，這真是個奇妙的緣分。現在，你和跟你長相一樣的人一起站在這街心石頭上，你一定覺得這是個很不尋常的夜晚吧？」

「我好像還沒回到人世上來哩！」查爾斯．達內答道。

「我一點也不覺得奇怪；因為，方才你在黃泉路上已經走得相當遠了。你說話好像有氣無力的。」

「我越來越感到我的確渾身無力了。」

「那你幹嘛不去吃點東西？我在那夥傻瓜討論你究竟應該屬於哪個世界——陽世還是陰間時，就已經吃過飯了。讓我帶你到離這兒最近的一家酒館去，好好吃上一頓吧。」

他伸出手去挽住對方的胳臂，領他走下拉蓋特山，來到弗利特街，走過一段蓋有天篷的路，進了一家酒館。

他倆被帶進一個小房間。查爾斯．達內飽餐了一頓，又喝了些好酒，很快就恢復了體力。

卡頓和他同坐一桌，在他對面，也擺著一瓶葡萄酒，他對達內也是那副半似傲慢的滿不在乎的態度。

「你現在覺得你又回到人世了嗎，達內先生？」

「有關時間和空間，我腦子裡還是一片糊塗，不過現在好多了，已經有了人世的感覺。」

「那就應該大大知足了啊！」

他語帶辛酸，隨即又把自己的杯子斟滿，那是一只大杯子。

「對於我來說，最大的願望就是忘掉我屬於這個世界。這個世界對我沒有一點用處——像這樣的酒除外——我對它也沒有用處。因此在這一點上，我倆不太相像。說實在的，我漸漸覺得，我倆，你跟我，無論在哪方面，都不太相像。」

查爾斯·達內被這驚心動魄的一天弄得喪魂失魄，覺得和這個跟自己相像、舉止粗魯的人坐在一起恍如夢中，他茫茫然不知如何回答，於是就乾脆不作回答了。

「現在你已經吃完飯了，」卡頓過了一會說，「爲什麼不乾一杯呢，達內先生？怎麼不乾杯酒？」

「爲誰的健康乾杯？爲誰慶祝呀？」

「得啦，不就在你嘴邊嘛！準是的，一定沒錯，我敢保證，就在你嘴邊上。」

「那就爲馬奈特小姐乾一杯！」

「爲馬奈特小姐乾一杯！」

卡頓乾杯的時候，兩眼直盯著他朋友的臉，隨後，他把酒杯朝背後一擲，杯子在牆上碰得粉碎。接著，按了按鈴，另要了一只。

「那位在黑暗中被扶上馬車的小姐真漂亮，達內先生！」他說著，又把新拿來的高腳杯斟滿。

對方只是微微皺了皺眉頭，說了簡短的一個「是」字作爲回答。

「那個憐憫你，爲你流淚的，可是位漂亮小姐啊！感覺怎麼樣？能得到這種同情和憐憫，即使受到性命攸關的審判，也是值得的吧。是不是，達內先生？」

達內還是一句話也沒有回答。

達內按了鈴。

「全部賬都你付嗎？」卡頓問，在對方作了肯定的回答後，他又說，「那就再給我拿一品脫這種酒來，酒保，到十點鐘時來叫醒我。」

付完賬，查爾斯·達內站起身來，向他道了晚安。

當這位怪人剩下獨自一人時，他拿起一支蠟燭，走到牆上掛著的一面鏡子跟前，仔細地把自己打量了一番。

「你特別喜歡那個人嗎？」他喃喃地問鏡中的自己，「你幹嘛要特別喜歡一個跟你相像的人呢？你身上並沒甚麼可喜歡的，這你自己知道。啊，你這個混蛋！看你把自己糟蹋成什麼樣子了！你喜歡上這個人，自有你的道理，從他身上，你可以看到你墮落前的模樣，你本來可以成爲什麼樣子！跟他對換一下，你是否也會像他那樣受到那對藍眼睛的青睞，像他那樣得到那張激動的小臉蛋的憐憫呢？說下去呀，乾乾脆脆地說出來吧！你恨這個傢伙！」

他向那一品脫酒尋求安慰，幾分鐘之內就把它喝得一乾二淨，隨即就伏在手臂上睡著了；他的頭髮披散在桌子上，那像長長的裹屍布般的燭淚，滴落在他的身上。

5 胡狼

斯特里佛是老貝利的寵兒，也是民事治安去法庭的紅人。他已經小心謹慎地爬上了飛黃騰達之梯的最低幾級。

律師界的人曾一度認爲，斯特里佛先生固然能言善辯，無所顧忌，機敏靈活，敢作敢爲，但他卻沒有從大量資料中取其精要的才能，而這是一個辯護律師至爲重要和不可或缺的條件。可是後來，發現他在這方面有了顯著進步。他的業務愈興隆，他把握精要的本領似乎變得愈大。不論他晚上和西德尼．卡頓先生對飲到多晚，第二天早上，他準能把自己的論點準備得有條有理。

吊兒郎噹、前途無望的西德尼．卡頓，是斯特里佛最得力的助手。每年從希拉里節開庭期到米迦勒節開庭期，這兩個人在一起喝下的酒，足以浮起一艘皇家兵艦。斯特里佛不管在哪兒辦案，都有卡頓跟著；而這位助手，總是雙手插在口袋裡，兩眼直望著法庭的天花板。

他倆一同去參加巡迴審判，甚至在巡迴途中，也依舊酣飲到深夜。謠傳有人看見卡頓大白天喝得踉踉蹌蹌，像隻浪蕩貪玩的貓兒，偷偷溜回自己的寓所。後來，關心此事的人們紛紛議論說，西德尼．卡頓雖然成不了獅子，卻是隻極好的胡狼，甘居卑位，對斯特里佛竭盡忠誠。

「十點了，先生，」酒店侍者按照卡頓事先的吩咐，前來叫醒他，「已經十點了，先生。」

「你說什麼？晚上十點了嗎？」

「是的，先生。你吩咐我叫醒你的。」

「哦，我想起來了，很好，很好。」

他感到很睏，昏昏然又想睡去，可那侍者卻非常機靈，嘩啦嘩啦捅了足足五分鐘的火爐，弄得他只好站起身來，把帽子往頭上一扣，走出門外。他拐進聖堂區，在高等法院和紙樓①之間的人行道上來回走了兩趟，然後才轉身進入斯特里佛的事務所。

「多虧你想出這個好點子，西德尼，提出個面貌相像的問題。你怎麼會想到這一點的？什麼時候想起來的？」

「我覺得他是個挺英俊的傢伙，我想，要是走運的話，我多半也該是這個樣子。」

斯特里佛先生哈哈大笑起來，笑得他那過早發福的大肚子直打顫。

「西德尼！還是開始幹活吧，開始幹活！」

胡狼繃起臉，解開衣服，走進隔壁房間，拿來一大壺冷水，一只臉盆，還有一兩條毛巾。他把毛巾浸在水裡，擰到半乾，疊起放在頭上，樣子難看極了。隨後他坐在桌邊，說道：「開始吧，我準備好了！」

「今晚要歸納整理的資料不多，活字典。」斯特里佛先生翻撿著資料，愉快地說。

「有多少？」

「只有兩份。」

「先把最難搞的給我。」

「拿去，西德尼，幹起來吧！」

於是，獅子怡然自得地仰靠在酒桌一頭的沙發上，而胡狼則坐在堆滿文件資料的另一頭酒桌旁，酒瓶和酒杯也近在手邊。

最後，胡狼終於爲獅子調製出一份緊湊的美餐，走上前去奉獻給大王。獅子小心謹慎地接了過去，在胡狼的幫助下，自己又作了一番選擇，加上幾句評語。經過反覆討論，獅子又把雙手插進腰帶，靠在沙發上沉思冥想起來。

爲了提神，胡狼往喉嚨裡灌下一大杯酒，又去換了一條冷毛巾，然後著手調製第二份菜餚。這份菜餚做好後，又用同樣方式拿去奉獻給獅子大王，直到清晨三點才大功告成。

「現在完事了，西德尼，來一滿杯五味酒吧。」斯特里佛說。

胡狼從頭上摘下那塊一直在冒熱氣的濕毛巾，抖了抖身子，打了個哈欠，還打了個冷戰，照斯特里佛說的乾了一大杯酒。

「你今天對付那些官方證人，幹得真漂亮，西德尼，每個問題都擊中要害。」

「我每次都幹得很漂亮，不是嗎？」

「我並沒有說不是這樣，是什麼讓你來火氣了？澆上點五味酒吧，再潤一潤。」

胡狼不高興地咕嚕了兩句，又照他的話做了。

「好吧！那就爲那位漂亮的女證人乾杯吧。」斯特里佛舉杯說道，「這下你該高興了吧？」

顯然沒有，他又變得垂頭喪氣了。

「漂亮的女證人，」他低頭看著自己的杯子嘟囔道，「今天一個白天，還有晚上，我已經見夠證人了，你說的漂亮的女證人是哪一個呀？」

「就是那位美麗如畫的醫生女兒，馬奈特小姐呀。」

「她漂亮？」

「難道不漂亮？」

「是的。」

「哎呀，我的天哪！整個法庭都為她傾倒了呢。」

「整個法庭都傾倒！誰讓老貝利來判定美醜的？她只不過是個金髮玩具娃娃罷了！」

「你知道嗎，西德尼，」斯特里佛用銳利的目光望著他，用一隻手在紅光滿面的臉上慢慢地抹了一把，說道，「你知道嗎？我當時就覺得，你很同情那個金髮玩具娃娃，而且你很快就發現她出了事。」

「很快發現出了事！要是一個姑娘，管她是玩具娃娃或者不是玩具娃娃，在一個男人鼻子底下兩三碼遠的地方暈過去，不用望遠鏡也能看到的。好，我跟你乾杯，可我並不覺得她漂亮。我現在不想再喝了，我要去睡覺了。」

當主人拿著一支蠟燭，把他送到樓梯口，照著他下樓時，黎明已經冷冷地從積滿污垢的窗戶透了進來。

渾身是無用的精力，周圍是空曠的荒漠，他在穿過一條僻靜的小巷時，收住了腳步。剎那間，他看到眼前出現了一片崇高志向、克己為人的精神和堅忍不拔的意志構成的海市蜃樓。可是剎那之間，這番幻景就消逝無蹤了。他走進一群樓房的天井，爬上一間高高的閣樓，和衣倒在一張凌亂不堪的床上，無用的淚水濡濕了床上的枕頭。

太陽悲悲切切、切切悲悲地冉冉升起，它所照見的景物，再也沒有比這個人更悲慘的了。他富有才華，情感高尚，卻沒有施展才華、流露情感的機會，不能有所作為，也無力謀取自己的幸福。他深知自己的癥結所在，卻聽天由命，任憑自己年復一年地虛度光陰，消耗殆盡。

①倫敦古建築，因構造簡陋而得名。

6 成百的人

馬奈特醫生幽靜的寓所，坐落在離索霍廣場不遠的一個寧靜的街角。打從那樁叛國案的審判之後，時間的洪流已奔騰了整整四個月，夾帶著人們對那案件的興趣和記憶，遠遠地流向了大海。

在一個晴朗的星期天的下午，賈維斯．洛瑞先生離開他居住的克拉肯韋爾區，沿著陽光明媚的大街，步行前去和馬奈特醫生共進晚餐。在業務上幾經交往之後，洛瑞先生成了這位醫生的朋友，而那幽靜的街角，也就成了他生活中光明溫暖的處所。

「馬奈特醫生在家嗎？」

等會兒就回來。

「露西小姐在家嗎？」

等會兒就回來。

「普羅斯小姐在家嗎？」

可能在家，侍女吃不準普羅斯小姐的意思會是什麼，到底是承認在家呢，還是否認。

「我是老熟人了，」洛瑞先生說，「我自己上樓去吧。」

樓上和樓下一樣，都有三間房，房門全敞開著，使得空氣可以自由流通。洛瑞先生從一個房間走進另一個房間，滿面含笑，注意到周圍所有的東西，都有著引人想像的樣子。第一個房間最好，裡面有露西的鳥兒、花兒、書籍、書桌、做女紅用的工作臺和一盒水彩；第二個房間是醫生的診療室兼飯廳；第三個房間是醫生的臥室，院子裡的那株梧桐樹，在裡面投下了時時變幻的斑駁樹影。在一個屋角，擺著那張已經廢棄不用的鞋匠凳子和工具箱，就像擺在巴黎近郊聖安東尼區酒店旁邊那幢陰暗房子的五層樓上時一樣。

「真奇怪，」洛瑞先生瞧著，停住了腳步說，「他還保存著這些會讓他難受的東西！」

「這有什麼好奇怪的呢？」這突如其來的問話，使他大吃一驚。

發問的是普羅斯小姐，就是那個從頭到腳一身紅，手勁很大的粗魯女人。他第一次認識她是在多佛的皇家喬治旅館，打那以後，他們間的關係已有所改善。

「你好嗎？」女士接著厲聲問道——卻又像是要表示她對他並無惡意。

「我很好，謝謝，」洛瑞先生溫順地答道，「妳好嗎？」

普羅斯小姐答道：「我心裡煩透了。」

「我可以問問是什麼原因嗎？」

「我不願讓那些配不上我的小寶貝的人，成打成打地跑到這兒來追求她。」

「有成打成打的人來追求？」

「成百成千的人。」普羅斯小姐說。

這位女士的特點是，你越是對她的說法懷疑，她就越要誇張。

「我的天哪！」洛瑞先生說，這是他能想出的最最保險的話了。

「不管是現在還是將來，只有一個人配得上我的小寶貝，」普羅斯小姐說，「那就是我的弟弟所羅門，要是他在生活裡不曾犯過錯誤的話。」

爲此，洛瑞先生再次問起普羅斯小姐的身世，結果得知她的弟弟所羅門，是個毫無心肝的無賴。他刮走了她所有的一切，去搞投機，弄得她一貧如洗，他卻一點也沒有悔恨內疚之心，丟下她顧自跑了。普羅斯小姐對所羅門依然堅信不疑（這樁小小的過失，只使她對他的信心略打折扣），這在洛瑞先生看來，是件極不簡單的事，增加了他對她的好感。

「他們來了！」普羅斯小姐說著，站起身來，打斷了這場談話，「現在，我們這兒馬上就會有成百的人跟著來了！」

這個街角的傳聲效果非常奇特，是個使聲音聽起來非常奇妙的地方。此刻，當洛瑞先生站在敞開的窗前等候那父女倆時，他明明聽見了他們的腳步聲，卻彷彿覺得他們永遠也走不到了；腳步聲漸漸遠去，回聲逐漸消失，代之而起的是另一種永遠不會到來的腳步聲，分明已近在咫尺，卻又永遠逝去。不過，父女倆終於還是露面了，普羅斯小姐等在門口迎接他們。

雖說普羅斯小姐粗魯，一身通紅，又帶些兇相，可是看上去倒挺有意思。當她的小寶貝來到樓上時，她幫她摘下帽子，用自己的手帕角兒撣了撣，吹去上面的灰塵，把她的斗篷折好，放到一邊，又伸手撫平她那頭濃密的金髮，那副得意的樣子，彷彿她自己是個最自負、最標緻的美人，這是在撫捋自己的頭髮。

她的小寶貝看上去也挺有意思，擁抱她，向她道謝，要她不必這樣操心——這點只敢開玩笑地說說，要不，普羅斯小姐就會因此傷心，跑回自己的臥室去痛哭一場。

醫生看上去也挺有意思。站在旁邊看著她倆，直說普羅斯小姐把露西給寵壞了，可是他的語氣和眼神，卻說明他和普羅斯小姐一樣寵她，而且，如有可能，還會寵得更厲害。

洛瑞先生看上去也挺有意思，他戴著一頂小小的假髮，滿面春風地看著這一切，慶幸他這個單身漢福星高照，在垂暮之年找到一個「家」。不過，並沒有成百的人跟著來觀看這些場面，洛瑞先生盼了又盼，盼了個空，普羅斯小姐的預言並沒有實現。

晚餐的時候到了，仍不見有成百的人到來。

這天天氣悶熱，吃罷飯，露西提出應該到外面的梧桐樹下去喝酒，那樣，他們就可以坐在露天中了。說的那成百的人還是沒有出現。在他們坐在梧桐樹下的時候，達內先生來了，不過，他是隻身一人。

醫生此時興致極好，看上去也格外年輕。在這種時候，他和露西就顯得特別相像。他倆並排坐著，他的胳臂搭在她的椅背上，她的頭倚在他的肩上，這時候找一找他們的相似之處，是挺有意思的。

這天他說了許多話，談的話題很多，興致顯得特別高。

「請問，馬奈特醫生，」當他們坐在梧桐樹下，偶然談到倫敦的古建築時，達內先生順口問道，「你仔細參觀過倫敦塔①麼？」

「露西和我去過那兒，不過，只是走馬看花地看一看。我們看了，覺得它很有趣，別的也就沒什麼了。」

「你總還記得，我也去過那兒，」達內先生雖因憤慨漲紅了臉，還是含笑說道，「是以另一種身份去的。那種身份沒有條件能讓我細看。不過我在那兒時，他們告訴過我一樁很奇怪的事。」

「什麼事呀？」露西問道。

「在進行部分改建時，工人們發現了一座古老的地牢，是多年以前建造的，早已廢棄不用了。地牢內牆的每塊石頭上，都有囚犯刻下的字跡——日期、姓名、怨訴和禱詞。在牆角的基石上，有個囚犯大概是在臨刑前刻下了他的遺言，一共是三個字母。這三個字母是顫抖的手用很簡陋的工具匆匆刻下的。起初，大家把這三個字母看成是D、I、C，後來經過仔細辨認，才看清最後一個字母原來是G。不論是憑文字記載還是憑口頭傳說，都沒有找到有囚犯的名字是用這三個字母開頭的。這究竟是誰的名字，猜來猜去都毫無結果。最後，有人想到這幾個字母並不是人名的縮寫，而是一個完整的字：Dig（挖）。於是，大家就仔細地在刻有這個字的石頭下方尋找，終於在一塊石頭、一塊瓦片，或者別的什麼鋪地材料的碎片下面，找到了一些紙灰和一個小皮盒或皮夾子的灰燼。這位不知姓名的囚犯到底寫了些什麼，看來是永遠不會有人看到了，不過，他確實寫了一些東西，並且把它藏起來，不讓獄卒看到。」

「父親！」露西突然驚叫起來，「你不舒服了嗎？」

原來馬奈特醫生突然驚跳了起來，用手按著頭，他的模樣和神情讓大家都大吃一驚。

「不，親愛的，我沒什麼不舒服，是大滴的雨點落下來，嚇了我一跳。我們還是進屋去吧。」

喝茶的時間到了。普羅斯小姐在備茶時，還是不見有成百個人到來，只有卡頓先生踏著懶散的步子踱了進來，不過，連他在內，也只有兩個人。

這天晚上悶熱異常，雖說他們坐在那兒，門窗都大開著，還是熱得受不了。喝過茶之後，大家都坐到一個窗口前，眺望窗外的蒼茫暮色。露西坐在父親身旁，達內挨她坐著，卡頓倚在一個窗口。窗帘又長又白，被捲進街角帶來雷雨的狂風，直刮到天花板上，像精靈鬼怪的翅膀似的，上上下下搧個不停。

「還在掉雨點，又大又沉，可是稀稀拉拉，」馬奈特醫生說，「雨來得很慢。」

「但肯定要來的。」卡頓說。

他們說話的聲音很低，人們在守候什麼時大多如此；在一間黑暗的屋子裡守候的人，也總是這樣說話的。

大街上，人們東奔西跑忙作一團，都想在暴風雨到來前找到躲雨的地方。這個能發出回聲的奇妙街角，響起了來來往往的腳步聲，但並沒有人走過。

「人聲鼎沸，卻又空無一人！」傾聽了一會兒後，達內說道。

「這不是挺有意思嗎，達內先生？」露西說道，「有時候，我整個晚上都坐在這兒，一直胡思亂想——不過，今天晚上這麼漆黑肅穆，哪怕是一丁點兒愚蠢的遐想，都會使我打哆嗦的——」

「讓我們也跟著打哆嗦吧，那我們就會知道是怎麼回事了。」

「這對你們來說算不得什麼。我覺得這種突然出現的念頭，只有對產生它的人來說，是激動人心的。這只能意會，不可言傳。有時候，我整個晚上都獨自坐在這兒傾聽，到最後我覺得，這些聲音正是將要走進我們生活中來的所有腳步的回聲。」

「真要是那樣的話，有朝一日，就會有一大堆人闖進我們的生活裡來了。」西德尼・卡頓悶悶不樂地插了一句。

腳步聲一直不斷，而且變得愈來愈匆忙急促。這街角上，到處反覆迴盪著腳步的回聲，有的彷彿就在窗下，有的彷彿近在屋內，有的來了，有的去了，有的中途停下，有的戛然而止；其實行人全在遠處的街角上，沒有一個近在眼前。

「這些腳步是注定要衝著我們大家來的呢，還是我們各有各的份呢，馬奈特小姐？」

「我不知道，達內先生。我跟你說過，這只不過是我的一種愚蠢的遐想，是你要我說出來的。我常常獨自一人沉溺在這種遐想中，我想像，這些腳步聲屬於那些將要走進我的生活，乃至我父親生活中來的人。」

「讓他們進入我的生活吧！」卡頓說：「我可是從來不提什麼問題，也不定什麼條件的。有一股巨大的人流正朝我們直撲過來，馬奈特小姐，我看見他們了！——藉著這電光。」最後一句話，是在一道耀眼的電光閃過，照出他倚在窗口的身影後加上的。

「我聽見他們來了！」一陣隆隆的雷聲過去，他又說道，「看，他們來了，迅猛、激烈、狂暴！」

他說的恰似猛沖直瀉、狂嘯怒吼的暴風雨。暴雨使他住了口，因為狂風暴雨中，什麼話也聽不見了。隨著傾盆大雨，雷電交加；雷聲隆隆，電光閃閃，大雨滂沱，一刻不停，真是一場令人難忘的大雷雨，直到半夜才雲散雨止，月兒升上天空。

當聖保羅教堂的大鐘透過清新的空氣敲響一點時，洛瑞先生才在腳穿高統靴、打著燈籠的傑里護送下，動身回他在克拉肯韋爾的寓所。在索霍到克拉肯韋爾的這段路上，有幾處地方非常冷僻，洛瑞先生擔心路上遇上劫賊，總是留下傑里幹這樁差使；不過要是在平時，他早在兩個小時之前就動身回家了。

「這夜真是夠嗆，傑里！」洛瑞先生說，「這種黑夜，簡直能把死人從墳墓裡弄出來。」

「我從沒見過這樣的夜晚，老爺——也沒想到過——怎會有那種事呀。」傑里答道。

「晚安，卡頓先生。」這位生意人說，「晚安，達內先生。我們或許還會一起度過這樣的夜晚哩！」

或許，或許還能看見巨大的人流猛衝直闖，狂嘯怒吼著，氣勢洶洶地朝他們撲過來呢，

①倫敦著名古建築，原為古堡，後作監獄用。

7 侯爵老爺在城裡

宮廷裡一位有權有勢的大人，每兩星期在他豪華的府邸裡舉行一次接待賓客的盛會。此刻，大人正待在他的內室裡。

對外面屋子裡那一大群崇拜者來說，這間內室是神殿中之神殿，聖堂中之聖堂。大人準備喝巧克力①了。大人能夠毫不費勁地吞下許多吃的東西，因而有些對他不滿的人尖刻地認為，他是在以相當快的速度吞食著法蘭西；不過，他早晨喝的這杯巧克力，除了廚子之外，如若沒有四個壯漢相幫，那是無論如何也灌不進他的嗓子眼裡去的。

是的，要把那不勝榮幸的巧克力送入大人口中，得用四個壯漢。這四條漢子渾身上下都裝飾得金光燦爛，他們的那個頭兒，也遵照大人提倡的豪華派頭，認為衣袋裡若是少於兩隻金表，就會活不下去。

第一個壯漢侍從先把盛有巧克力的壺捧到大人跟前；第二個用他隨身帶來的專用小勺子調攪巧克力，使之起泡沫；第三個獻上那備受恩寵的餐巾；第四個（**就是有兩隻金表的那位**）則把巧克力從壺裡倒出來。在大人看來，這些侍候他喝巧克力的侍從是一個也不能少的，否則，他就不能在這令人羨慕的天下雄踞高位。要是他喝巧克力時只有三個人侍候，這種不成體統的場面，就會在他的家徽上沾上深深的污點；如果是兩個人侍候，那他就得一命嗚呼了。

大人終於卸下了那四條漢子的重負，喝下了他的巧克力，然後下令敞開了那聖堂中之聖堂的大門，緩步踱了出來。應聲前迎的人，是何等的俯身低首，何等的卑躬屈膝，何等的阿諛奉承，何等的奴顏婢膝，何等的寡廉鮮恥！全身心都在頂禮膜拜，哪裡還有餘力來禮拜上帝呢——大人的崇拜者們從來不敬奉上帝，這大概也是原因之一吧。

在這兒投之一諾，在那兒賜之一笑，一會兒對一個走運的奴才低語一聲，一會兒對另一個奴才揮一下手，大人和藹可親地穿過他的一間間屋子，一直走到邊遠的「真理的周圍」。然後，大人又轉身往回走，預定時間一到，就由那些巧克力神將把他關進他的聖堂，從此便不再露面了。

戲演完了，大氣中振起的輕風完全變成了一陣小小的風暴，那些珍貴的小鈴噹一路響著下樓去了。眾人中，頃刻之間就只剩下了一個人，他腋下夾著帽子，手中拿著鼻煙盒，慢慢從兩邊嵌滿鏡子的過道裡走了出去。

「我要讓你——」這人在最後一道門邊站住，轉身朝那間聖堂說，「見鬼去！」

說完，他就像拂袖而去似的，抖掉手指上的鼻煙，隨後安然走下樓去。

他大約六十多歲，衣著華麗，神態高傲，臉像一副做得非常精緻的假面具。這張臉蒼白得幾乎透明，五官的線條分明，面部表情呆板。鼻子的模樣很美，只是在鼻孔上方稍微有點凹陷。這兩個凹陷處，或者說肉窩，是這張臉上唯一能顯露出微小變化的地方。它們有時會不斷地變換顏色，偶爾還像因輕微的抽搐弄得一張一縮，於是，整個臉膛就現出一種背信棄義、陰險兇殘的神情。細看起來，這種表情是因嘴和眼眶的輪廓線造成的，它們過於平直，也太細淺了。不過總的說來，這張臉還是漂亮的，引人注目的。

長著這樣一張臉的人走下樓梯，來到院子裡，登上馬車疾馳而去。招待會上和他談話的人不多，他獨自一人站在一旁，大人對他的態度也頗爲冷淡。而此刻，當他看到那些尋常百姓在他的馬車前紛紛逃避，有的險些被馬撞倒時，他心中頗感愜意。他的車伕像對敵衝鋒般地驅車狂奔，不顧一切地橫衝直撞，主人的臉上或嘴上，都沒有一點表示或一句話加以制止。

即使在這個聾了的城市、啞了的時代裡，有時也還能聽到一些怨言，說那些王公貴族，時常在沒有人行道的狹窄街道上驅車亂撞，野蠻地危害小老百姓，使他們致傷致殘。但是他們只把這當成耳邊風，誰也不會去認真對待這種事情，因此，在這種事情上，倒楣的小老百姓也像對所有別的事情一樣，只好盡自己的所能來躲避災禍了。

馬車瘋狂地吱嘎響著，在街道上橫衝直撞，掠過街角；像這般毫無人性，恣意妄爲的行徑，在今天看來是難以想像的。婦女們在它前面厲聲尖叫，男人們緊靠在一起，急忙把孩子拉到一邊。終於，當馬車猛衝到一個噴泉旁邊的拐角時，一個車輪突然令人毛骨悚然地微微顛了一下，許多人發出狂喊，馬匹驚跳了起來，高高抬起了前腿。

要不是馬匹受了驚，馬車本來是有可能不會停下來的。這類馬車常常是在壓傷人後揚長而去。爲什麼不呢？可是受驚的跟班已急忙跳下了車，而且已有二十來隻手抓住了韁繩。

「出什麼事了？」老爺神態自若地朝車外看了看，問道。

一個戴睡帽的高大漢子從馬蹄下抱起一捆東西，放到噴泉的基座上，他匍匐在爛泥污水裡，趴在那捆東西上面，像隻野獸似的大聲嚎叫著。

「對不住，侯爵老爺！」一個衣衫襤褸的男人畢恭畢敬地說，「那是個孩子！」

「他爲什麼嚎得那麼難聽？是他的孩子麼？」

「對不住，侯爵老爺——真可憐——是他的孩子。」

噴泉離馬車還有一點距離，因爲這兒的街，旁邊是一塊大約十碼或十二碼見方的空地。當那個身材高大的漢子突然從地上爬起，朝馬車奔過來時，侯爵老爺連忙用手握住了劍柄。

「壓死了！」那人用狂亂絕望的聲音高喊著，兩隻胳臂高舉在頭頂，兩眼瞪著侯爵，「死了！死了！」

人們圍攏過來，看著侯爵老爺。從這許許多多盯著他看的眼睛裡，流露出來的只有戒備和焦慮的神情，並沒有明顯的威脅或憤怒。人們也沒有說一句話，在開頭的那一聲喊叫之後，他們就沉默了，現在依然如此。剛才說話的那個恭順的男人，語氣呆板柔順，畢恭畢敬到了極點。侯爵老爺朝他們大夥掃了一眼，彷彿他們只不過是一群從洞裡出來的老鼠。

他掏出了錢袋。

「我真不明白，」他說道，「你們這班人怎麼連自己和自己的小孩都管不住。你們當中總是有人來擋我的道。我還不知道你們把我的馬弄出什麼傷來沒有哩！喏，把這給他！」

他扔了一個金幣在地上，讓跟班去撿，所有的頭都向前探著，因而，所有的眼睛都看到金幣落在地上。那個高大漢子又用撕裂人心的聲音狂喊道：「死了！」

眾人讓開路，一個男人急步走上前來，抓住了大漢。那痛苦不堪的人一頭撲倒在他的肩上，抽泣、嚎叫不止，一面用手指著噴泉，那兒有幾個女人正俯身照看那捆一動不動的東西，在他周圍輕輕地走動。她們也像男人一樣，個個默不作聲。

「我都知道了，我都知道了，」那剛剛趕到的人說，「要像個堅強的男子漢，我的加斯帕！可憐的小東西這麼死了，倒比活著強。他沒受一點罪，一下子就死去了。他活著時，像這樣痛快過一個鐘點麼？」

「哦，你倒是個哲學家哩！」侯爵微笑著說，「你叫什麼名字？」

「人家叫我德發日。」

「做什麼的？」

「賣酒的，侯爵老爺。」

「拿去吧，哲學家兼賣酒的，」侯爵老爺說著，又扔出了一個金幣，「愛怎麼花就怎麼花吧。那些馬怎麼樣，沒傷著嗎？」

侯爵老爺不屑再去搭理那幫人，往座位上一靠，準備繼續上路，那神氣就像是一個偶爾失手打破一件尋常東西的紳士，他已賠了錢，而且也是不在乎花錢的；車輪剛開始轉動，一個金幣突然飛進了他的馬車，噹啷一聲滾落在車內的地板上，擾亂了他的安寧。

「停下！」侯爵老爺喝道，「勒住馬！是誰扔的？」

他朝剛才德發日站著的地方望去，只見那個不幸的父親臉朝下，趴在石鋪路面上，站在他旁邊的是一個黝黑粗壯的女人，正在編織。

「你們這班狗東西！」侯爵語調平靜地說，而且，除了鼻子上那兩個肉窩之外，臉色一點也沒有變，「我真樂意把你們一個個都壓死，把你們從世界上消滅乾淨。要是我知道是哪個混蛋往我車裡扔東西，要是離我的車子又不遠，我一定要讓他在我的車輪下碾得粉碎。」

這些平民百姓就是在這樣的淫威下過日子的。多年來的慘苦經歷告訴他們，這種人能夠憑藉法律手段，乃至超出法律的手段，對他們做出怎樣的事來。因而，他們一言不發，手一動不動，連眼睛也沒有抬起來。男人中，一個也沒有。可是女人中，那個站著編織的女人，卻堅定地抬起頭，直盯著侯爵的臉。

爲這種事和她計較，有失他的尊嚴，侯爵只是用輕蔑的目光掃了她和所有那幫老鼠一眼，便又靠回他的座位，下令道：「走！」

①指巧克力飲料，當時在歐洲為一種高級飲料。

8 侯爵老爺在鄉下

這兒有著一片怡人的景色，各種莊稼點綴其間，但並不茂盛。在本該播種小麥的地裡，長著可憐巴巴的黑麥，還有幾片疏疏落落的豌豆、大豆，和幾塊長勢不良的菜地。在這毫無生氣的土地上，也像在它上面耕作的男男女女一樣，全都有一種不願生長繁茂的模樣——萎靡不振，自暴自棄，枯瘦乾癟。

暮色中，一個僕役飛奔在前開道，車伕的鞭聲劈啪作響，鞭梢兒像蛇似的在暮色中扭動，那架勢彷彿復仇女神①也隨之駕到，一輛旅行馬車來到了驛站的門前，侯爵大人坐直了身子。驛站大門緊挨著水泉，農民們都停下手頭的活兒朝他望著，他也把目光投向他們，無意間發現了他們那日益憔悴的臉色和瘦弱的身體，這使得英國人在近百年的時間裡，誤以為法國人都是瘦弱的。

侯爵老爺朝村民們掃了一眼，見他們一個個都恭順地低著腦袋，就像他自己在宮廷大臣面前時一樣——唯一不同的是，他們的低頭只是逆來順受，並不是為了討好逢迎。正在這時，一個滿頭塵土的修路工走進了人群。

「把那傢伙給我帶過來！」侯爵老爺朝那開道的僕役吼道。

那人給帶了過來，帽子拿在手中。其他人也都圍攏上來看著，聽著，那神情就像是巴黎噴泉邊觀光的遊客。

「我在路上碰見過你？」

「是的，老爺，一點沒錯。我有幸見到您過去。」

「在上山時和在山頂，是兩次？」

「是的，老爺。」

「你當時在看什麼，那麼死死盯著？」

「老爺，我在看那個人。」

他稍稍彎下腰，用那頂藍色的破帽子指著馬車下面。在旁的村民也都彎腰朝馬車底下望去。

「什麼人，臭豬？爲什麼要朝車底下看？」

「對不起，老爺，他掛在車閘的鏈子上。」

「誰？」侯爵問。

「老爺，就是那個人。」

「見鬼去吧，這班白痴，那人叫什麼？這一帶的人你們全認識。他是誰？」

「求老爺開恩！他不是這一帶的人，我這一輩子從來沒見過他。」

「掛在鏈子上，想找死嗎？」

「求老爺恕我實說，這事兒是有點蹊蹺。他的腦袋倒掛著——就像這樣。」

他側身對著馬車，腦袋朝後仰去，臉孔朝天，過後才挺直身子，揉著手中的帽子，朝侯爵老爺鞠了一個躬。

「他什麼模樣？」

「老爺，他比磨麵的還白。渾身全是灰，又白又高，像鬼一樣！」

他的這番描述，在人群中引起了一陣騷動，所有的目光都不約而同地投向侯爵老爺，也許是想看看，他的心裡是否有鬼。

「哼，你倒不錯，」乖巧的侯爵說，覺得不值得和這種小人物多費口舌，「看到一個賊掛上我的馬車，也不肯張一張你那張大嘴。呸！叫他滾一邊去，加貝爾先生！」

加貝爾先生是驛站的站長，還兼管收稅的差事，他早就站出來非常巴結地爲這場盤詰幫腔，而且一直以辦公事的神氣，抓住受盤問人的袖子。

「呸！滾一邊去！」加貝爾先生喝道。

「加貝爾，要是那個陌生人今晚到你們村子裡來過夜，你一定得把他抓起來，查明他是不是幹壞事的。」

「是，老爺，能爲您效勞，不勝榮幸。」

「喂，那傢伙跑了？——那個該死的哪兒去了？」

那個該死的已經和五六個夥伴一起鑽到馬車底下，正用他那頂藍帽子朝鏈子指點著。這時，那五六個夥伴急忙把他拖了出來，把氣喘吁吁的他推到侯爵老爺的面前。

「那個人是不是在我們停下來安車閘時跑掉的，傻瓜？」

「老爺，他一頭就朝山下栽下去了，頭朝下，像跳水似的。」

「要把這事放在心上，加貝爾。走！」

四周瀰漫著夏夜的芬芳，就像不偏不倚的雨水一樣，這芬芳也一視同仁地瀰漫在離此不遠的水泉邊那群窮人的周圍，他們滿身塵垢，衣衫襤褸，勞累不堪。

那個修路工，手中拿著那頂必不可少的藍帽子，指指點點，還在對他們大講特講那個鬼怪似的人，大家都耐著性子聽著。漸漸地，他們不想再聽下去了，一個個逐漸散去，於是，一扇扇小窗子裡亮起了微弱的燈光。燈光閃爍著，待到窗口變成黑洞時，更多的星星出來了，彷彿燈光並沒有熄滅，而是飛升到天空了。

這時，侯爵老爺來到了一座高大的邸宅和許多低垂樹木的陰影前；當他的馬車停住時，那陰影轉換成一片火炬的光亮，府邸敞開大門迎接他了。

「我等著見查爾斯少爺，他從英國回來了沒有？」

「還沒有，老爺。」

①希臘神話中，復仇女神為三姐妹，各執一條由蝮蛇纏成的鞭子，專司懲罰犯罪之人。

9 蛇髮女怪①的頭

侯爵老爺的府邸是座龐大、堅固的建築，前面有個大石塊鋪成的場院，兩道石砌的階梯在正門前的石頭平臺上會合。四面八方，什麼全是石頭的；沉重的石欄杆、石甕、石花、石刻人面、石雕獅首，彷彿早在兩個世紀前，這座建築剛落成時，蛇髮女怪就曾光顧過這兒。

侯爵老爺跨下馬車，在火炬的引導下，走上了寬闊平坦的石級，這一來攪擾了黑夜，惹得遠處樹叢中馬廄頂上的一隻貓頭鷹大聲地抗議。

「我侄兒，」侯爵看了看準備好的晚餐，說，「據說還沒到。」

他是沒到，不過，原以爲他和老爺一起來的。

「嗐！看來今晚他到不了啦，不過飯菜就這麼別動了，一刻鐘後我就吃飯。」

一刻鐘後，老爺準備就緒，獨自一人坐下來享用那豐盛精美的晚餐。他的椅子面對著窗戶。他喝完湯，剛把一杯波爾多酒舉到唇邊，隨即又放下了。

「那是什麼？」他注視著那一道道黑色和石青色相間的橫條，從容問道。

「老爺，哪兒？」

「百葉窗外面，把百葉窗打開。」

百葉窗打開了。

「嗯？」

「老爺，什麼也沒有。只有樹叢和黑夜。」

說話的僕人打開百葉窗，探頭朝外看了看茫茫的夜色，轉過身來背對夜空站著，等候吩咐。

「好了，」鎮定自若的主人說，「把它們關上吧。」

百葉窗又關上了，侯爵繼續吃飯。剛吃到一半，手中舉起的杯子又停了下來，傳來了一陣轔轔的車輪聲。車聲輕快，一徑來到府邸的大門前。

「問問是誰來了？」

是老爺的侄兒。午後，他比老爺落後了好幾里格②路，他在驛站上聽說爵爺就在前面，緊追快趕，始終未能趕上。

老爺命人告訴他說，晚餐已經準備好，請他就去用餐。他很快就來了。他就是那個在英國叫做查爾斯·達內的人。

侯爵彬彬有禮地接待了他，可是兩人並沒有握手。

「你是昨天離開巴黎的吧，爵爺？」他就座時對侯爵問道。

「昨天。你呢？」

「我是直接來的。」

「從倫敦？」

「是的。」

「你花的時間很長。」侯爵微笑著說。

「正相反，我是直接來的。」

「對不起！我的意思不是說你路上花的時間長，而是說你準備上路的時間花得長。」

「我是讓——」侄兒回答時停頓了一下，「各種各樣事務給絆住了。」

「那當然。」圓滑的叔父說道。

有僕人在場，他們沒有再說什麼。待到送上咖啡，屋子裡只剩下他們兩人時，侄兒望著叔父，看著他那精緻面具般臉上的一對眼睛，開始講起話來：

「正像你已經料到的那樣，爵爺，我這次回來，就是爲了要實現那迫使我遠走高飛的目標。爲了實現這個目標，我遇到了意想不到的極大危險，但這是個神聖的目標，哪怕它把我引向死亡，我也希望它能一直支持著我。」

「不要說到死，」叔父說，「沒有必要說到死。」

「說實在的，爵爺，」侄兒繼續說，「我相信，我所以能逃脫法國的監獄，是因爲你運氣不佳，而我福星高照。」

「我不太明白你的意思，」叔父答道，喝了一口咖啡，「請你費神替我解釋一下好嗎？」

「我認爲，要不是你在朝廷失了寵，幾年來被這片陰雲罩著，一直翻不了身，你恐怕早就用一紙『空白逮捕令』把我送去終身監禁了。」

「那有可能。」叔父鎮定自若地說，「爲維護家聲，我很有可能讓你落到那種境地。請你原諒！」

「我看得出來，前天的招待會也像往常一樣，你依然受到了冷落，這使我很高興。」侄子說。

侯爵吸了一小撮鼻煙，搖了搖頭；雖然神情沮喪，但仍不失優雅風度，讓人覺得國家真還有他這樣一位能重振國威的棟樑之材哩。

「不論是過去還是現在，我們一直都這樣來維護我們的地位，」侄兒憂鬱地說，「結果把我們的家族弄得聲名狼藉，成了法國最令人憎恨的姓氏。」

「但願如此，」叔父說，「對權貴的憎恨，就是下等人對上等人不由自主的敬畏。」

「在我們周圍的整個鄉間，」侄兒繼續用憂鬱的聲調說，「我們看到的面孔，沒有一張有絲毫的敬意，有的只是陰沉沉的恐懼和奴從。」

「壓迫是唯一不朽的哲學，我的朋友，」侯爵說道，「只要這座邸宅的屋頂仍能遮住藍天，」他的眼睛朝上看了看，「這種恐懼和奴從，就能使那幫畜生屈從於我們的鞭子。」

可是這座邸宅的壽命未必有侯爵老爺設想的那麼久長，要是這天晚上，能讓他看到幾年後這座邸宅以及像這樣的五十座邸宅的圖像，恐怕他是很難從那些焦土廢墟、斷垣殘壁中認出自己的府邸來的。至於他所誇耀的屋頂，則會以另一種方式遮住藍天——它的鉛皮將被熔製成鉛彈，從千萬支火槍中射出，打穿許多人的軀體，使他們永遠不能再見天日。

「而且，」侯爵說，「即使你不願意，我也要繼續維護家庭的榮譽和地位。你一定很累了，今晚是不是就談到這兒？」
「再談一會吧！」
「要是你高興，再談一小時也無妨。」
「爵爺，」侄兒說，「我們作了孽，如今正在自食其果。」
「我們作了孽？」侯爵微笑著詢問道，優雅地先指了指侄兒，又指了指自己。
侯爵手持鼻煙壺，默不作聲地站在那兒望著自己的侄兒，白淨的臉上，每一道精細筆直的皺紋都緊緊地擠在一起，顯得殘忍而又狡詐。他又一次點了點侄兒的胸口，彷彿他的手指是一柄短劍的利尖，在以優美的姿勢用它刺穿他的軀體。他說：
「我的朋友，爲了使我賴以生存的制度得以永存，我願意去死。」
「還是理智一點的好，」他按了按桌上的小鈴，接著又補充說，「安於你的天命吧。不過說完，他用力吸了一下鼻煙，將鼻煙壺放進口袋。
「這份產業和法蘭西都不屬於我，」侄兒淒然地說，「我放棄它們。」
我看你是墮入歧途了，查爾斯少爺。」
「那麼你呢？」叔父說，「請原諒我的好奇，根據你的這種新哲學，你還打算過優裕的生活嗎？」
「我要靠自己工作來謀生，有朝一日，我的所有同胞——甚至是貴族出身的——也許都得這樣。」

「比如說，在英國？」

「是的，爵爺。這樣，在國內，家族的名聲不會因爲我而不得保全；在國外，家族的姓氏也不會因爲我而受到玷污，因爲我沒有再用真姓名。」

剛才侯爵按過鈴，隔壁的臥室裡已點上了燈，從相連的門裡看得見那兒是一片明亮。侯爵朝那方向看著，聽著僕役退出去的腳步聲。

「英國對你很有吸引力，看來你在那兒混得不錯嘛！」說著，侯爵若無其事地扭頭朝侄兒微笑著。

「我已經說了，我在那兒幹得還不錯，也許還得感謝你哩，爵爺。且不說別的，那兒是我的避難所。」

「英國人說那兒是許多人的避難所，真是大言不慚。你認識在那兒避難的一個同胞嗎？一個醫生？」

「認識。」

「帶著個女兒。」

「是的。」

「好吧，」侯爵說，「你累了，晚安！」

他很有氣度地點了點頭，臉上帶著十分詭秘的微笑。他說話的語氣也顯得神秘莫測，使得他的侄兒不得不睜大眼睛，豎起耳朵。與此同時，那一對眼眶上又細又直的線條，那兩片薄薄扁扁的嘴唇，還有那鼻子兩邊的肉窩，無不譏諷地彎了起來，看上去十分陰險兇殘。

「是的，」侯爵又重複了一句，「帶著個女兒的醫生。沒錯，這套新哲學就是這麼來的！你累了，晚安！」

他的臉和府邸外面牆上那些石雕人面一樣莫測高深。侄兒朝門口走去時，仔細朝他看了看，可什麼也沒看出來。

「晚安！」叔父說，「希望明天早上再見到你，祝你睡得好！給侄少爺掌燈，送他去臥室！——願意的話，也可以把他燒死在床上。」他在心裡又加了最後一句，然後又按了按鈴，命僕人到他的臥室裡來。

僕人來了，又走了。侯爵老爺穿著寬鬆的睡袍，在屋子裡來回踱著步，讓自己心境平靜下來，為了能在這炎熱的夜晚好好安睡。他腳上穿著軟底便鞋，走在地板上悄無聲息，只有睡袍在作響。他走動著，活像一隻成精的老虎——就像故事中說的，那中了邪、一心作惡、不知悔改的侯爵，此刻剛由人變成老虎，或正由老虎變成人。

他在自己奢華的臥室裡，從這一頭踱到那一頭，不由自主地回想起白天途中經歷的一些片斷：黃昏時緩緩上山的馬車，西沉的落日，下山的情景，磨坊，懸崖上的監獄，山谷裡的小村，水泉邊的農民，用藍帽子指著馬車車鏈的修路工。那水泉又使他想起巴黎的噴泉，放在噴泉基座上那一小捆東西，俯身察看那小捆東西的女人，雙手高舉、大叫「死了」的那個大漢。

「這會兒涼了，」侯爵老爺說，「可以睡了。」

他只留下一支蠟燭，讓它在那大壁爐上點著，放下薄紗帳。正當他安然睡去時，只聽得一聲長嘆打破了夜的寂靜。

天色漸明，太陽終於照上了寂靜的樹梢，把光輝灑滿了整個山崗。在旭日的霞光中，府邸噴泉中的水彷彿變成了血水，那些石雕的臉孔也染得一片腥紅。鳥兒在放聲歌唱，在侯爵老爺臥室大窗戶那久經日曬雨淋的窗櫺上，有隻小鳥正在縱情地唱著一支動人的歌曲。此情此景，使離得最近的一張石臉驚得目瞪口呆，它張大嘴巴，低垂下頦，一副誠惶誠恐的樣子。

侯爵的府邸裡又多了一張石雕的人臉③。

昨晚，蛇髮女怪再度光臨這座邸宅，補上了這尙缺的一張石臉，爲這張石臉，女怪已等了兩百年了。

這張石雕人臉仰臥在侯爵老爺的枕頭上。它像一副精緻的面具，突然驚醒，勃然大怒，化爲石頭。與石臉相連的石頭軀體的心窩裡，插著一把尖刀，刀柄上裹著一片紙，上面潦草地寫著幾個字：

快打發他進墳墓。

雅克

①希臘神話中，頭上長著蛇髮的女妖，凡是她看過的東西都會化為石頭。

②里格（League），長度名，在英美等國約合三英里，或三海哩。

③當時歐洲風尚，貴族家死人後，常為之雕刻石像，飾於府邸。

10 兩個諾言

歲月流逝，又過去了一年。查爾斯．達內先生已經在英國立業，當了一名精通法國文學的高級法文教師。要是在現在，他滿可以成爲一位教授，可是在當時，他僅僅是一個輔導教師而已。

從四季如夏的伊甸園時代，到常似寒冬的塵世的日子，一個男人免不了要走愛上一個女人這條路——查爾斯．達內也是如此。

從他遭難的那一刻起，他就愛上了露西．馬奈特。他從來沒有聽見過像她那樣甜美、溫馨、富有同情的聲音，也從來沒有看見過像她那樣溫柔、漂亮的臉蛋，當時，他站在爲他挖好的墳墓邊，面對面地見到了她。不過，他至今從未對她作過任何表示。

波濤滾滾的大海彼岸，塵土飛揚的漫長道路那頭，那座荒涼宅邸裡的暗殺事件已經過去一年多了，堅固的石頭府邸本身，也已成了依稀的舊夢，而他還是沒有向她吐露哪怕是隻言片語的心曲。

他心裡十份清楚，他這樣做自有道理。轉眼又到了夏天，他結束了學院裡的功課，遲遲才回到倫敦，來到索霍這幽靜的角落，打算找機會先向馬奈特醫生敞開自己的心扉。這是個夏日的黃昏，他知道露西必定和羅斯小姐一起出去了。

他看到馬奈特醫生正坐在窗前的扶手椅上看書。他已經恢復了旺盛的精力，這種精力昔日曾支持他經受了各種磨難，也使他更加痛苦難當。他現在又是個精力充沛的人了，意志堅定，辦事俐落，行為果敢。在他恢復精力的過程中，也像別的機能開始恢復時那樣，有時還會突然失神一下，但通常不易察覺，而且，這種情況已經越來越少。

他花在看書研究上的時間很多，睡得很少，不怕疲勞，生活過得恬適愉快。查爾斯．達內一進門，他就把書放在一邊，伸出手來。

「查爾斯．達內！見到你真高興。這三四天來，我們一直在唸叨你回來。昨天斯特里佛先生和卡頓先生都在這兒，他們也說你這次回來晚了。」

「多謝他們對我的關心，」他回答說，口氣之間對那兩人顯得有點冷淡，對醫生卻非常熱情，「馬奈特小姐——」

「她很好，」醫生見他住了口，就應聲說道，「你回來了，我們大家都會很高興的。她出去辦點家務事，很快就會回來的。」

「馬奈特醫生，我知道她出去了。我正是想趁她不在家時，來請求和你談談的。」

「嗯？」醫生明顯侷促不安地說，「把椅子挪過來，說吧。」

他挪過椅子，但覺得很難啓齒。

「馬奈特醫生，我很高興，」他終於開了口，「跟你們親密無間地相處，已經有一年半了。我希望我所要說的話題不會——」

醫生伸手止住了他。他的手在空中停了一會，然後才縮了回去。

「是關於露西的事嗎？」

「是的。」

「不管什麼時候，要談她的事我都很爲難。聽到你用這樣的口氣說到她，我非常難受，查爾斯・達內。」

「我的口氣充滿熱烈的仰慕、真誠的崇拜和深沉的愛，馬奈特醫生！」他恭恭敬敬地說。

又是一陣沉默。末了，她的父親回答說：

「這我相信。說句公道話，這話我相信。」

他的侷促不安明顯可見，顯然是因爲他不願談論這個話題。查爾斯・達內猶豫了。

「我可以往下說嗎，先生？」

「好的，說下去吧。」

「你料到我會說什麼，可是如果你不了解我心中的秘密，不了解我長期以來懷著怎樣的希望、害怕和焦慮，你就無法知道我說這話時有多懇切，感情有多誠摯。親愛的馬奈特醫生，我非常愛你的女兒，熱烈真切，毫無私心，全心全意愛著她。只要世上有愛，我就愛她。你自己也曾愛過，讓你舊日的愛情爲我說話吧！」

「你說得這樣有情有意，這樣毅然決然，查爾斯・達內，我衷心感謝你，我也要向你說說我的心裡話——可說是肺腑之言吧。你有什麼理由認爲露西也愛你呢？」

「沒有，現在還沒有。」

「你這樣對我表露你的心情，目的是不是想要從我這兒立刻弄清這一點呢？」

「也不是的。也許再過上幾個星期都沒有希望弄清這一點，但是（不管我的想法是否錯誤），也許明天就可以弄清楚。」

「想從我這兒得到點什麼指點嗎？」

「我不這樣要求，先生。不過我想，要是你覺得合適的話，你是能夠給我一點指點的。」

「你想要我作出什麼許諾嗎？」

「正是。」

「什麼許諾呢？」

「我很清楚，沒有你，我就不可能有希望。我也清楚地知道，即使馬奈特小姐此刻在她純潔的心中有我——請不要認爲我的假設太膽大妄爲——我在她心中的地位，也決不能和她對父親的愛相比。」

「假如情況果真如此，那你認爲那樣事情會怎麼樣呢？」

「我同樣很清楚，她父親不論爲哪一個求婚者說句話，它的分量會超過她本人和整個世界。正因爲這樣，馬奈特醫生，」達內謙恭然而堅決地說：「哪怕生死攸關，我也決不會求你爲我說這句話。」

「這我知道。查爾斯·達內，親密無間的愛，也像疏遠的隔閡一樣，會讓人猜不透，而且前者更是神秘莫測，難以捉摸。我女兒露西在這方面對我來說，真是個謎，我一點也摸不透她的心思。」

「我是不是可以問一句，先生，你是否認為還有——」他猶豫了一下，她父親替她說了出來。

「還有什麼別的人在追求她？」

「這正是我要說的。」

她父親想了想，然後回答說：

「你自己也見過卡頓先生來這兒。斯特里佛先生有時也來。如果真有什麼人的話，那只能是他們當中的一個了。」

「也許兩個都是。」達內說。

「我不認為兩個都是，我看一個都不像。你希望我作出許諾，告訴我，什麼許諾？」

「我希望，如果有一天馬奈特小姐向你吐露自己的心事，像我剛才冒昧對你說的那樣，請你證實我確曾說過這番話，並說明你相信我的話。我希望你能對我有個好印象，不至於對她施加對我不利的影響。我要求的只有這點，沒有別的。對於我的要求，你完全有權提出條件，我願意完全照辦。」

「我完全答應你的要求，」醫生說，「不需要任何條件。我相信你的目的像你說的那樣，是純潔的，真誠的。我相信你的意圖是要增強我和我的另一半——遠比我的另一半更親——的關係，而不是削弱。如果我女兒有朝一日對我說，只有你能使她的幸福圓滿，我一定把她交給你。如果，查爾斯．達內，如果——」

年輕人感激萬分，抓住他的手，兩隻手緊緊握在一起。醫生說：

「如果說有什麼猜想、原因、疑慮，不論是新的還是舊的，只要是不利於她真正愛的人的——他並不能負直接的責任——爲了她的緣故，全都可以一筆勾銷。她是我的一切，比起她來，苦難算不了什麼，蒙冤也算不了什麼，比起她來——好了，好了，我這不過是隨便說說罷了。」

他突然陷入沉默之中，神情異常，沉默時，那呆滯的目光也讓人感到奇怪。達內發覺醫生的手在慢慢抽出去，垂了下去，他自己的手也變得冰涼。

「你剛才對我說什麼了？」馬奈特醫主突然笑著問，「你說什麼來著？」

查爾斯一時不知怎麼回答才好，後來才想起剛才正講到條件的事，於是鬆了一口氣，回答道：

「你這樣信任我，我也應當以充分信任相報。我現在的姓氏，並不是我原有的，你也許記得，是把我母親的姓稍加修改而來的。我想把我的真實姓氏，以及我爲什麼到英國來的原因，原原本本告訴你。」

「別說了！」醫生說。

「我希望這麼做，這樣我才更加値得你信任，對你不保留任何秘密。」

「別說了！」

有一會兒，醫生甚至用雙手捂住自己的耳朵，接著，竟用雙手捂住了達內的嘴巴。

「現在別說，等我問你時再說。如果你求婚成功，如果露西愛上了你，那你就在你們結婚那天早上告訴我。你答應嗎？」

「我答應。」

「把手給我。她馬上就要回來了，最好別讓她看見今晚我們倆在一起。走吧！上帝保佑你！」

11 一幅夥伴圖

「西德尼，」就在那同一天晚上，或者說第二天早晨，斯特里佛先生對他的胡狼說，「再調一杯五味酒，我有件事要跟你說，我打算結婚了。」

「是嗎？」

「真的。而且不是爲了錢。你覺得怎麼樣？」

「我不想多說。她是誰？」

「你猜猜！」

「我認識嗎？」

「你猜猜。」

「我可不想猜。已經早晨五點了，我的腦子裡已經像炸了鍋似的。要是你定要我猜，就得請我吃午飯。」

「那好吧，我來告訴你。」斯特里佛慢慢坐起身來，說道，「西德尼，我實在沒辦法讓你了解我，你這傢伙感覺太遲鈍了。」

「是啊，哪像你，」忙著調酒的西德尼回答說，「那麼多愁善感，風雅機靈。」

「得了吧！」斯特里佛得意洋洋笑著說，「雖然我不敢說自己富有浪漫情調（我希望自己有點自知之明），但比起你來，總要多情一點。」

「你這是說，你比我走運？」

「我不是這個意思。我的意思是我這人比你更——更——」

「你大概是想說，你更會討女人喜歡吧！」卡頓說。

「對！我說的就是這意思，更會討女人喜歡。我的意思是說，」斯特里佛洋洋得意地對正在調五味酒的朋友吹噓道，「我這人比你更喜歡去討取女人歡心，更肯下功夫去討取女人的歡心，也更懂得怎樣去討取女人的歡心。」

「說下去。」西德尼·卡頓說。

「不，在我說下去之前，」斯特里佛神氣活現地晃動著腦袋，「我倒要先和你說件事。你到馬奈特醫生家的次數不比我少，甚至比我還多，可是你在他家的那副陰陽怪氣的樣子，真讓我覺得不好意思！你在那兒總是一言不發，愁眉苦臉，一副倒楣相。說句老實話，我真爲你害躁，西德尼！」

「能讓你這麼個吃律師飯的人都覺得害躁，這倒是天大的好事。」西德尼回答說，「你還得大大感謝我哩！」

「你別打岔了，」斯特里佛又拉回了話題，「西德尼，我有責任告訴你——我當面對你說是爲你好——在那種社交圈裡，你的表現糟糕透了。你是個惹人討厭的人。」

西德尼喝了一大杯剛調好的五味酒，哈哈大笑起來。

「你瞧我！」斯特里佛拿腔拿調地說，「我的境況比你優越，不像你，用不著去討好別人。我幹嘛要去做那種事？」

「我還從沒見過你向人獻殷勤哩！」卡頓不無譏諷地嘟囔道。

「我那麼做只是一種策略，是有原則的。」

「你還沒說你婚事上的打算哩，」卡頓顯出漫不經心的樣子說，「我希望你能繼續說下去。至於我——難道你就永遠不明白，我是個不可救藥的人嗎？」

卡頓問這句話時，帶著一種奚落的口吻。

「你沒有權利不可救藥。」他朋友的答話並沒有多少安慰成分。

「我確實沒有這個權利，這我知道。」西德尼．卡頓說，「這位女士是誰呀？」

「嗯，我可不想宣布了名字讓你難過，西德尼，」斯特里佛先生在對他披露這件事情時，故意裝出一種友好態度，「我知道你這人說話往往不當真，即使當真，也無關緊要。我所以先來這麼一段小小的開場白，是因爲你有一次曾用輕蔑的口氣談起這位年輕小姐。」

「是嗎？」

「當然，而且就在這事務所裡。」

西德尼．卡頓看了看自己杯中的五味酒，瞥了一眼他那沾沾自喜的朋友；他喝下酒，又朝沾沾自喜的朋友看了看。

「你曾把她說成是金髮的玩具娃娃，這位年輕小姐就是馬奈特小姐。如果你在這方面是個感覺靈敏、感情細膩的人，西德尼，你用這樣的字眼來說她，我本來是會有點生氣的。可你不是這種人。你根本沒有這種感情，所以你那麼說，我也就不再惱火了。就跟一個根本不懂繪畫的人批評我的一幅繪畫，一個根本不懂音樂的人批評我的一首曲子一樣，我一點也不曾惱火。」

西德尼．卡頓猛喝著五味酒，一杯接著一杯，一邊看著自己的朋友。

「現在你全知道了，西德尼，」斯特里佛先生說，「我不計較她是否有錢財，她太迷人了。我決心要讓自己快活快活，總的來說，我覺得我已經有資本讓自己快活了。她嫁給我，是找到了一個已經混得不錯的丈夫，一個正在迅速發跡，而且有了一定名望的男人。這對她來說是一種福分，不過，她也是配享這份福的。你感到意外嗎？」

一直在喝五味酒的卡頓反問道：「我爲什麼要感到意外呢？」

「這麼說，你贊成？」

卡頓仍在喝著酒，答道：「我爲什麼不贊成？」

12 知趣的人

斯特里佛先生打定主意要把那份好福分慷慨地賜給醫生的女兒，便決定在離城去度夏季休庭期前，將這一有關她一生幸福的消息告訴她。

他在心中細細盤算了一番，覺得最好還是先把一切先要做的事辦妥，然後再來從容計議，到底是在米迦勒節開庭期前一兩個星期，還是在米迦勒節開庭期和希拉里節開庭期之間短短的聖誕假期娶她？因此，夏季休庭期一開始，斯特里佛先生就正式邀請馬奈特小姐同遊沃克斯霍爾花園①，結果碰了壁，又邀請她同遊雷內拉②，還是沒能成功。這麼一來，他就只好親自赴索霍，去宣布他那高尚的決定了。

於是，斯特里佛先生趁夏季休庭期剛開始之際，就穿過熙熙攘攘的人群，從聖堂區向索霍走去。無論是誰，只要看到他從聖堂柵欄門這邊的聖頓斯坦，昂首闊步，推開每個懦弱的人，一路朝索霍走去，都會感到他是多麼穩健，多麼有力量。

半路上，他經過台爾森銀行。他不僅把自己的錢存在這家銀行，還知道洛瑞先生是馬奈特家的密友，所以他靈機一動，想到要進銀行一趟，把光明即將降臨索霍的事告訴洛瑞先生。

他推開那咯吱作響的大門，踉蹌跑下兩級臺階，從兩個老邁的行員身邊走過，闖進了後面那間霉氣沖天的小屋子。洛瑞先生正坐在那兒，面對著幾本橫格子裡填著數字的大賬冊。

「哈囉，」斯特里佛先生打著招呼，「你好嗎？但願一切如意！」

「能爲你效勞嗎，斯特里佛先生？」洛瑞先生用買賣人的口吻問道。

「哦，沒什麼，謝謝。這次是我對你作私人拜訪，洛瑞先生。我來，是爲了有句話要和你私下談一談。」

「哦，真的？」洛瑞先生一邊湊過耳朵，一邊拿眼睛看著遠處的行長。

「我打算，」斯特里佛先生說著，親熱地把兩隻胳臂撐在寫字檯上。雖說那是張雙人大寫字檯，可是半張桌子給他顯然是不夠的，「我打算向你那位可愛的年輕朋友馬奈特小姐求婚，洛瑞先生。」

「啊，我的天哪！」洛瑞先生喊了起來，撫摸著下巴，將信將疑地打量著來訪的客人。

「啊，我的天哪，先生？」斯特里佛重複一句，不由得向後一縮，「你這是什麼意思，洛瑞先生？」

「我要是你，我想我是不會去的。」

「爲什麼？」斯特里佛說，「我非得問出個結果來不可。」他像在法庭上辯論似的，朝對方晃動著食指。「你是個生意人，凡事總得有個理由，把你的理由說出來吧。你爲什麼不會去？」

「因爲，」洛瑞先生回答，「要是我沒有某種成功的把握，我是不會去做這種事的。」

「見鬼！」斯特里佛喊了起來，「簡直越說越叫人糊塗了。」

洛瑞先生朝遠處的行長瞥了一眼，又看了看怒氣沖沖的斯特里佛。

「唔，斯特里佛先生，如果你願意，我可以爲此去做一番小小的觀察，不牽扯你，也不代表你，從而作出判斷，以修正我的看法。要是你對我所做的還不滿意，你可以親自再去試一試。反之，要是你對我所做的滿意，事情也確實和我說的一樣，那樣，各方面都可省掉許多無謂的麻煩。你看怎麼樣？」

「你要讓我在城裡等多久？」

「哦，只消幾個小時就夠了。我可以傍晚就去索霍，過後就去你的事務所。」

「那好，」斯特里佛說，「現在我就不去了。這事本來我就不著急。那好，今晚我等你，再見！」

因此，那天晚上十點鐘，當洛瑞先生前來造訪時，斯特里佛先生正埋頭於故意攤開的一大堆書籍文件中，似乎早把上午談的事拋到九霄雲外去了。在他見到洛瑞先生時，甚至還露出驚訝的神色，像是正專心致志於別的事情，顯得心不在焉的樣子。

「喂！」敦厚善良的使者整整花了半個小時，始終無法把話引到正題，於是忍不住，只好說了出來，「我到索霍去過了。」

「去索霍？」斯特里佛冷冷地重複一下，「哦，對了！瞧我都在想些什麼！」

「這下我可以肯定了，」洛瑞先生說，「今天早上我說的話沒錯。我的看法得到了證實，因此現在，我再一次提出我的勸告。」

「我只想對你說，」斯特里佛用最友好的語氣回答說，「我為你感到惋惜，也為那位可憐的父親感到惋惜。我知道這將成為那家人痛苦的話題。好了，讓我們別再提這件事了。」

「我不明白你的意思。」洛瑞先生說。

「我知道你不會明白，」斯特里佛先生一面點頭，一面用一種勸慰的、不容置疑的口氣說，「沒關係，沒關係。」

「可這是有關係的。」洛瑞先生堅持說。

「不，沒關係，告訴你，這絲毫也沒有關係。我錯把沒見識的當成有見識的，把胸無大志的當成胸懷大志的。現在，我已經放棄了這種錯誤的念頭，一點也沒有受到損害。得了，請你別再提這件事了。我告訴你，在這件事情上，我替別人感到惋惜，爲自己感到慶幸。你允許我徵求你的意見，並給予我忠告，我非常感激。你比我更了解那位小姐，你是對的，這件事是成不了的。」

洛瑞先生聽得目瞪口呆，任憑斯特里佛先生用肩把他推擠到門口，把寬容、克制和善意，一股腦兒傾注在他那被搞得稀里糊塗的腦門上。「好自爲之吧，親愛的先生，」斯特里佛說，「別再提這件事了。再次感謝你允許我徵求你的意見。晚安！」

洛瑞先生身不由己地出了門，來到茫茫的黑夜之中，斯特里佛先生則仰身躺倒在沙發上，朝著天花板眨眼睛。

①位於泰晤士河岸，為當時倫敦有名遊覽地。

②倫敦雀爾喜區泰晤士河畔的旅遊地。

13 不知趣的人

如果說西德尼．卡頓還有過什麼出眾的時候，那可決不是在馬奈特醫生家。整整一年來，他常去那兒，每次總是一副悶悶不樂、愁眉苦臉、懶懶散散的樣子。在他願意說話的時候，經常是妙語連珠，可他似乎永遠被一種無所用心的神情所籠罩，很少有讓他內心的光亮衝破這層陰霾閃現的時候。

八月的一天，斯特里佛先生（他通知他的胡狼說，他對自己的婚姻大事有了更好的主意），已經帶著他的矜持去了德文郡①，當倫敦街頭的花木以它們的色彩和芳香給不幸的人送去幾分溫馨，給病人送去幾分健康，給老人送去幾分青春時，卡頓的腳步又在那些街石上躑躅。開頭，那腳步還有些猶豫不決、漫無目的，後來有了主張，加快了步伐，爲了實現這一主張，兩條腿把他送到了醫生的家門口。

他被請上樓，看到露西獨自一人正在做針線活。他每次和她在一起，總感到有些侷促不安。當他挨近她的桌子坐下時，她不由得窘迫起來。他們先寒暄了幾句，而當她抬頭看到他的臉時，發現他的臉色有些不對頭。

「我看你有點不舒服，卡頓先生！」

「沒有，馬奈特小姐。不過，我過的這種生活，對健康是不會有好處的。像我這樣放蕩不羈的人，還能指望有什麼好身體啊！」

「難道不能過得好一點——請原諒，我竟提出了這樣的問題——現在這樣豈不太可惜了嗎？」

「上帝知道，這樣的生活實在丟人！」

「那爲什麼不改變改變呢？」

露西又溫柔地朝他看了一眼，發現他眼睛中噙滿了淚水，感到又驚訝又難過。他聲音中也像帶著淚，回答說：

「太晚了，我已經永遠好不了啦。我還會沉淪下去，愈來愈糟糕。」

過了一會，他拿開捂著臉的手，沉著鎮靜地說：

「聽了我的話別害怕，不論我說什麼妳都別畏縮，我就像個年紀輕輕就夭折了的人，也許我一輩子就是這樣子了。」

「不，卡頓先生。我相信你的生活會有美好的時光，我相信你決不辜負你自己的。」

「還是說不辜負妳吧，馬奈特小姐。雖說我有自知之明——雖說在我這顆不幸的迷茫的心裡一清二楚——我仍然會永遠記住妳剛才說的話的。」

她臉色發白，渾身打起顫來。他趕忙說明自己早知一切無望，從而釋去她思想上的負擔，這就使得他倆之間的這次談話，和以往任何一次迥然不同。

「即使妳真有可能，馬奈特小姐，真有可能回報妳面前這個人的愛情，此時此刻他也明白，這雖然會使我感到幸福，但只會把妳引向不幸的境地，給妳帶來悲傷和悔恨，糟踐了妳，使妳丟盡臉面，和他一起墮落——因爲正如妳所知道，他是個自暴自棄、虛度年華、酗酒成性的可憐蟲。我很清楚，妳對我絕無柔情可言，我對此也沒有任何企求；我甚至因這件事決不可能而感謝上帝。」

「除了這種感情，難道我就不能挽救你了嗎，卡頓先生？難道我就不能把你——再次請你原諒——不能把你召回到一條更好的路上來？難道我就沒有別的辦法回報你對我的信任了？我知道你這是對我的信任，」她遲疑了一下，流著真誠的淚水，謙遜地說，「我知道你不會跟任何別的人說這些的。難道我就不能把這變成有利於你的好事嗎，卡頓先生？」

他搖了搖頭。

「我能得到的最大幫助，馬奈特小姐，來這兒已經得到了。讓我在今後潦倒的餘生中永遠記住，我曾向妳敞開我的心扉，妳是這世界上最後一個聽到我心聲的人。此時此刻，我這兒多少還留有一點可讓妳痛惜和同情的東西。」

「所以我一片至誠，再三懇求你相信，卡頓先生，你是能夠有所作爲的！」

「別再懇求我相信這個了，馬奈特小姐。我已經一再試過，我自己一清二楚。對不起，我讓妳難過了，我這就把話說完。將來待我回想起這一天時，妳是否能讓我相信，我一生中這最後的一番心裡話，將藏在妳那純潔無瑕的心中，永遠留在那兒，決不和另人同享？」

「如果這能使你得到安慰，我保證做到。」

「就連妳最親最愛的人也不說？」

我的，我保證要珍重它。」

「卡頓先生，」她激動得有些說不出話來，停了一會兒才回答說，「這秘密是你的，不是

「謝謝。我再說一遍，願上帝保佑妳。」

他把她的手放在唇邊吻了吻，然後朝門口走去。

「別擔心，馬奈特小姐，我不會再提這件事了，我決不會再吐露一個字。我永遠不會再提它，我一直到死都會守口如瓶。在我臨終的時刻，我會把這個美好的回憶奉爲神聖——還要爲此而感謝妳，祝福妳——我最後的自我剖白是對妳說的，我的名字、過失和不幸，都將悄悄地留在妳的心中。除此之外，我祝願妳永遠輕鬆、幸福。」

這時的他和往常判若兩人。馬奈特小姐想到他是這樣自暴自棄，將會一天天淪落下去，不由得傷心地哭了起來。卡頓聞聲停下腳步，回頭看著她。

「別難過！」他說，「我不值得妳這麼傷心，馬奈特小姐。爲了妳、爲了妳所愛的人，我什麼都願意去做。如果我有幸有機會、有能力作出犧牲，我願意爲妳和妳愛的人作出任何犧牲。我知道，總有一天，而且用不了過多久，妳會建立起 種新的關係——這種關係會使妳更加深情、更加緊密地和妳使它如此生輝的這個家聯結在一起——這種最親密的關係，會使妳更加美麗，更加快樂。啊，馬奈特小姐，當一張張和幸福的父親長得一模一樣的小臉仰望著妳時，當妳看見和妳一般美麗的小寶貝繞膝蹦跳時，希望妳有時能夠想起，世界上還有這麼 個人，爲了保全妳所愛的人的生命，他願意犧牲自己的生命！」

「再見了！」他說，「最後說一遍：上帝保佑妳！」說完，就離開她走了。

①英格蘭西南部一郡。

14　本分的生意人

傑里·克倫徹先生坐在佛利特街他那張凳子上，身旁站著他淘氣的兒子。可是眼下這個季節行人稀少，總的說來，他的生意十分清淡，因而使他心中大生疑竇：他太太一定又跪下來「搞那一套」了。

正在這時，沿佛利特街從東向西湧來一股不同尋常的人流，引起了他的注意。克倫徹先生朝那個方向望去，發現那是一支送葬的隊伍。

「小傑里，」克倫徹先生扭頭對兒子說，「是埋死人的。」

「好哇，爸！」

這小子的歡呼聲，意味深長，頗爲神秘，老的聽了大爲惱火，逮住機會給了他一個耳光。

「你這是哪門子事？你嚎什麼？你想對你爹幹嘛，小兔崽子？你這小子對我越來越不像話了！」克倫徹先生朝兒子打量著罵道，「還要叫好哩！別讓我再聽到你亂嚎了，要不你還得吃耳光，聽到沒有？」

「我沒幹什麼壞事。」小傑里摸著臉蛋分辯道。

「那你就住嘴，」克倫徹先生說，「我不想聽你的幹壞事沒幹壞事。站到凳子上去，看看那幫人。」

兒子照辦了，這時人群已經過來。他們圍著一輛黑色的柩車和一輛黑色的送葬馬車叫著，噓著。

送葬馬車裡只坐著一個送葬的人，他一身黑色的裝束，正符合送葬人的身份。可是周圍的情況卻不大妙，圍在馬車周圍的人越來越多，他們嘲弄他，對他扮鬼臉，朝他亂喊叫：「嗨！密探！呸！密探！」還有許許多多沒法復述的恨之入骨的叫罵。

出殯對於克倫徹先生一向具有特別的吸引力，每當有送葬的隊伍從台爾森銀行門前經過，他的全部感官就會被動員起來，人變得非常興奮。因此，這隊非同尋常、有那麼多人圍著的送葬隊伍，自然更讓他激動不已。

他看到第一個迎面跑過來的人，就急忙問道：

「怎麼啦，老兄？是怎麼回事？」

「我不知道，」那人說，「是密探！哼！呸！密探！」

他又問另一個人：「那是什麼人？」

「我不知道，」那人說著，用雙手攏住自己的嘴，激動地大聲喊道，「是密探！哼！呸！呸！密——探！」

終於，來了個比較知情的人，他跌跌撞撞地跑了過去，從這人的口中了解到，這是給一個叫羅傑·克萊的人送葬。

「他是個密探？」克倫徹先生問道。

「老貝利的密探，」那知情人回答，「哼！噓！呸！老貝利的密——探！」

「哎，真的！」傑里想起了他旁聽過的那次審判，驚呼起來，「我見過他，他死了？」

「死得硬梆梆的了，」那人說，「確實死了。把他們拖出來！呸，密探！把他們拖出來！呸，密探！」

大夥正好不知怎麼辦，這個主意馬上就被採納了。於是大家來了勁，鬧哄哄地一再大聲嚷著要把他們拖出來，拖出來，緊緊圍住那兩輛車子，逼得它們只好停了下來。

大夥打開馬車的門，揪出那個送葬的人，他一下落到了人群之中。可是那人十分機靈，很會利用時機，一眨眼工夫就甩掉斗篷、帽子、長長的帽帶、白手帕以及其他象徵悲哀的東西，打從路邊的一條小巷溜走了。

眾人把這些東西撕得粉碎，興高采烈地把它們扔了一地。路兩旁的店鋪都急急忙忙地關上門，因爲在那種年頭，群眾一經鼓動起來就勢不可擋，活像一個十分可怕的怪物。他們甚至已經要打開靈車拖出棺材了。

就在這時，有位更有天才的人提出了另一個主意，提議人家乾脆湊熱鬧把靈車送到墓地。此時人們正好需要一個切實可行的具體建議，自然也就歡呼著採納了這一主張。於是送葬馬車裡裡外外立刻就擠滿了人，裡面坐了八個，外面站了十幾個，許多人甚至攀到了靈車頂上，想方設法趴在上面。

傑里・克倫徹先生也是首批志願送葬者之一，他擠上馬車，坐在最靠裡的一個角落裡，非常謙遜地藏起了他那顆鐵蒺藜似的腦袋，不讓台爾森銀行的人看見。

就這樣，這群烏合之眾一路上灌著啤酒，抽著煙斗，又嚷又唱，假作悲傷地向前走著，途中不斷有新人加入，所有的店鋪聞風都紛紛關上了店門。他們的目的地是遠處野外的聖潘克拉斯老教堂①。隊伍終於到達了目的地，一起都湧進了墓地，最後，總算照他們自己的方式完成死者羅傑・克萊的安葬儀式，於是大夥都感到心滿意足。

打發完死人，大家還覺得不夠過癮，於是，又有一位天才人物（也許就是原先那位），想出了一個新花招，把偶然路過的人當作老貝利的密探，拖住報復一番。於是假戲真做，人們開始追逐起一些一輩子也沒和老貝利沾過邊的本分人來，粗暴地把他們推來推去，肆意凌辱。接著，又自然而然地發展成砸破窗戶，洗劫酒店。

到後來，幾個小時後，好幾座涼亭也被掀翻了，一些地方的木柵欄被拔出來當了好鬥者的武器。最後，有消息說警衛隊就要來了，人們才開始慢慢散去。警衛隊也許真的來了，也許根本沒有來，烏合之眾往往就是這樣。

克倫徹先生沒有參加這幕收場鬧劇，他留在了墓地，和殯儀館的人交談，向他們表示慰問。這地方對他有一種安撫鎮靜作用。從附近的一家酒店裡，他弄來一只煙斗抽著；他站在墓地的圍欄旁往裡打量著，仔細地琢磨著這個地方。

「傑里，」克倫徹先生和往常一樣，自言自語地說，「那天你還見過這個克萊，你親眼看見他那麼年紀輕輕，好模好樣的。」

他抽完了那袋煙，又待在那兒琢磨了一會，然後就轉身往回走，以便在台爾森銀行關門前，再在自己的崗位上露露面。

不知是不是因爲他對人生無常的思慮傷了肝脾，還是因爲他的健康狀況原來就不好，或者是因爲他想對一位知名人物表示一點敬意，總之，說不清是什麼原因，他在回去的路上到他的醫藥顧問——一位著名的外科醫生——那裡，作了一次短暫的拜訪。

小傑里給父親代班恪盡職守，他報告說，在這段時間裡沒有接到什麼差使。銀行關門了，年邁的行員都走了出來，守夜人也來了，於是克倫徹先生也帶著兒子回家喝茶。

這天晚上，他死盯住克倫徹太太不放，一直繃著臉跟她說話，不讓她有機會在心裡偷偷做對他不利的禱告。爲此，他還慫恿兒子纏著他母親說話。他挖空心思地找出理由來責怪她，不讓她有片刻時間去想心事，把這個可憐的女人弄得精疲力竭。

他這樣信不過自己的老婆，可見他比最虔誠的人還要篤信祈禱的神力，就像一個口口聲聲說自己不信神的人，會被鬼怪故事嚇得魂不附體一樣。

克倫徹一家就這樣消磨著這個晚上，隨後小傑里被打發上床，他媽媽也得到同樣命令，遵命去睡了。克倫徹先生獨自抽著煙，消磨了大半夜，直到將近一點鐘時，才開始行動，外出「釣魚」。

在這鬼魅出沒的時刻，他從椅子上站起身來，從衣袋裡掏出一把鑰匙，打開一只鎖著的櫃子，從裡面拿出一只口袋，一根大小適中的撬棍，一條繩子，一根鐵鏈，還有別的這類「漁具」。他很熟練地把這些東西隨身藏好，以挑釁的目光朝他太太瞥了一眼，然後熄了燈，走出家門。

小傑里剛才上床時，只是裝著脫了衣服。沒過多久，他也尾隨著他爸出門了。他在黑暗中悄悄摸出房門，跟著下了樓，來到院子裡。隨後，又跟著來到街上。他一點也不擔心回來時會遇到麻煩，因爲這幢樓裡住滿了房客，大門整夜都虛掩著。

傑里被一種雄心壯志所驅使，決心要探清他父親那份本分職業的技術和訣竅，就像他那兩隻挨得很近的眼睛。他緊貼著沿街的房屋、院牆、門廊，始終盯著他可敬的父親，朝前跟去。可敬的父親往北走了沒多遠，就同另一位伊薩克．沃爾頓②的信徒會合，一起往前行進。

開始，他們一直躲避著搖曳閃爍的街燈和睡眼惺忪的守夜人，這樣走了約摸半個小時，來到了郊外一條荒僻的大路上。在這兒，又有一個人加入進來——他的出現是那麼悄無聲息，要是小傑里迷信的話，真會以爲是那第二位門徒突然幻化出來的哩。

三個人繼續朝前趕路，小傑里也緊跟著往前走去。最後，前邊三人在路旁的一道高高的土堤下停了下來。土堤頂上有一堵低矮的磚牆，上面裝有鐵柵欄，三個人在土堤和磚牆的陰影下離開大路，拐進一條死胡同——胡同的一邊，有一堵八到十英尺高的圍牆。

小傑里蹲在一個角落裡，偷偷朝胡同裡望去，在朦朧的月色下，他清晰地看到了他那可敬的父親的身影。只見他正敏捷地爬上一扇鐵門。他很快就翻進去了，接著第二個也翻了進去，然後是第三個。他們都悄無聲息地跳到門內的地上，在那兒就地伏了一會——大概是在側耳傾聽，然後手腳並用地朝前爬去。

現在輪到小傑里朝鐵門靠近了，他屏息凝神地走到了門邊。又在一個角落裡蹲下來往裡看。只見三個人正在茂密的草叢中爬行。塊塊林立的墓碑——原來他們是在一片很大的教堂墓地裡——看上去像披著白衣的鬼魂，而那教堂的鐘樓，就像一個大得可怕的巨鬼。他們爬了沒多遠，就站起身來。接著他們開始了。

開始，他們用鐵鍬挖。不久，他那位尊敬的父親就改用一種像大螺絲錐似的工具。無論用什麼工具，他們都幹得很起勁，一直幹到教堂的大鐘突然響了起來，把小傑里嚇得轉身就跑，嚇得頭髮和他父親一樣根根豎起。

可是，長期以來，一直想弄清這事真相的心情，不僅使小傑里止住了腳步，還把他拖回到剛才蹲著的地方。

當他再次來到鐵門邊偷看時，發現他們還在那兒堅持不懈地挖著，不過現在好像已經挖到什麼了。在他們挖開的坑裡，傳來打鑽聲和抱怨聲。他們彎下身子使勁向上拉著，下面的東西好像很重。那重傢伙終於一點一點地拉上來了，拉到了地面。

小傑里已經猜到那是什麼東西，可是一旦真的見了，而且看見他那可敬的父親正準備撬開它時，直嚇得魂飛魄散，急忙拔腿就逃，一口氣跑了一兩英里地，因爲他畢竟第一次見到這種場面。

第二天早上，小傑里胳臂底下夾著那張凳子，跟在他父親身旁，走在陽光燦爛、熙熙攘攘的佛利特大街上。

「爸，」走著走著，小傑里突然問道，他留神和父親保持著一定距離，還用那張凳子隔在兩人之間，「什麼叫盜屍人？」

克倫徹先生在人行道上收住腳步，答道：「我怎麼會知道？」

「我還以爲你什麼都知道哩，爸！」天真的孩子說。

「唔，這個嘛，」克倫徹先生一邊走一邊支吾著，他摘掉帽子，讓那一頭鐵蒺藜隨意豎起，「那是個買賣人。」

「他賣什麼貨呢，爸？」機靈的小傑里又問道。

「他的貨嘛，」克倫徹想了一下，答道，「跟科學有關係。」

「是人的屍體，是不是，爸？」小傑里越問越起勁。

「大概是這類東西吧。」克倫徹先生回答。

「啊，爸，等長大了，我也要做個盜屍人。」

①在當時倫敦城的北部。

②伊薩克．沃爾頓（1593~1683），英國作家，著有《釣魚大全》。

15 編織

幾天來，到德發日先生酒店來喝酒的人都比往常早。清晨六點，面帶菜色的人就從酒店鐵窗外看到，店堂裡已經有不少人來喝酒了。

德發日先生在生意好時賣的是很淡的酒，今天賣的酒更淡得不同尋常。他賣的是一種酸酒，或者說，是一種讓人發酸的酒。誰喝了這種酒，就會對他的情緒產生影響，會變得消沉沮喪。德發日先生的葡萄酒裡，沒有酒神狂歡的烈焰，可酒渣裡倒藏有一股暗暗燃燒的悶火。

一大早就有人來德發日先生的酒店，這已經是第三天。事情是從星期一開始的，而這大已經是星期三了。

這麼早來酒店的人，多半不是爲了喝酒，是爲了來這兒醞釀策劃。不少人一進門就活動開了，或靜靜傾聽，或竊竊低語，或悄悄走動，誰也沒有掏出一文錢來買酒澆愁。不過他們非常喜愛這個地方，彷彿這兒的一桶桶酒都可以由他們享用似的。他們從這個座位挪到那個座位，從這個角落溜到那個角落，貪婪地把別人的談話當酒吞咽著。

直到正午，聖安東尼區一直處於這樣的酒意之中。日中時分，兩個風塵僕僕的人，在聖安東尼區搖曳的街燈下，走過一條條大街；這兩個人，一個是德發日先生，另一個是那戴藍帽子的修路工。他倆風塵滿面，口乾舌燥，一齊進了酒店。

他們的到來，給聖安東尼人的胸中點燃了一把火，火勢隨著他們一路迅速蔓延，使大多數門窗後面的面龐泛起了紅光。然而，誰也沒有跟隨他們前來，當他們走進酒店時，雖然一個個都扭頭望著他們，但沒有一個人開口說話。

「日安，先生們！」德發日先生開了口。

這彷彿是讓大夥鬆開舌頭的信號，他們異口同聲地回答：「日安！」

「今天天氣不好，先生們！」德發日先生搖著頭說。

聽了這句話，大家都面面相覷，接著便垂下眼睛，默不作聲地在那兒坐著。

「好，跟我來吧！我領你去看看我說的可以給你住的房間，那房間給你住，再合適不過了。」

走出酒店到了街上，從街上拐進一個院子，在院子裡爬上一道很陡的樓梯，再登上一間小小的閣樓——就是當年那個白髮蒼蒼的老人成天坐在矮凳上，彎著腰，埋頭忙於做鞋的地方。如今，閣樓裡已經沒有白髮蒼蒼的老人，不過剛才從酒店先後出來的三個人全都在這兒。他們和那個遠在異地的白髮老人之間有過小小的聯繫，他們曾透過牆縫窺視過他。

德發日小心地關上門，壓低嗓門說道：「雅克一號，雅克二號，雅克三號！我是雅克四號。這位是我特意約來的證人，他會告訴你們一切的。說吧，雅克五號！」

修路工用手中的藍帽子擦了擦黝黑的腦門，說道：「打哪兒說起呢，先生？」

「就從頭說起吧，」德發日先生的回答不無道理。

「好的，先生們！」修路工開始說了起來，「去年夏天，我見過他，他掛在侯爵馬車下面的鏈條上。事情是這樣的：太陽下山了，我收工回家，正好看到侯爵的馬車緩緩地爬上山崗，當時，他就掛在鏈條上——就像這樣！」

修路工又把當時的整個情景表演了一番。他的演技已經十分熟練精湛，因爲整整一年來，這已成爲村民們百看不厭、必不可少的娛樂。

「那天我又在山坡上幹活，太陽又快下山了，我正在收拾家什，準備下山回家。當時，山下已經黑了，我一抬頭，看見六個當兵的正翻過山樑走過來，他們押著一個反剪雙手的大高個男人——兩條胳臂綁在身子兩邊——就像這樣！」

他用他那頂不可或缺的帽子比劃著，演示出那人雙臂綁在兩側、繩結打在背後的樣子。

「我站在路邊，先生們，緊挨我那堆修路石頭，看那些當兵的押著犯人走過（那條路很僻靜，什麼光景都值得一看）。起初，他們沒走近時，先生們，我只看見六個當兵的押著一個反剪雙手的高大漢子，幾乎只看見他們黑呼呼的輪廓——除了在對著下山的太陽一面有一道紅邊外。看見他們長長的影子，巨人的影子般落在路對面的山窪裡和山坡上。我還看見他們渾身塵土，腳步沉重，每走一步就塵土飛揚。直到他們走到我跟前時，我才認出了那個大漢，他也認出了我。唉，他要是能像上回那樣再次跳下山崗，那該多好啊！上回那個傍晚，我就是在離這不遠的地方碰上他，看他跳下去的。」

「接著說吧，雅克。」德發日說。

「他在那鐵籠子裡關了好幾天，村民們因爲害怕，只敢偷偷地看著他。不過，他們總是從遠處朝崖頂的監獄張望。到了傍晚，幹完一天的活，大家聚在泉水池邊閒聊時，人人的臉都朝向監獄的方向。早先，他們總是朝驛站方向看的，如今都轉向監獄的方向看了。人們在泉水池邊悄悄傳說，說那人雖然判了死刑，但不會執行，巴黎已經有人請願，說他是因爲兒子被害慘死才氣瘋的。據說已向國王呈交了請願書。到底怎麼樣，我哪兒知道？這有可能。興許是這樣，興許不是這樣。」

「聽我說，雅克，」一號雅克神情嚴肅地插話說，「的確向國王和王后呈交過請願書。這兒的人除了你，全都親眼看見國王接了那份請願書，當時他正和王后並排坐在車上。冒著生命危險，衝到車前去呈交請願書的，就是你眼前的這位德發日。」

「再聽我說，雅克，」單腿跪著的雅克三號又插嘴說，他的手指一直撫摸著嘴角鼻旁的纖細脈絡，一副急不可耐的樣子，彷彿急於要得到什麼東西——但既非吃的，也非喝的，「那些騎馬的和步行的衛兵，把呈交請願書的人團團圍住，痛打了一頓。你聽見沒有？」

「聽見了，先生。」

「那就接著說吧。」德發日說。

「另外，他們還在泉水池邊悄悄傳說，」鄉下人接著往下說，「把那人押到我們鄉下來，爲的是要就地處死，而且肯定要把他處死的。人們甚至傳說，那是因爲他殺了侯爵老爺，而老爺是佃戶——或者是農奴，隨你怎麼說吧——的父親，所以要把他按弒父罪論處。」

「得了！」德發日很不耐煩地說，「魔鬼萬歲！接著說吧。」

「所有的活全停下了，大夥都聚集到那兒，誰也沒有把牛牽出來，牠們都就地歇著。到了正午時分，響起了鼓聲。士兵頭天夜裡就開進了監獄，現在押著他出來了。他仍像原先那樣綁著，他的嘴上還加了個馬嚼子——緊緊地勒著一條繩子，看上去像是在笑。」說著，他比劃起來，用兩個大拇指鉤住嘴角，拉向耳根，使得臉上露出了皺褶。

「絞架頂上安著一把刀，刀刃朝上，刀尖指向天空。他被吊死在四十英尺高的地方——一直吊在那兒，把泉水都給弄髒了。」

聽的人都面面相覷。修路工用他那頂藍帽子揩了揩臉，在他回憶起當時的情景時，臉上冒出了汗珠。

一陣憂鬱的沉默之後，雅克一號說道：「好！你做得對，說得也很實在。現在，你好不好到門外去等我們一會兒？」

「好的。」修路工回答說。於是德發日陪他走到樓梯口，讓他坐在那兒等著，自己又回到閣樓。

待他回到閣樓時，那三個人已經站起身來，頭湊在一起。

「你們說怎麼樣，雅克？」雅克一號問道，「要記下嗎？」

「記下，作為消滅的對象。」德發日回答。

「好極了！」那個一副渴望神色的人，嗓音嘶啞地說道。

「府邸和全家人？」雅克一號問道。

「府邸和全家人，」德發日回答，「徹底消滅。」

那個一副渴望神色的人欣喜若狂地再次用嘶啞的嗓音說，「好極了！」說完，又開始咬起另一隻手指來。

「你有把握？」雅克二號問德發日，「咱們這種記錄方法不會出差錯？當然，這種方法很保險，除了咱們自己，誰也破譯不了。可咱們自己是不是總能解釋出來呢？——或許我得說，她是不是總能解釋出來呢？」

「雅克，」德發日挺直身子答道，「我太太哪怕憑記憶，記事也能做到一字不漏——一筆一畫都錯不了。現在，她用自己創造的針法和符號，把要記的事全都編織下來，這就像青天白日般一清二楚。相信她吧，要想從德發日太太的記事織物上抹去名字和罪行，比一個最膽小的懦夫想要自殺還難哩。」

16 仍在編織

德發日夫婦坐著搖搖晃晃的公共馬車，藉著星光，來到了旅途必經的巴黎城門口。車子照例在哨卡前停下，照例有人提著燈出來檢查盤問一番。德發日先生下了車，他認識這兒的一兩個士兵，還認識一個警察。他跟那警察很熟，一見面就親熱地擁抱起來。

當聖安東尼又把德發日夫婦擁在自己那灰色羽翼之下時，他倆在聖安東尼區的區界附近下了車，在那滿街的污泥和垃圾中覓路步行回家。途中，德發日太太問她丈夫道：

「告訴我，那個當警察的雅克對你說什麼來著？」

「今晚情況不多，不過他知道的全說了。又有一個密探派來咱們區了。他說也許更多，可他只知道一個。」

「唔，好吧！」德發日太太說，沉著冷靜地抬了抬眉毛，「得把他的情況記下來。他叫什麼來著？」

「他是個英國人。」

「那就更好了，他姓什麼？」

「巴塞德。」德發日回答，他是按法語發音報出的，可他很仔細，為準確起見，又正確無誤地拼讀了一遍。

「巴塞德，」太太重複了一遍，「好。名字呢？」

「約翰。」

「約翰．巴塞德。」太太先默唸了一聲，接著又重複了一遍，「好。他的外貌呢，知道吧？」

「年紀，四十左右；身高，約五英尺九；黑頭髮，皮膚黝黑，總的來說還算英俊；黑眼睛臉瘦長，灰黃色；鷹鉤鼻，但不正，特別怪的是朝左歪，因而表情顯得陰險。」

「嗨，我敢說，這真像幅肖像了！」太太笑了起來，「明天我就把他記下來。」

第二天正午，這位了不起的女人照例坐在酒店裡她的老位置上，專心地編織著。她的手邊放著一朵玫瑰花，她不時朝它看上一眼，但並沒有停下手中的活兒。

門外進來了一個人，影子落到德發日太太身上，她覺出這是個陌生人。她放下手中的編織活，拿起手邊的玫瑰花插到頭上，然後才朝那人看去。

真怪，德發日太太一插上玫瑰花，店裡的顧客便都停止了談話，開始一個接一個溜出酒店。

「日安。太太。」剛進門的人招呼說。

「日安，先生。」

她說得很響，說罷，重新拿起活兒編織，心裡卻暗自思忖：「嘿！年紀四十左右，身高約五英尺九，黑頭髮，總的來說還算英俊，皮膚黝黑，黑眼睛，臉瘦長灰黃色，鷹鉤鼻但不正，特別怪的是朝左歪，使得表情更加陰險！日安，全對上號了！」

「請給我一小杯陳年白蘭地，另外來點清涼水，太太。」

太太有禮貌地照辦了。

「這白蘭地妙極了，太太。」

這酒賣到現在還是第一次受到誇獎。德發日太太知道這酒的底細，心裡自然有數。不過，她還是說了聲過獎了，就又拿起活兒來繼續編織。來人盯著她的手看了一會，趁機朝整個店堂掃了一眼。

「妳編織的手藝真好，太太。」

「我織慣了。」

「花樣也很漂亮！」

「你這樣想嗎？」太太微笑地看著他說。

「當然。可以問一下織的是什麼嗎？」

「為了解悶。」太太的手指靈巧地動著，依然微笑地看著他。

「不是為了用的？」

「這就得看著辦了。也許有朝一日會用得上。要是真有那麼一天——是啊！」太太說著，深深吸了一口氣，點點頭，嚴肅中帶有幾分風情，「我會用它的！」

「約翰，」德發日太太眼睛盯著陌生人，一邊編織，一邊在心裡思忖，「你再多待一會兒，我就能在你走之前，把『巴塞特』也織上了。」

「妳有丈夫嗎，太太？」

「有。」

「孩子呢？」

「沒有。」

「生意好像不怎麼樣？」

「生意很差，人太窮了。」

「把加斯帕處死實在太糟糕了，太太。唉，可憐的加斯帕！」嘆息聲中懷著極大的同情。

「老實說！」太太冷漠而又輕鬆地說，「爲這等事動刀子，就得付出代價。他是事先知道的，爲這樣奢侈的享受要付出代價。現在他算是付清了。」

「我相信，」密探說著，把他那柔和的聲音放得低低的，想要套出對方的心裡話來，邪惡的臉上，每一絲肌肉都裝出一種革命情感受到傷害的樣子，「我相信這一帶的人對這個可憐的人都很同情，也爲他氣憤，是吧？這話只在咱們之間說說。」

「有這樣的事？」太太問道，一副茫然不解的樣子。

「難道沒有？」

「——我丈夫來了！」德發日太太說。

酒店老闆一進店門，密探就舉手碰了碰帽沿和他招呼，帶著一種做作的微笑說：「日安，雅克！」德發日頓時收住腳步，瞪眼朝他看著。

「日安，雅克！」密探又說了一遍。在對方的逼視下，口氣已經不那麼有把握，笑得也更不自然了。

「你認錯人了，先生，」酒店老闆回答說，「你把我錯當成別人了。我不叫雅克，我叫歐內斯特．德發日。」

「反正都一樣，」密探輕快地說，但也顯得有些狼狽，「日安！」

「日安！」德發日冷冷地回了一聲。

「你進來時，我正有幸和你太太聊天。人家告訴我說，聖安東尼的人提到可憐的加斯帕的不幸遭遇都很同情，也很爲他氣憤——這一點也不奇怪！」

「從來沒人跟我這麼說過，」德發日搖搖頭說，「我一點也不知道。」

「德發日先生，有幸和你聊天，使我想起了一些和你的名字有關的有趣事兒。」密探繼續說道。

「是麼？」德發日非常冷淡地答了一聲。

「是真的。我知道，馬奈特醫生剛放出來時，你這位他以前的佣人曾照料過他。人家把他送到了你這兒。你看，我還了解情況吧？」

「沒錯，是這麼回事！。」德發日回答道。他那正在編織和哼小曲的太太，像是無意地用胳膊肘碰了他一下，這是暗示他最好回答這個問題，但要十分簡短。

「後來他女兒來到你這兒，」密探說，「從你這兒把他接到英國去了，同他一起來的，還有一位衣著整潔、穿棕色衣服的先生，還戴了頂小小的假髮，他姓什麼來著？——對了，姓洛瑞，是台爾森銀行的。」

「是這麼回事。」德發日又說了一句。

「非常有趣的回憶！」密探說，「我在英國認識了馬奈特醫生和他女兒。」

「是嗎？」德發日說。

「你現在不大聽到他們的消息了吧？」密探說。

「是的。」德發日回答。

「說實在的，」德發日太太停下手中的活兒，也不再哼小曲，抬起頭來插嘴說，「我們一直沒有聽到過他們的消息。只收到過一封平安到達的信，後來也許還有一兩封信。不過打那以後，我們就各走各的路，再也沒有聯繫了。」

「的確是這樣，太太，」密探說，「他女兒快要結婚了。」

「快要結婚？」太太應聲道，「她那麼漂亮，早就該結婚了。我看，你們英國人個個都冷心腸。」

「哦，你知道我是英國人？」

「我是從你的口音聽出的，」太太回答說，「哪兒的口音，我想就是哪兒的人了。」

密探並不把這樣識出他的國籍看作是一種恭維，可他還是不加計較，一笑了之。待到喝完白蘭地，他又接著說：

「真的，馬奈特小姐就要結婚了。不過她嫁的不是英國人，而是跟她一樣的法國人。說到加斯帕（唉，可憐的加斯帕！這事真殘酷，太殘酷了！），這事也真奇了，馬奈特小姐要嫁的竟是侯爵老爺的侄子，也就是現在的侯爵。那加斯帕不就爲侯爵的事，吊到幾十英尺高的絞架上去的嗎？他那侄兒現在就隱姓埋名住在英國，在那兒沒有用侯爵的頭銜，改名叫查爾斯·達內。這是從他母親的姓達奈變來的。」

德發日太太一直不停地編織著，絲毫不爲所動，可是這消息對她的丈夫顯然起了作用。他站在小櫃檯後面，不管做什麼，像擦火柴或者點煙，都顯得心煩意亂，手也不聽使喚了。那密探要是沒有把這看在眼裡，記在心上，他就枉爲密探了。

不管這一點有沒有價值，對巴塞德先生來說，這至少也是個收穫。眼看不再有顧客進店來供他偵查，他也就付了酒錢，起身告辭。

「他說的馬奈特小姐那樁事，」德發日先生站在那兒，手扶妻子的椅背，抽著煙，低頭朝她輕聲問道，「會是真的嗎？」

「他這麼說，」太太揚了揚眉毛，回答道，「十有八九是假的。不過也有可能是真的。」

「要是——」德發日欲言又止。

「要是什麼？」妻子追問道。

「——要是真有那麼一天，咱們能活著親眼看到勝利——我希望，爲了她，命運別讓她的丈夫回法國。」

「她丈夫的命運，」德發日太太照舊泰然自若地說，「會送他去該去的地方，會得到他應有的歸宿，我知道的就這些。」

「不過，這事也太奇怪了——唔，難道不奇怪嗎？」德發日說，好像在懇求他妻子贊同這一說法，「我們對他的父親，對她是那樣的同情，可現在，妳卻把她丈夫的名字織到剛滾蛋的那條餓狗的名字旁邊了。」

「等那時候一到，比這更怪的事還有哩！」太太回答，「我把他們兩個全都記下了，分毫不差；兩人的賬都記得清清楚楚，這就夠了。」

說完，她捲起編織活，從包在頭上的手帕上摘下那朵玫瑰花。也許是聖安東尼人憑本能察覺到那令人不快的裝飾品已經摘去，要不，就是他們一直在暗中窺探著它的動向；總之，那玫瑰花一摘下，聖安東尼人很快就放心大膽地走進店裡，於是，酒店又恢復了它平日的景象。

17 一個夜晚

一個令人難忘的夜晚，醫生和他的女兒同坐在那棵法國梧桐樹下，落日的餘暉從來沒有像今天這般光輝燦爛地照臨過這個幽靜的街角。月亮升起來了，發現他們父女倆仍靜靜地坐在樹下，便透過枝葉把銀光照在他們的臉上；灑遍偉大的倫敦城上的月光，從來沒有像今晚這般柔和、亮潔。

明天，露西就要結婚了。她把這最後的一個夜晚留給她的父親，所以此時此刻，只有他倆單獨坐在梧桐樹下。

「你高興嗎，親愛的父親？」

「十分高興，孩子。」

他倆已經在那兒坐了很久，可是話卻說得不多。在天色尚早、還有足夠的亮光供她做女紅或者讀書的時候，她沒有像往常那樣埋頭針線，也沒有唸書給他聽。有過無數、無數次，她都傍著他坐在這棵樹下，做著這兩件事，可是這一次跟過去的任何一次都不一樣，也決不能讓它一樣。

「今天晚上我覺得非常幸福，親愛的父親。上帝賜給我的愛情——我對查爾斯的愛，查爾斯對我的愛——使我深深地感到幸福。可是，假如我今後不能像過去那樣，把我的一生都奉獻給你，假如我的婚姻會使我們有所分離，哪怕只是幾條街的距離，我都會更有說不出的難過和內疚。即使現在這樣——」

即使現在這樣，她也無法控制自己的嗓音了。

在淒清的月光下，她摟住他的脖子，把臉埋在他的懷裡。月光總是淒清的，就像初升或將逝的日光——就像所謂人生之光。

「最最親愛的！在這最後的時刻，你是不是能告訴我，你十分、十分肯定，我對他的愛情和我對他的義務決不會妨礙我們之間的關係？這一點，我心裡十分清楚，可是你心裡是怎麼想的呢？你是不是非常肯定呢？」

她的父親用一種毫不做作，充滿信心的愉快語氣回答說：「十分肯定，我的寶貝！」不但如此，他還溫柔地吻了吻她，又補充說，「由於妳結了婚，我的未來會更加光明，露西，比起妳可能不結婚來——不，比起妳還沒結婚的時候來——會更加光明得多。」

「那樣就太好了，我的父親！——」

「相信我的話吧，寶貝！確實如此。妳想想，這是多麼自然，多麼明白的事情，親愛的。妳很孝順，又還年輕，還不能充分體會我心中的焦慮，我一直怕誤了妳的終身——」

她想用手捂住他的嘴，可是他握住了她的手，重複說道：

「——不能為了我，我的孩子，誤了妳的終身——違背了自然規律。由於妳一點不考慮自己，所以妳不能完全理解在這件事上，我的心事有多重，不過妳且仔細想一想，如果妳的幸福不完滿，我的幸福又怎能無缺呢？」

「要是我從沒遇見查爾斯，我的父親，那我和你在一起就十分美滿的了。」

她父親笑了，因爲這是她不自覺地承認，自從遇見查爾斯以後，沒有他，她就會感到不美滿，於是他答道：

「我的孩子，事實是妳已經遇見他了，而且是查爾斯。假如不是查爾斯的話，也會遇見別人的。假如妳遇不到別的人，那就是因爲我的緣故了，那我一生中那個黑暗時期，不僅把它的陰影投到了我自己身上，還落到妳的身上了。」

她聽他追述往事，隨著他的講述，一種奇異的緊張激動心情，顯得越來越強烈，好在他提到舊事時的態度，並沒有什麼值得她擔心的地方。看來，他只不過是拿過去的悲慘苦難和今天的歡樂幸福作一個對比罷了。

「露西，今晚我回憶起這些過去的苦難，是因爲我對妳的愛已沒法用語言來表達，感謝上帝賜給了我這麼大的幸福，當年，哪怕我的思想最最無邊無際的時候，也從來沒有想到我能和妳一起過這樣幸福的生活，而且我們還有更加美好的未來。」

他擁抱了她，莊嚴地爲她祝福，謙恭地感謝上帝把她賜給了他。又過了一會，他倆才回到屋子裡。

除了洛瑞先生外，沒有邀請別的人來參加婚禮；除了臉色憔悴的普羅斯小姐外，連個伴娘也沒有請。婚後他們的住處也不會變，只是擴大了一些，把樓上那個只聽傳聞未見其面的房客那幾間屋也一併租了過來，除此之外，便什麼也不再需要了。

晚餐時，馬奈特醫生高興非常。餐桌前一共只有三個人，那第三個是普羅斯小姐。查爾斯不在，醫生覺得很遺憾。他真想反對這個大家出於對他的愛而做的這個小小安排：把查爾斯支開。於是，他滿懷深情舉杯，爲查爾斯祝了酒。

就寢的時候到了，醫生向露西道了晚安，接著就各自回房。清晨三點，正是夜闌人靜的時候，露西又走下樓來，悄悄走進父親的房間，她心中懷著一種莫名的恐懼。

不過，一切如常，萬籟俱寂，他睡得很熟，一頭白髮鋪落在平整的枕頭上，雙手安詳地擱在被子上。她把已經用不著的蠟燭放到遠處的角落裡，悄悄爬到床上，吻了他的嘴唇，然後俯身凝視著他。

18 九天九夜

結婚那天，陽光燦爛，醫生正在房間裡和查爾斯．達內談話，大家都已做好出門的準備，聚集在緊閉的房門外。美麗的新娘、洛瑞先生，還有普羅斯小姐，全都準備好了，等著去教堂。在這樁婚事上，普羅斯小姐雖然已經逐漸適應這無法避免的結局，只是她心裡多少還有些不甘，覺得要是由她的弟弟所羅門來當新郎，那就更加是一樁十全十美的美滿婚姻了。

醫生的房門打開了，他和查爾斯．達內走了出來。他的臉色煞白——他們剛才一起進去時，可不是這個樣子——整個臉上不見一絲血色，不過，他的態度依然鎮定如常，只有洛瑞先生那敏銳的目光看出了一點不祥之兆，發現從前那種躲躲閃閃、惶恐懼怕的神情，像一陣凜冽的寒風，剛從他身上掠過。

他把胳臂伸給女兒，帶她下了樓，坐上了洛瑞先生特地爲這一天雇來的輕便四輪馬車。其餘的人都坐在後面的一輛馬車裡，大家來到附近的一座教堂，沒有外人參加觀禮，查爾斯．達內和露西．馬奈特很快就高高興興地舉行了婚禮。

婚禮完畢後，除了這一小群人微笑中閃爍的晶瑩淚珠，還有一些燦爛奪目的鑽石在新娘手上閃閃發光，這些鑽石是最近從洛瑞先生負責珍藏的一只小袋中取出來重見天日的。接著，大家回家吃早飯，一切都進行得很順利。分別的時候到了，他們在門口告別。

離開的時間雖說不長，卻也難捨難分。父親極力寬慰鼓勵她，最後，終於輕輕地從她的擁抱中抽出身來，說道：「查爾斯，帶她去吧！她是你的了！」

她從車窗裡伸出手來，激動地不住揮舞著，然後就走了。

洛瑞先生要去台爾森銀行看看，這倒容易，可是要從那兒脫身出來，那就有點難了。他在那兒整整耽擱了兩個小時。回來的時候，沒有向僕人問一句話，就逕自爬上了那座年代久遠的樓梯。

他正要走進醫生的房間，一陣低沉的捶打聲，使他突然停下了腳步。

「天哪！」他大吃一驚，問道，「這是怎麼了？」

普羅斯小姐滿臉驚恐，在他耳邊說，「哦，天哪！哦，天哪！全完了！」她一邊哭喊，一邊絞著自己的雙手，「叫我怎麼跟小寶貝說呀？他不認識我了，正在做鞋呢！」

洛瑞先生盡量勸慰她，讓她鎮靜下來，然後走進醫生的房間。那張板凳已經擺到向陽的地方，就像當年他看見鞋匠做鞋時那樣，他正埋頭忙著幹活。

「馬奈特醫生，我親愛的朋友，馬奈特醫生！」

醫生朝他看了一會兒——半似詢問，半似氣惱——重又埋頭幹活。

他已脫去上衣和背心，襯衣領口敞開著，跟他當年幹這活兒時一樣，連他的臉也恢復到昔日那種憔悴枯槁的模樣。他幹得很起勁——也顯得有些不耐煩——好像感到人家打擾了他。

洛瑞先生馬上想到，當前有兩件事最爲重要。第一，絕對不能讓露西知道這一情況；第二，這一情況也不能讓所有認識醫生的人知道。他和普羅斯小姐商量後，馬上採取措施，對外聲稱醫生身體不適，需要徹底休息幾天。爲了瞞住他的女兒，由普羅斯小姐給她寫去一封信，謊說她父親已被人請去出診，因臨行匆匆，草草給她寫了一封兩三行的親筆信，已同時付郵，芸芸。

洛瑞先生在採取了這些適當的措施之後，一心盼望醫生能恢復神志。要是這個希望能很快實現的話，他還有另外一個打算，就是針對醫生的病情，想出一種他認爲最爲有效的治療意見。

洛瑞先生盼望醫生能很快復原，盼望自己的第三個打算能得以實施，決定親自對醫生進行精心守護，而且盡可能做得不露聲色，於是，他生平第一次做了不去台爾森銀行上班的安排，在醫生房間的窗前安頓了下來。

時間過得非常緩慢，洛瑞先生的希望渺茫，他的心情又漸漸沉重起來了，而且一天比一天沉重。第三天來了又去了，接著是第四天，第五天；六天、七天、八天、九天。

洛瑞先生度日如年，希望愈來愈渺茫，心情也越來越沉重。有關醫生的這一情況，由於嚴加保密，露西一無所知，一直過得很快活，可是洛瑞先生不能不看到，這位鞋匠的手藝開始還有點生疏，後來就令人擔憂地日益熟練起來。

到了第九天的黃昏，在蒼茫的暮色中，他幹活的態度比以往任何時候都專心致志，雙手的敏捷嫻熟，也達到了前所未有的程度。

19 一條意見

洛瑞先生由於焦急不安地日夜守護，弄得精疲力竭，竟在值班時睡著了。夜深時，他昏昏沉沉地睡去，直到陽光射進房間，他才驚醒過來。這是他已在提心吊膽中度過的第十個早晨了。

他揉著眼睛，站起身來。不過，這時他突然犯起疑來，懷疑自己是不是仍在夢中。因為他走到醫生房門前往裡一看，發現那張鞋匠用的板凳和做鞋工具，又都放到了一邊，醫生正坐在窗前看書。他穿著平時穿的晨衣，臉色（洛瑞先生看得清清楚楚）雖說仍是蒼白，但非常安詳鎮定，一副專心用功的樣子。

幾分鐘後，普羅斯小姐來到了他的身旁，悄聲對他說了幾句話。如果這時他心中還有什麼疑團未能解開的話，那她的話應該使他疑慮全消了。不過，他此刻已經十分清醒，已不存在任何懷疑，他提議他們應該暫時別進去，等到平日吃早飯的時候，再像什麼事都沒有發生過似的和醫生見面。如果他神志正常了，洛瑞先生準備就他想出的治療意見，小心謹慎地向他討教，求得他的指導，這是他在焦慮不安的時候迫切希望做的。

普羅斯小姐對他的主意言聽計從，認真仔細地執行了這個方案。由於時間很充裕，洛瑞先生照常有條不紊地梳洗打扮了一番，來吃早飯時，他又像平日那樣穿著雪白的襯衫，腿腳都收拾得乾乾淨淨。他們和往常一樣請來了醫生，然後共進早餐。

於是，等吃完早飯，收拾停當，只留下他和醫生的時候，洛瑞先生滿懷深情地對醫生說道：

「親愛的馬奈特，我很想就一種非常奇特的病症，私下聽聽你的意見，我對這種病很感興趣；也就是說，在我看來，這病很怪，至於對有專業知識的你來說，也許並不那麼奇特了。」

醫生看了看自己的兩隻手，因爲近幾天來幹了活，手變了顏色，他顯得神色不安，但仍注意傾聽著對方說話。他已經不止一次地看自己的手了。

「馬奈特醫生，」洛瑞先生親切地輕按著他的胳臂說，「害這病的，是我一個特別要好的朋友。請你費神認真考慮一下，給我提出一個治療意見，這是爲了他——更重要的，是爲了他的女兒——爲了他的女兒，親愛的馬奈特。」

「要是我沒理解錯的話，」醫生用一種低沉緩慢的聲調說：「這是某種精神休克——」

「是啊！」

「請說得清楚點，」醫生說，「別漏掉任何細節。」

洛瑞先生覺得他們彼此間能心領神會，便繼續說下去：

「親愛的馬奈特，這是拖了多年的老毛病，它對人的情感、感覺，還有——還有——像你所說的——精神方面，影響極其嚴重。在精神方面，得這病是受了刺激，病人被刺激催垮了，誰也說不上病了多長時間，我認爲他自己也說不清病了多久，別人更不得而知了。病人後來終於從休克中恢復了神志，可是這恢復的過程，連他自己也弄不清楚。他是一位才華橫溢，非常能幹，不怕吃苦的人，雖已滿腹經綸，仍能不斷吸取新的知識。可是不幸的是，」他停頓了一下，深深吸了口氣，「他最近又輕度復發了一次。」

醫生低聲問道：「持續了多長時間？」
「九天九夜。」
「症狀怎麼樣？」他又看了看自己的雙手，「我想他又像過去發病時那樣，幹起以前的活兒來了吧？」
「事實正是這樣。」
「嗯，你有沒有見過，」醫生問道，聲音雖說還那麼低沉，但是清晰，鎮定，「他以前埋頭幹那活兒的樣子？」
「見過一次。」
「他這次舊病復發和那時的情況是大致相像呢，還是完全一樣？」
「我看是完全一樣。」
「你剛才說起他的女兒，他女兒知道他這次舊病復發了嗎？」
「不知道，這事一直瞞著她。我希望這件事永遠不要讓她知道，只有我和另外一位可以信賴的友人知道這件事。」
醫生抓住他的手，喃喃地說道：「真是太好了！你考慮得真周到！」洛瑞先生也抓住他的手，兩人默默無言地相對了一會兒。
「他是不是還記得，發病那天發生過什麼事情？」洛瑞先生自然有些猶豫，但還是問了。
醫生淒然地朝屋子裡環顧了一下，搖了搖頭，低聲回答道：「一點也不記得了。」

「那麼，我們就說說未來吧。」洛瑞先生提醒他說。

「對於未來，」醫生說著又鎮定如常了，「我抱有很大希望。既然上帝慈悲，這麼快就讓他恢復了神志，我對未來的希望也就很大了。他是被某種複雜的事情壓垮的，長期以來為此提心吊膽，模模糊糊地預見到它，和它抗爭，直到雲開霧散之後，他才恢復了常態，我相信，最壞的情況已經過去了。」

「好，好！那我就放心了！感謝上帝！」洛瑞先生說。

「感謝上帝！」醫生虔誠地低頭應聲說。

「這次的舊病復發總算康復了，發病時，他又重新操起了那個工作，」洛瑞先生說到這裡，清了清嗓子，「那工作，我們姑且把它叫做——鐵匠活吧，鐵匠活。為了能把情況說清楚，我們來舉個例子，我們姑且說當年他犯病的時候，習慣到鐵匠爐邊幹活。這一次，他又莫名其妙地跑到鐵匠爐邊幹起活來。那在他身邊保留著那個鐵匠爐，豈不是個禍害了嗎？」

醫生一隻手遮住自己的手前額，心神不寧地用腳拍打著地板。

「他始終把那東西保留在身邊，」洛瑞先生用焦急的目光看了他朋友一眼，「那麼，要是他讓那東西搬走，會不會更好一些呢？」

「你也知道，」醫生聲音顫抖地說，「那是個多年的老夥伴呀！」

「要是我，我就不保留它，」洛瑞先生搖著頭說。他見醫生心神不安，態度就更加堅決，「我要勸他扔掉那東西。我只是想得到你的許可。我敢肯定那東西毫無好處。好啦！親愛的好朋友，請你答應我吧，爲了他的女兒，我親愛的馬奈特！」

要是能看出他內心進行了怎樣的一場鬥爭，那可真是太不平常了啊！

「好吧，看在她的分上，就這麼辦吧，我答應了。不過，我不贊成當著他的面把它搬走，要趁他不在的時候搬。等他外出時，再送走他的老夥伴。」

洛瑞先生馬上同意這樣做，從而結束了這場談話。

他們到鄉間去玩了一天，醫生已完全恢復了健康。在隨後的三天裡，他的狀況一直很好。到了第十四天，他就動身前去和露西及她的丈夫會合。洛瑞先生事先已告訴他，爲了解釋他爲什麼一直沒給女兒去信，他已採取了什麼措施，醫生也已按照這一口徑給露西寫了信，所以她沒有起疑。

醫生離家的當天晚上，洛瑞先生拿著斧頭、鋸子、鑿子和榔頭，普羅斯小姐舉著蠟燭，兩人一起來到他的房間。

洛瑞先生關上房門，帶著神秘而又負疚的心情，把那張鞋匠板凳劈成了碎片。普羅斯小姐在一旁舉著蠟燭，像個謀殺案裡的幫兇——說實在的，她那副冷酷無情的模樣，幹這行倒是個頗爲合適的人物。兩人接著就在廚房的爐子裡「焚屍滅跡」（為了便於焚化，事先已劈成碎片），工具、鞋子、皮子則埋在花園裡。

心存忠厚的人，總是認爲毀壞東西和背著人做事是邪惡有罪的，因此，洛瑞先生和普羅斯小姐在做這件事情的時候，在感覺上和外表上，都像是一對犯下了彌天大罪的同謀犯。

20 一個請求

新婚夫婦旅行回來，第一個前來道賀的是西德尼・卡頓。他們到家後沒過多久，他就來了。他的外表、行爲、舉止都沒什麼改進，但是他那種真誠得粗魯的神情，卻是查爾斯・達內過去沒有見過的。

他找了個機會，把達內拉到窗前，在沒有旁人在場時，才跟他說起話來。

「達內先生，」卡頓說，「我希望我們能做個朋友。」

「我想我們已經是朋友了。」

「作爲一句客套話，你這樣說已經夠好了，不過，我並沒有客套的意思。真的，我說我希望我們能做個朋友，決不是那個意思。」

於是，查爾斯・達內——自然會這樣——就非常和氣友好地問他，那他的意思是什麼呢？

「好吧！不管怎麼樣，反正你已經知道，我不過是個放蕩沒用的人罷了，從來沒有做過什麼好事，以後也決不會做。」

「我不能說你以後也決不會做。」

「可是我自己心裡明白，你一定要拿我的話當真。好吧！要是你容得下我這樣一個毫無價值、沒什麼好名聲的人，那我就要求你給我一個特許的待遇，允許我到這兒來往。請你只管把我當作一件沒用的家具（要不是因為我發現你我長得相像，我還會說，把我當作一件粗壞家具），因爲它過去派過用場，所以留下它，但不必再費心去注意它。我想我也不會濫用這種特許的待遇的，頂多不過是一年四次罷了。我要說，要是我知道我已得到了這種特許，我就心滿意足了。」

「你願意試著那麼做吧？」

「換句話說，你這是把我希望得到的地位給了我了。謝謝你，達內。我可以用你的名義來享受這種自由嗎？」

「我想現在是可以了，卡頓。」

他倆握了握手，接著西德尼就走了。不出一分鐘，從他的整個外表看，又變得和往常那樣吊兒郎噹，放蕩不羈了。

他走了之後，一天晚上，查爾斯．達內和普羅斯小姐、醫生，還有洛瑞先生閒聊時，泛泛提到了這次談話，並且把西德尼．卡頓說成是個隨隨便便、馬馬虎虎的人。總之，他說到他時，並沒有惡意，也沒有責備他的意思，只不過像人們見了他那副模樣後通常會做的那樣，議論他幾句罷了。

他沒想到這會引起他年輕美貌的妻子思想上的不安。待他回到自己的房間，發現她正等著他，眉頭又像從前那樣可愛地皺了起來。

「什麼事呀，我的露西？」

「要是我求你別問，你肯不肯答應我什麼也不問呢？」

「我肯不肯答應？我有什麼不肯答應我親愛的人的呢？」他一隻手拂開垂在她臉上的金髮，另一隻手按著那為他而跳動的心，真的，他有什麼不肯答應的呢！

「查爾斯，我覺得可憐的卡頓得到的關懷和尊重，理應比你今晚表示的更多。」

「真的嗎，我親愛的？為什麼呢？」

「這你不用問，不過我覺得——我明白——他理應得到關懷和尊重。」

「既然妳明白，那就夠了。妳要我做什麼，我的寶貝？」

「我親愛的，我要求你永遠對他寬宏大量，即使他不在跟前，對他的短處也要十分寬容。請你相信我，他很少很少敞開他的心扉，他的心中滿是深深的傷痕。親愛的，我看到他的心在流血。」

「這讓我想起來感到很難過，」查爾斯．達內非常吃驚，說道：「說不定我已傷害了他，我從來沒有想到他是這樣的。」

「我的丈夫啊，他確是這樣的。我怕的是他已經不可救藥了；不管從他的性格或者命運看，現在恐怕都沒有甚麼挽回的希望了。不過我深信，他還是能夠做出美好、優雅的事情，甚至是高尚的事情來的。」

她對這個意志消沉的人，滿懷著純潔真誠的信心，她的容貌也顯得更加美麗動人，這使得她的丈夫真恨不得一連朝她看上幾個小時。

「啊，還有，我親愛的！」她呼喚著，向他靠得更攏，把頭枕在他的胸脯上，抬起眼睛朝他望著，「要記住，我們沉浸在幸福之中，是多麼堅強有力，而他深陷在苦難之中，又是多麼軟弱無力啊！」

她的懇求使他深深感動：「我會永遠記住這個的，親愛的心肝！我會一輩子記住這件事。」

他向那一頭金髮俯下身來，把嘴貼在她那紅紅的唇上，把她摟在了懷裡。

要是那個在黑暗街道上躑躅的孤淒的人，能聽到她這番純真的肺腑之言，看到她丈夫從她那對他滿含柔情的藍眼睛上吻去她灑下的同情之淚，也許就會對著夜空大喊一聲——這些字眼從他嘴裡吐出已不止一次。

「她有那麼美好的同情之心，願上帝保佑她吧！」

21 回響的腳步聲

前面已經說過，醫生住的地方是個能發出回聲的街角。露西就在這回音繚繞的街角上那幢寧靜的房子裡，年復一年地傾聽著回響的腳步聲，一刻不停地忙著纏繞金線，把她的丈夫、她的父親、她自己和與她朝夕相處的老管家，都纏繞在恬靜歡樂的生活之中。

雖說她是個非常幸福的少婦，但起初也有過那樣的時候，針線活慢慢從手中落下，眼睛會變得模糊起來。因爲有某種聲音，某種輕微的、遙遠的、幾乎聽不見的聲音，夾雜進這些回音，直攪得她心煩意亂。

忐忑不安的期望和疑慮，把她的心分成了兩半——期望的是她至今還沒有領略過的一種愛，疑慮的是她是否還能留在人世享受這種新的歡樂。到那時，說不定回聲裡會響起她早逝的墳地上傳來的腳步聲；想到她的丈夫將孤單一人留在世上，爲她悲慟欲絕，種種思潮湧現在她的眼前，恰似滾滾波濤，此起彼伏。

這個時期終於過去了，她的小露西安然躺在了她的懷中。後來，在那蕩漾前來的回聲裡，有了她那小腳丫子的腳步聲和她的咿呀學語聲。任憑那些更大的回聲有多響，搖籃旁年輕的母親總能聽見自己孩子的這些回聲傳來。

這些聲音一響起，這座濃蔭遮蔽的房子就會因孩子的歡聲笑語充滿陽光。而且孩子們的聖友①——在她痛楚難當的時刻，她曾把自己的孩子託付給他——好像已把她的孩子抱在懷中，就像當年抱起那個孩子那樣②，使她享受到一種神聖的喜悅。

露西一直忙著纏繞那根把大家聯繫在一起的金線，把她那給人帶來幸福的親睦之力，不偏不倚地織進每一個人的生活中。

一年復一年地過去了，露西在回聲中聽到的只有友愛、令人欣慰的聲音。她丈夫的腳步堅強有力，生氣勃勃；她父親的腳步沉著穩重，協調均勻。瞧，還有那位普羅斯小姐，她像一匹上了轡頭的烈性戰馬，已被鞭子制伏，在花園裡的梧桐樹下打著響鼻，用蹄兒刨著地，引起了一連串回音！

回聲裡難得聽到西德尼．卡頓的步履聲。一年裡，他頂多六次享受不請自來的殊榮，像過去常有的那樣，和大家坐在一起，消磨一個晚上。他每次來的時候都從無醉意。回聲裡還悄悄敘述著有關他的另一件事，那是古往今來所有真正的回聲裡都會悄悄敘說的故事。要是一個男人真心愛上一個女子，在失去了她，當她成了人妻人母之後，仍能對她一往情深，始終不渝而又毫無怨艾，她的兒女們一定會對他懷有一種奇妙的感情——一種出自本能的憐惜之情。

這究竟是觸動了潛意識裡哪一根微妙的心弦，任何回聲都沒法告訴你。不過事實的確如此，卡頓也是這樣。除家人之外，卡頓是小露西對之伸出胖呼呼手臂的第一個人。在她逐漸長大以後，他在她心目中的地位依然不變。

然而，在整個這段時間裡，從遠處傳來了另外一種不祥的回聲，隆隆地震動了這個角落。到了快到小露西六歲生日時，傳來了一種可怕的聲音，彷彿有一場大風暴席捲了法國，引起了可怕的海嘯。

公元一千七百八十九年七月中旬的一個晚上，洛瑞先生很晚才從台爾森銀行來到這兒，挨著露西和她的丈夫，坐在黑暗的窗口。這是個悶熱的暴風雨之夜，他們三人都想起了在這兒觀看閃電的那個星期日的晚上。

「我本以為，」洛瑞先生把他的棕色假髮往後推了推說，「今晚我得在台爾森過夜了。今天白天我們整整忙了一天，弄得我們手忙腳亂，暈頭轉向。巴黎的形勢非常動盪，因而財產信託一股風似的落到我們頭上來了！我們在那邊的主顧都迫不及待地把財產託付給我們。有的人簡直像著了魔似的，急著把財產轉移到英國來。」

「情況很不妙。」達內說。

「你說情況不妙，親愛的達內？是呀，可是我們弄不清這是什麼原因。人真是不可理解！我們台爾森的人有的已經上年紀了，這樣無緣無故地來打破我們的常規，我們實在受不了。」

「可是，」達內說，「你看天有多陰沉，要變天了。」

就在這一小圈人在黑暗中坐在倫敦一座房子的窗前時，在遙遠的聖安東尼區，正響著狂亂的腳步聲。魯莽、瘋狂而又充滿危險的腳步，正強行闖入每一個人的生活，而這些腳一旦沾上了猩紅色，就再也不容易擦洗乾淨了。

那天早晨，在聖安東尼區，但見黑壓壓一片衣衫襤褸的人群在來回湧動，如同起伏的波濤，波尖上不時熠熠閃亮，那是太陽照耀下刀槍映出的光芒。聖安東尼發出了怒吼，森林般無數隻赤裸的胳臂在空中揮動，猶如在冬日的寒風中搖晃的枯枝；所有的手都迫不及待地想要抓住從人群深處不管多遠的地方扔過來的武器，或者權當武器使用的東西。

人群中，誰也說不清這些武器是誰扔出來的，從哪兒來，打哪兒開始，怎樣把它們幾十支幾十支地扔出來，在人們的頭上像閃電般龍飛蛇舞地四處亂竄。正在分發的有火槍——還有子彈、火藥、彈丸、鐵棍、木棒、刀斧和長矛，以及頭腦發熱的聰明人所能發現或發明的各種武器。什麼也沒抓到的人，不顧雙手鮮血淋漓，硬是從牆上挖出磚塊和石頭。聖安東尼的每一條血管和每一顆心都緊張到了極限，熾熱到了頂點。每一個活人都已把生死置之度外，狂熱地做好了獻身的準備。

像沸水的漩渦總有一個中心點一樣，所有這場暴動都是圍繞著德發日的酒店進行的，這一大鍋沸水似的人群正被捲進漩渦，德發日就站在漩渦的中心，渾身上下都沾滿火藥，掛著汗水，正在發號施令，分發武器，他推開這個人，把那個人拉上前去，奪下這個人手中的武器，給了那個人，忙得不可開交。

「守在我身邊別走遠，雅克三號，」德發日喊道，「還有你倆，雅克一號、雅克二號，你們盡力分頭率領好這些愛國同胞，組織起來的人越多越好。我太太呢？」

「嘿，瞧你！我不是在這兒嗎！」太太鎮定自若，一如往常，只是今天她手裡沒有編織活兒。太太那隻果斷的右手拿著的，已不是平日那輕軟的織針，而是一柄斧頭，腰間還繫著一把手槍和一柄快刀。

「妳要上哪兒去，我的太太？」

「現在跟你一起去，」太太回答說，「等會兒你就能看到我衝在婦女的前頭了。」

「那就來吧！」德發日大聲喊道，「愛國的同胞們，朋友們，咱們準備好了！去巴士底監獄③！」

只聽得一聲怒吼，彷彿全法蘭西的呼聲都匯成這一爲人深惡痛絕的字眼。人海翻騰，波濤起伏，洶湧澎湃地漫過整個城市，湧到了巴士底獄。頓時，警鐘齊鳴，鼓聲隆隆，狂怒的人潮呼嘯著直朝新的海岸衝去，進攻開始了。

深深的壕溝，兩座吊橋，厚實堅固的石頭牆，八座大塔樓④，大炮，火槍，烈火，濃煙。酒店老闆德發日穿過烈火和濃煙——應該說在烈火和濃煙中，因爲人海把他擁到一門大炮跟前，於是他馬上成了一名炮手——像個英勇的士兵般幹了起來。兩小時浴血奮戰。

深深的壕溝，一座吊橋，厚實堅固的石頭牆，八座大塔樓，大炮，火槍，烈火，濃煙。一座吊橋攻下來了！

「幹呀！全體同志們，幹呀！幹呀，雅克一號，雅克二號，雅克一千號，雅克兩千號，雅克兩萬五千號，幹呀！以所有天使的名義，或者以所有魔鬼的名義——任你選擇吧——幹呀！」酒店老闆德發日就這樣堅持在大炮旁邊，他的那門大炮早就灼熱發燙了。

「跟我來，婦女們！」他的太太大聲喊道，「哼！等把這裡攻下來，我們跟男人一樣也會殺人了。」一大群婦女尖聲叫喊著跟她衝上去了，雖然她們的武器五花八門，但全都有一顆復仇之心，一樣地燃燒著飢餓之火。

大炮，火槍，烈火，濃煙；但依然是深深的壕溝，一座吊橋，厚實堅固的石頭牆，八座大塔樓。洶湧的人海稍微有了一些變動，有人受傷倒下了。閃閃發光的武器，熊熊燃燒的火把，一輛輛裝滿濕麥稈的冒煙的大車，附近一帶四面八方全是街壘，裡面的人正在奮力戰鬥，尖聲的喊叫，齊發的射擊，切齒的咒罵，無限的勇猛，轟轟隆隆，乒乒乓乓，稀里嘩啦，還有那人海肉浪的狂嘯怒號；然而，依舊是深深的壕溝，依舊是一座吊橋，依舊是厚實堅固的石頭牆，依舊是八座大塔樓，酒店老闆德發日依舊堅守在他的大炮旁，經過四個小時的激戰，那門大炮加倍地灼熱發燙了。

堡壘裡伸出一面白旗，要求談判——在這兇猛的風暴中，什麼也聽不見，只是隱隱約約可以看到——突然之間，人海沸騰，波瀾壯闊，無際無邊，滾滾人浪把開酒店的德發日擁上了業已放下的吊橋，擁著他穿過厚實堅固的石頭牆，把他擁進了那已經投降的八座大塔樓當中！

裹挾著他的人潮勢不可擋，他透不過氣，回不過頭，像在南太平洋的驚濤駭浪中掙扎，不由自主地一直被席捲到了巴士底監獄的前院。到了院子裡，他才得以貼著牆角使勁轉過身來，看一看周圍的情況。雅克三號就在他身旁，可以看到德發日太太手裡握著刀，仍領著她那班婦女，在前面不遠的地方。到處是嘈雜騷亂，狂呼亂叫，震耳欲聾的聲音，如痴如狂的行動，嚇人的怒吼，憤怒的手勢。

「犯人在哪兒？」

「檔案呢？」

「秘密牢房呢？」

「刑具呢？」

「犯人呢？」

在所有這些呼聲以及無數斷斷續續的喊叫中，喊得最多最響的是「犯人在哪裡？」高呼的人潮不斷湧入，無窮無盡的。第一排浪頭過後，看守人員就被沖了出來，人們警告他們說，倘若他們膽敢把秘密處所隱匿不報，立即就地處死。

德發日伸出一隻粗壯有力的手，當胸一把抓住一名看守——此人頭髮花白，手裡舉著一支火把——把他從他們當中拖了出來，推到牆根。

「帶我去北樓！」德發日說，「快！」

「遵命，」那人回答，「請跟我來。不過現在那兒沒人。」

「北樓一百零五號是什麼意思？」德發日問，「快說！」

「意思嗎，先生？」

「是指犯人還是指關犯人的地方？要不，就是你想不想要我把你打死？」

「殺了他！」走上前來的雅克三號沙啞著嗓子吼道。

「先生，那是一間牢房。」

「帶我去看看！」

「那請往這邊走。」

雅克三號仍帶著往常那種迫切表情，眼見這場談話已經轉向，看來已無流血可能，顯然有點失望，便一手抓住德發日的胳臂，像德發日抓住獄吏的胳臂一樣。

在進行這場簡短的交談時，他們三個人的頭湊到了一起，即使這樣，也只能勉強聽清對方的話。洶湧的人海湧進了堡壘，滾滾的波濤漫過了院場、過道和樓梯，喧囂之聲真是震耳欲聾。牆外四周，深沉嘶啞的怒吼也在拍打著牆壁，不時有幾聲斷斷續續的尖叫從中迸出，像浪花騰空。

穿過一條條永遠不見天日的拱道，經過一道道黑暗的洞穴和囚籠的陰森可怖的小門，走下一段段陡直而下的樓梯，然後又爬上一個個高低不平的陡峭的磚石臺階——這與其說是樓梯，還不如說更像乾涸的瀑布。

德發日、看守和雅克三號，你拉著我，我牽著你，以盡快的速度向前走去。那滾滾的人流，特別是在開始的時候，時常朝他們沖來，又打他們身邊湧過，可是等他們下完階梯，曲折盤旋地爬上一座高塔時，周圍已經杳無一人。厚實的石牆和拱門已把他們與外界隔絕，監獄內外的風暴洪濤，聽起來只是嗡嗡作響的微音，彷彿剛才那些震天動地的響聲，已經把他們的耳朵震聾了。

看守在一個低矮的門口停下腳步，把鑰匙插進一把匡噹作響的大鎖，然後慢慢推開了門，大家低頭邁了進去，獄吏說：

「這就是北樓一百零五號！」

牆的高處有一個沒有玻璃的小窗，安著粗粗的鐵窗柵，窗外還有一堵石頭牆擋著，因此，只有蹲下身子抬頭仰望，才能看見一線天空。離窗口不到幾尺遠的地方，有一個小小的煙囪，也用粗鐵柵攔著，爐膛裡有一堆羽毛似的陳年木灰。屋子裡有一只凳子，一張桌子，一張草鋪。四壁都已發黑，一面牆上有一只生鏽的鐵環。

「把火把拿過來，慢慢沿牆照過去，讓我仔細看看。」德發日對看守說。

那人服從了，德發日跟在火把後面仔細看去。

「等等！——瞧這兒，雅克！」

「A．M！」雅克急切地辨認著字跡，嘎聲說道。

「亞歷山大．馬奈特，」德發日在他耳邊悄聲說道，一邊用他那沾滿火藥的黑手指指著那兩個字母，「你瞧，他在這兒還寫了『一個可憐的醫生』。毫無疑問，這塊石頭上的年月日，也是他刻的。你手裡拿的是什麼？是根鐵棍嗎？給我！」

他手裡還拿著點燃大炮的火繩桿，於是立刻用它從看守手裡換來了鐵棍，然後轉身對著被蟲蛀空的凳子和桌子，三下兩下就把它們打得粉碎。

「把火把舉得高一點！」他怒氣沖沖地對著看守說，「仔細檢查一遍這些碎片，雅克。喏！我的刀，」把刀扔給了他，「割開草鋪，在麥稈裡好好找一找。把火把舉高點，你！」

他狠狠地瞪了看守一眼，爬上爐子，朝煙囪仔細看了一番，接著用鐵棍朝煙囪的四壁又撬又敲的，還使勁撬開了攔在外面的鐵柵欄。不一會兒，泥灰簌簌落下，他躲過臉去，然後小心翼翼地在落下的泥灰中，在那些陳年的木灰中，還有那用鐵棍捅過撬過的煙囪縫隙中掏摸著。

「木頭碎片裡和麥稈裡都沒有東西嗎，雅克？」

「什麼也沒有。」

「咱們來把這些東西全都堆到牢房中間。行了！把它們點著，叫你呢！」

看守點著了那一堆東西，它們馬上熊熊地燒了起來。他們又躬身走出低矮的拱門，任憑那堆東西在牢房裡燃燒，然後從原路走回院子。他們一直朝下走，彷彿又漸漸地恢復了聽覺，最後重又回到洶湧的人潮之中。

他們發現人海在起伏翻騰，人們正在尋找德發日。聖安東尼人叫嚷著，要酒店老闆來領頭押解那個守衛巴士底監獄、槍殺人民的監獄長。沒有他來領頭，就沒法把這個監獄長弄到市政廳⑤去受審，沒有他，說不定這傢伙就會逃走，那人民的血就會白流，沒法報仇雪恨了。

這個冷酷無情的老官僚，身穿灰色上衣，佩著紅色綬帶，十分引人注目。情緒激昂的人群狂呼怒吼著，叫罵爭吵著，把他圍在了中間。人海中，只有一個人顯得十分鎮靜，那是一個女人。

「瞧，我丈夫在那兒！」她指著他喊了起來。「瞧，那不是德發日！」她緊跟在那個冷酷無情的老官僚後面，寸步不離。當德發日和其他人押著他往前走的時候，她仍緊跟在後面，穿過一條條大街；快到目的地時，背後有人開始揍那監獄長，她還是緊跟在後；當刀槍棍棒驟雨般落在他身上時，她依然緊盯著他不放。

就在他在亂棍交加下，倒地死去時，站在近旁的她突然一躍而起，一腳踩住他的脖子，用她那把毫不留情的快刀——早就準備好了——把他的頭割了下來。

時候到了，聖安東尼人要執行他們那可怕的計畫了：把人像街燈似的吊在燈柱上，讓大家看看聖安東尼人是什麼樣兒的人，看看他們能幹出什麼事！聖安東尼的熱血沸騰起來了，暴政和鐵腕統治的血在流淌——淌在市政廳臺階上監獄長的屍體躺著的地方——淌在德發日太太的鞋底上，剛才她就是穿著這隻鞋踩住他的屍體，割下他的頭的。

「把那盞路燈放下來！」

聖安東尼人怒目朝四下裡張望，找出個處死人的新方法後喊道：「這個是他手下的兵，讓他留在這兒站崗吧！」於是，那個兵就晃晃盪盪地給吊起來了，人們又像潮水般向前湧去。

這黑壓壓的令人望而生畏的人海，波濤洶湧，浪浪相逐，具有摧毀一切的巨大力量，沒有人探測過它的深度，也沒有人知曉它的力量。這無情的人海裡惡浪翻騰，此起彼伏，復仇之聲地動山搖，到處是一張張在苦難的熔爐中煉得堅如鐵石、絲毫沒有憐憫之色的面孔。

在這人臉的汪洋大海中，張張臉上活現出種種兇狠和憤怒的表情，唯有兩組面孔——各爲七張——卻呆板得如此與眾不同，恰似漂浮在浪尖上令人難忘的沉船殘片。七張是囚犯的面孔⑥，這場風暴沖垮了他們的墳墓，突然把他們釋放了出來。人們把他們高高地舉在頭頂，他們都驚得發呆了，茫然若失，神魂不定，以爲世界末日已經來臨，在他們周圍歡呼的眾人，都是死去的亡靈。

另外七張是死人的面孔，舉得更高，他們耷拉著眼皮，半睜半閉著眼睛，彷彿在等待末日審判。這些僵死的面孔上，還帶有期待——不是絕望——的表情；確切點說，這些面孔讓人害怕，像是暫時停止活動，彷彿有朝一日還會抬起低垂的眼皮，用他們那毫無血色的嘴唇作證道：「這是你們幹的！」

七個被釋放的囚犯，七顆挑在槍尖的血淋淋的人頭，八個大塔樓裡那些讓人深惡痛絕的牢房的鑰匙，早就心碎而死的囚犯們的書信和其他遺物——等等，等等，由聖安東尼人護送著，邁著發出驚天動地回聲的步伐，在公元一千七百八十九年的七月中旬，通過巴黎的街道。

啊，願上帝保佑露西．達內的幻想，別讓這些腳步聲闖入她的生活吧！因爲這些腳步是魯莽、瘋狂而又充滿危險的；雖說在德發日酒店門口打破酒桶之後已過去多年，但這些腳一旦沾染上腥紅色，就再也不容易擦洗乾淨了。

①指耶穌。

②參見《聖經．新約．馬可福音》第九章，十二門徒爭論誰為大，於是耶穌「領過一個小孩子來，叫他站在門徒中間，又抱起他來，對他們說，凡為我名，接待一個像這小孩子的就是接待我。凡接待我的，不是接待我，乃是接待那差我來的」。

③在巴黎東南部，原為一古堡，後用作國家監獄；一七八九年七月十四日，被法國大革命時的群眾攻克並摧

毀，是日遂定為法國國慶日。

④巴士底獄有一百英尺高，塔樓八座。

⑤法國革命時，市政廳成為革命群眾的指揮所和裁判所。

⑥史載革命群眾攻克巴士底獄時，獄中關有七名囚犯。

22 大海仍在洶湧

形容枯槁的聖安東尼只快活了一個星期。在這一個星期中，人們以友愛的擁抱和互相祝賀當作料，盡可能把他們那一丁點又硬又苦的麵包調理得鬆軟可口一點。一個星期過去，德發日太太重又坐在櫃檯旁，像往常那樣接待顧客了。

德發日太太頭上已經不戴玫瑰花，因爲雖然只經過這短短的一星期，那幫密探已變得異常小心，不敢再依賴這位聖安東尼人的慈悲保佑了，他們覺得，這兒街道上的路燈悠忽悠忽地晃盪，就不是好兆頭。

這一天早上，天氣晴朗炎熱，德發日太太雙臂抱胸，坐在店堂裡照顧生意，一面留心著街上的動靜。酒店裡和大街上，都有幾堆無所事事的閒人，他們邋里邋遢，窮得可憐，可是在他們貧苦的外表上，新增了一種意識到自己力量巨大的表情。

德發日太太一副聖安東尼婦女領袖的氣派，壓抑著心頭的讚許，坐在那兒留神著這一切。她的一位志同道合的姐妹，在她旁邊做著編織活。她是個忍飢挨餓的小販的妻子，兩個吃不飽肚子的孩子的母親，長得又矮又胖，這員副將已經獲得了「復仇女」的美名。

「聽！」復仇女說：「聽呀！是誰來了？」

彷彿有一串鞭炮從聖安東尼區最近的邊界一路響了過來，一直響到酒店門口。突然響起的喧嘩聲自遠而近，轉眼就到了跟前。

「是德發日，」太太說道：「靜一靜，愛國同胞們！」

德發日上氣不接下氣地走了進來，一把抓下頭上戴的紅帽子，朝四下裡看了看。「大夥都聽著！」太太又喊道，「聽他說！」德發日站在那兒喘著氣，他背後是一群瞪著眼、大張著嘴的人，酒店裡的人全都倏地站了起來。

「說吧，我的丈夫，怎麼回事？」

「簡直是從陰間來的消息！」

「嘿，怎麼？」太太輕蔑地喊了起來，「從陰間？」

「大家都還記得老富隆①吧？他曾對挨餓的人民說，餓了可以吃草嘛！後來他死了，下地獄了。」

「我們都記得！」大家異口同聲嚷道。

「消息就是關於他的。他還沒有死！」

「沒有死？」又是眾口一聲地說道，「他沒有死？」

「沒有死！他非常怕我們——怕得有道理——就假裝說死了，還來了一次大出殯。可是有人看見他還活著，躲在鄉下，就把他給抓來了。剛才看見了他，做了囚犯，正被押往市政廳。我說他害怕我們不是沒有道理的。大家說！有沒有道理呀？」

這個倒楣的七十多歲的老傢伙，要是原先對這個道理根本不懂的話，聽了大家回答時的這聲吼叫，也該十分明白了。

接著是一陣深深的靜寂。德發日和他太太相互定睛看了一眼。復仇女彎下腰去，從櫃檯後面她的腳下拖出了一面鼓，大家聽到了鼓挪動時的嘎嘎聲。

「愛國同胞們！」德發日聲音堅決地說道，「大家準備好了嗎？」

頃刻間，德發日太太已在腰間佩上快刀，鼓已經在街上咚咚敲響，那鼓和鼓手彷彿神奇地混爲一體了。復仇女嘴裡發出一聲聲可怕的尖叫，兩隻胳臂高舉在頭頂揮舞，就像立即出現了四十個復仇女神，挨家挨戶躥進躥出，在鼓動婦女們。

男人們個個讓人見了可怕，他們殺氣騰騰地從窗戶裡朝外瞧了瞧，有什麼武器就抄起什麼武器，一齊衝向街頭。女人們的樣子，哪怕是最膽大的人，見了也要心驚膽顫。她們扔下手頭的家務，扔下自己的孩子，扔下家中蜷伏在地、無衣無食的老人和病人，披頭散髮地跑出家門，互相鼓勵，手舞足蹈，發瘋似的狂呼亂叫。壞蛋富隆給抓住了，姐姐！老富隆給抓住了，媽媽！惡棍富隆給抓住了，女兒！

儘管如此，一分鐘也沒有耽誤，一分鐘也沒有！這個富隆現在還在市政廳，說不定會給放掉。那可不行，聖安東尼人遭了這麼多罪，受了這麼多辱，有了這麼多冤，決不能放過他！拿起武器的男男女女，飛速奔離聖安東尼區，連最後的幾個人都被吸引進來了，形成了一支浩浩蕩蕩的大軍；不到一刻鐘，整個聖安東尼區，除了幾個乾癟老太婆和啼哭的小孩外，就空無一人了。

不。這時候他們全都擁擠在押著那個又醜又壞老傢伙的審判廳裡，以及鄰近的空地和街道上。德發日夫婦、復仇女和雅克三號都在大廳裡，站在人群的最前面，離富隆不遠的地方。

「瞧！」德發日太太用手裡的刀指著，大聲說道，「瞧那老壞蛋正用繩子捆著，背上還綁了一把草，幹得好！哈，哈！幹得太好了！現在讓他吃草吧！」她把刀夾到腋下，像看戲似的鼓起掌來。

緊跟在德發日太太後面的人，立刻把她拍手稱快的原因告訴了他們背後的人，那些人又把這話傳給了另一些人，另一些人又傳給了另一些人，結果附近的街上都響起掌聲。同樣，在那嘮嘮叨叨、問長問短的兩三個小時中，德發日太太頻頻露出的不耐煩表情，也被迅速地傳到外面，而且傳得更快，因爲有那麼幾個漢子施展了絕技，爬上了大廳外面的高處，打窗戶裡清楚地看到了德發日太太的表情，拍電報似的，把她的一舉一動傳給了大廳外面的人群。

到後來，太陽升得高高的，一束和煦的陽光，像一道希望之光或者保護之光直射在那個老罪犯的頭上。這樣寬待他，真叫人難以忍受；轉眼之間，這道已經立了這麼久的衣衫襤褸的人們組成的屏障崩潰了，聖安東尼人抓住了他！

這事立刻就傳到了最外圍的群眾，德發日剛剛縱身跳過一道欄杆和一張桌子，把那個倒楣的老傢伙死死抱住——德發日太太才緊跟上去，一手抓住捆著他的一根繩子，復仇女和雅克三號還沒來得及上去，在窗口探望的人，也還沒有像猛禽撲食般撲進大廳——喊聲似乎就已響起，響徹了全城：「把他拖出來！把他拖到路燈底下來！」

倒下去又拖起來，頭朝地磕在大樓前的臺階上，時而雙膝跪地，時而兩腳著地，時而仰面朝天，拖呀，打呀，幾百隻手拿起一把把青草和麥稈往他臉上塞，悶得他透不過氣來。他被揪扯得狼狽不堪，鼻青臉腫，氣喘吁吁，鮮血淋漓，一味在求饒。一會兒，他使勁掙扎著。由於人們想把他看個仔細，互相拉著往後退，在他四周倒留出了一點空隙；一會兒，他又像一段枯木樁，被拖過林立的人腿，一直拖到一處最近的街角，那兒搖曳著一盞不祥的路燈。

這時，德發日太太放開了他——像貓兒玩弄一隻老鼠——當人們在做準備時，他苦苦向她哀求，她則一言不發，泰然自若地朝他看著。女人們一直朝他又罵又叫，男人們則厲聲高喊，要用草塞進他嘴裡，把他噎死。第一次，把他吊起來，繩子斷了，他慘叫著跌了下來，被人接住；第二次，再把他吊起來，繩子又斷了，他慘叫著跌了下來，又被人接住；最後一次，繩子總算大發慈悲吊住了他，於是，他的頭很快就挑在了槍尖上，嘴裡塞滿了草，使所有聖安東尼人看了都跳起舞來。

這一天的惡行並未就此結束，因爲聖安東尼人又叫又跳，胸中的怒火越燒越旺。傍晚時分，聽說那個被處死的老傢伙的女婿②，另一個欺壓群眾的人民公敵正被押解來巴黎，警衛人員僅騎兵就有五百人。聖安東尼人把他的罪狀書寫在大幅的紙上，而且把他搶到了手——哪怕有一支大軍圍住，也能把他搶出來拉去和富隆作伴——把他的頭和心挑在了槍尖上；他們帶著這一天的三件戰利品，像狼群似的穿過街道。

直到天黑以後，男男女女才回到哭叫著要麵包吃的孩子們身邊。接著，那間簡陋的小麵包鋪前就排起了長長的隊伍，他們耐心地等待著買一點粗劣的麵包。在他們空著肚子、有氣無力地等著的時候，他們就互相擁抱，慶祝白天的勝利，並用閒聊來重溫勝利的喜悅，借以打發時光。

漸漸地，這一長排衣衫襤褸的隊伍變短了，散盡了，接著，那些高高的窗戶裡閃出昏暗的燈光，街上燃起微弱的爐火，鄰里間，幾家人合用一個爐子做好飯，然後就在門口吃晚飯。

他們的飯菜質差量少，根本塡不飽肚子，不但沒有肉，連就著粗劣麵包吃的湯汁也少得可憐。然而，人們的友愛之情給這些磚石般的食物加進了一點營養，使它們迸發出一點歡樂的火花。父母們已在白天幹夠了兇惡事，現在正和藹可親地和他們那些瘦骨嶙峋的孩子戲耍，戀人們雖然處身於這樣的環境中無法擺脫，依然相親相愛，憧憬著未來。

①富隆（1717～1789），一七七一年任法國財政部長，貪贓枉法，無惡不作，一七八九年七月二十二日被革命群衆處死。

②實有其人，名貝蒂埃，係一徵稅人。

23 起火了

在那個村子裡，泉水仍在流淌，那個修路工還是天天到大路上去敲打石頭，敲打出一份糊口的麵包，使他那可憐無知的靈魂不至於和他那可憐瘦削的肉體分家，可是村子發生了一點變化。懸崖上的那座監獄不像過去那樣威風了，雖還有士兵守著，但人數不多；有看管士兵的軍官，但他們誰也摸不透自己手下的人到底想幹什麼──只有一點是清楚的，那就是他們多半不會去幹上司要他們幹的事。

這兒是一望無際的破敗的鄉村，什麼也不出產，一片荒涼。每一片葉子，每一株小草和禾苗，都和那些受苦受難的人民一樣，乾癟、枯瘦，一切都彎腰駝背，垂頭喪氣，壓得抬不起頭，破敗得不成樣子。房屋、籬笆、家禽、家畜、男人、女人、小孩，以及哺育他們的腳下的土地──全都奄奄一息，滿目瘡痍。

老爺（通常是最受尊敬、與眾不同的上等人）是國家的棟樑，他們使得一切事物增光生色，是高雅豪華生活的光輝典範，此外，還可以說出一大堆大意和這相同的話；然而，老爺作爲一個階級，卻不知道怎麼的，把事情弄到了這步田地。

奇怪的是，顯然專門爲老爺們設計的這個世界，竟會這麼快就被榨乾刮淨！一定是在作千秋萬世的運籌安排中，有鼠目寸光的地方！肯定是這樣！但是不管怎麼說，事情就是如此；連石頭裡的最後一滴血也給榨出來了，絞榨架上的螺絲擰了又擰，緊得連絞盤都碎裂了，現在再擰什麼都壓不住了，面對這種難以理解的每況愈下的現象，老爺開始出逃了。
七月天的一個中午，當修路工坐在土堤下的一堆石頭上躲避冰雹時，來了個鬼怪似的人。
那人朝他看了一眼，又看了看山坳裡的村子，看了看磨坊，看了看懸崖上的監獄。待他認準了這些全部和他昏昏沉沉的腦子裡有的標記一致時，他用一種勉強能聽懂的方言問道：
「情況怎麼樣，雅克？」
「一切都好，雅克。」
「那就握個手吧！」
他們握了握手，那人也在石頭堆上坐了下來。
「沒有午飯吃吧？」
「只有晚飯。」修路工面帶飢色答道。
「到處都一樣，」那人憤憤不平地說：「到處都吃不上中飯。」
他掏出一個發黑了的煙斗，裝上煙草，用火石火鐮點著了，使勁地吸著，直到煙斗中閃出亮光；接著，他突然把煙斗從嘴裡拿下來，用拇指和食指捏起點什麼放進煙斗，煙斗一閃亮，跟著就冒出一縷青煙，熄滅了。
「那就握個手吧！」看了這番舉動，這回輪到修路工這麼說了。他們再次握了手。
「今天夜裡？」修路工問。
「今天夜裡。」那人說著，又把煙斗放進嘴裡。

「在哪兒？」

「就在這兒。」

他和修路工坐在石頭堆上，默默無言地互相打量著，任憑冰雹在他們中間打著，像小人國的刺刀在他們身上亂戳亂刺，直到村子上空漸漸放晴。

「給我指指路！」來人一邊朝山崗上走去，一邊說。

「瞧！」修路工伸手指點著說著，「你從這兒下去，一直穿過那條街，經過泉水池——」

「統統見鬼去吧！」那人打斷了他的話，轉動著眼珠四下張望著，「我才不穿過大街，經過泉水池哩！行嗎？」

「行！打村子旁邊那座小山的山頂翻過去，再走約摸兩里格路。」

「好。你什麼時候收工？」

「太陽落山的時候。」

「你走之前把我叫醒，怎麼樣？我已一連走了兩夜，沒歇過一口氣。讓我抽完這袋煙，像孩子那樣美美睡上一覺。到時候叫醒我，行嗎？」

「當然行。」

過路人抽完煙，把煙斗揣進懷裡，脫下他那雙大木鞋，仰天躺在那堆石頭上。他很快就睡著了。

那人一直酣睡著，不管是下雹子還是晴天，不管臉上灑上陽光還是落下陰影，不管冰粒劈劈啪啪打在他身上還是在陽光下變得像晶瑩的鑽石，他都照睡不誤，直到紅日西斜，霞光滿天，修路工收拾起工具和一切準備下山回村時，才叫醒了他。

「好！」剛睡醒的人用胳膊肘撐起身子說道，「你是說翻過山頭還要走兩里格路嗎？」

「差不多。」

「差不多。好！」

修路工動身回家了，一路上，塵土隨著風向在他面前飛揚，他很快來到泉水池邊，擠進趕來這兒飲水的瘦弱母牛群中，悄聲把消息告訴村裡的人，似乎連母牛也通知到了。村民們吃罷那點可憐巴巴的晚飯，沒有像往常那樣爬上床去睡覺，而是又走出門來，在外面待著。

悄悄話不知怎麼的，很快就傳遍了全村，而且，大家在黑暗中聚集在泉水池旁時，不知怎麼的，都不約而同地朝空中同一方向張望，露出期待的目光。加貝爾先生，這位一方之長，開始不安了。他獨自一人爬上自家的屋頂，也朝著那個方向張望。他躲在煙囪後面，又俯視了一番泉水池邊那些逐漸模糊起來的面孔，通知掌管教堂鑰匙的教堂司事說，過一會兒說不定要敲鐘報警。

夜漸漸深了，圍繞著古老府邸使之與外界隔絕的樹木，在刮起的大風中搖曳，彷彿威逼著黑暗中那座巨大陰森的建築。暴雨肆意地沖刷著臺階兩側的平臺，敲打著那扇大門，像個報急信的使者要喚醒裡面的人；陣陣狂風吹進大廳，從古舊的刀矛之間穿過，嗚咽著沿樓梯而上，搖動末代侯爵寢榻上的帳幔。

從東、南、西、北四個方向，來了四個邁著沉重腳步、蓬頭垢面的人，他們穿過樹林，踩倒荒草，折斷樹枝，小心翼翼地跨步前行，一齊來到府邸的庭院中。四道火光在那兒亮了起來，接著朝不同方向散開，然後，一切又重新歸於黑暗。

然而，黑暗並沒有持續多久，很快，府邸不可思議地被它自己的什麼亮光照得清晰可見，彷彿成了個發光體，接著，府邸正面的窗洞裡，閃出了陣陣火光，把欄杆、拱廊和窗戶照得通明。火光越躥越高，愈燒愈亮。不多時，從二十來扇大窗戶裡噴出了熊熊烈焰，石頭的面孔驚醒了，從火光中朝外注視著。

留在府邸裡的不多幾個人，發出了微弱的嚷嚷聲，有人騎上馬，急馳而去，黑暗中只聽得策馬聲，泥水濺潑聲，馬兒一直跑到村裡的泉水池邊才收住，滿口白沫地停在加貝爾先生的門前。

「救火呀，加貝爾！大家去救火呀！」警鐘急切地響了起來，可是別的救援行動一點也沒有。修路工和二百五十位特殊朋友，抄著手在泉水池邊站著，觀望著那沖天的火柱。「準有四十英尺高吧！」他們冷冷地說，誰也沒有動一動。

方圓百多英里之內，在那天夜裡和後來的一些夜裡，還有許多處起火。別處的長官可沒加貝爾先生這麼幸運，初升的太陽照見他們給吊死在原本寧靜的斷道上，那生他們養他們的地方；也有一些村民和城鎮居民，他們沒有修路工和他的夥伴那樣幸運，反而讓那些長官和士兵佔了上風，結果被吊死了。

不過，那些個可怕的人還是堅定不移地朝東南西北四個方向挺進，不論誰吊死誰，火照樣在燃燒。絞架究竟要造多高才能起到水的作用，把這些烈火撲滅，長官們絞盡了腦汁，用盡了所有的數學方法，結果還是沒有一個人能計算得出來。

24 吸往磁礁①

就在這樣烈火沖天、海濤洶湧之中——怒海狂濤震撼著堅實的大地，不見消退，繼續上漲，越漲越高，使岸上的觀眾看了不由得心驚膽戰——三個風狂雨驟的年頭過去了。小露西又有三個生日用金線織進了她那寧靜的家庭生活輕紗之中。

無數個日日夜夜，這個家庭裡的人都傾聽著街角的回聲，一聽到雜亂的腳步聲，他們就心慌意亂，因爲他們漸漸明白，這是尾隨在一面紅旗下的暴亂的人們的腳步聲，他們的國家已經宣布處於危亂之中②，他們由於長期著了可怕的瘋魔，而變成了野獸。

朝廷裡那些顯赫一時的核心人物，都已逃之夭夭，要不就要成爲全國槍林彈雨的靶心了。他們本來就不是什麼棟樑之材——早就腐跡斑斑，有魯西佛爾③般的自大，薩丹納帕路斯④般的奢靡，還有鼹鼠般的盲目——而現在他們全都跑了，無影無蹤了。整個朝廷，從孤傲勢利的內廷近侍，到詭計多端、貪污腐化、文過飾非的權臣，裡裡外外統統都跑光了。王權完蛋了；據最近消息，王室成員已被圍宮中，命運「懸而未決」。

公元一千七百九十二年的八月來到了，這時老爺們都已作鳥獸散，遠走高飛，天各一方。

很自然，台爾森銀行成了老爺們在倫敦的總部和聚會的場所。據說，鬼魂常會在他們生前常去的地方出沒，因而一文不名的老爺們，也常常光臨這個他們昔日存錢的處所。此外，這兒也是有關法國的消息最可靠、到的最快的地方。

再說，台爾森銀行十分寬懷大度，對於失去高位的老主顧非常慷慨大方。還有，有些權貴及時預見到風暴的來臨，估計到會有剝奪或者沒收的事情發生，就頗有預見地把錢財存進了台爾森銀行，因而他們的那些手頭拮据的同事，通常都能在這兒打聽到他們的消息。除了這些，還得加上一點，每一個新從法國來的人，幾乎理所當然地要來台爾森銀行報告自己的情況和他所知道的消息。

基於以上種種原因，台爾森銀行當時簡直成了有關法國情報的高級交流所。這是眾所周知的事，因而到這兒來探聽消息的人非常多，於是，台爾森銀行有時乾脆把最新消息寫成一兩行，張貼在銀行的窗口，讓所有路過聖堂柵欄門的人都能看到。

在一個熱氣騰騰、霧氣濛濛的下午，洛瑞先生坐在辦公桌前，查爾斯·達內先生緊靠桌子站著，他倆正在低聲交談。

「不過，儘管你是健在的人中最年輕的一個，」查爾斯·達內說時有些猶豫，「我還是得勸你……」

「我懂。你是說我太老了嗎？」洛瑞先生說。

「天氣變幻無常，路途又遙遠，再加上靠不住的交通工具和巴黎的混亂局勢，那個城市甚至連安全也不能為你保證。」

「我親愛的查爾斯，」洛瑞先生高高興興滿懷信心地說：「你提出的這些，正是我應該去的理由，說明我不應該留下來。我去是最安全不過的，值得整肅的人太多了，沒有人會對一個年近八旬的老頭子過不去的。說到巴黎局勢混亂，要是不混亂，那我們的銀行也就用不著從這兒派一個既熟悉那個地方、又熟悉以前的業務、而且是行裡信得過的人去那兒的分行了。至於說到交通不便，路途遙遠，天氣寒冷，假如經過這麼些年，我這個老行員都還不能爲台爾森銀行吃點小苦頭，那麼誰該去受這份罪呢？」

「你真的今晚就要走麼？」

「我真的今晚就走，因爲情況緊急，不允許再拖延了。」

「那你什麼人也不帶？」

「人家給我推荐過各色各樣的人，可我一個都不想要。我只打算帶傑里去。多年來，傑里一直給我當星期天晚上的保鏢，我用慣了他。沒有人會對傑里起疑心的，只會把他當成一頭英格蘭的鬥牛狗⑤，誰冒犯了牠的主人，牠就會猛撲上去；除此之外，不會有別的心機。」

「我還要再說一遍，我打心眼裡欽佩你的勇氣和忘年精神。」

這時，行長走到洛瑞先生眼前，把一封沾滿泥污、未曾拆封的信放在他面前，問他有否打聽到這個收信人的下落。行長把信放得離達內那樣近，他一眼就看到了信封上的字——那正是他的真姓名，所以他一眼就看清了。信封上的地址等等，已譯成英文，寫的是：

特急。英國倫敦台爾森銀行煩轉，前法國聖埃佛瑞蒙德侯爵先生收。

原來在結婚那天上午，馬奈特醫生向查爾斯・達內提出了一條堅決而明確的要求：他的真實姓名必須嚴格保密——除非醫生本人解除這項約定。誰也不知道他的真實姓名，連他自己的妻子也不知道，洛瑞先生更不知情。

「沒有，」洛瑞先生回答行長說，「現在在場的人我全都問了，沒人知道這位先生的下落。」

「我認識這個人！」達內說。

「這信請你轉交怎麼樣？」洛瑞先生說，「你知道往哪兒送嗎？」

「知道。」

「你是不是代我們向他解釋一下，這封信寄到我們這兒，大概是人家以為我們知道收信人的下落，它已經在這兒耽擱了一些時間了。」

「我會這麼做的。你直接從這兒出發去巴黎嗎？」

「直接從這兒出發，八點鐘動身。」

「我過會兒回來送你。」

達內懷著對自己，對斯特里佛和大多數人都很不自在的心情，快步走到聖堂區的一個僻靜處所，拆開信讀了起來，那信的內容是這樣的：

前侯爵老爺：

長期以來，我的生死都操在村民手中，我被捕後，受盡傷害和凌辱，最後經過長途步行，被押解到巴黎，一路上受盡折磨。不僅這樣，我的家已經全部被毀，成為一片平地。

據他們告訴我，前侯爵先生，他們把我關入監獄，還要審問我，殺死我（如果你不開恩來救我的話），是因為我反對人民，為一個逃亡貴族做事，違背人民的利益。我再三說明，我按照你的指示為他們做了許多好事，沒有反對過他們，可是絲毫沒有用處。我還再三說明，早在沒收逃亡貴族財產之前，我已免除了他們拖欠的稅款，沒有向他們收租，也從來沒有去控告過他們，可是絲毫沒有用處。唯一的答覆是，我曾為一個逃亡貴族做事，那個逃亡貴族現在在哪兒？

啊！最最仁慈的前侯爵老爺，那個逃亡貴族現在在哪兒？我連夢中都在呼喊，他在哪兒？我求告上天，難道他就不來搭救我了嗎？沒人回答我。前侯爵老爺，我把我可憐的呼聲送過海峽，但願通過巴黎人人都知道的台爾森大銀行，能把我的呼聲送進你的耳朵！

為了對上帝，對正義，對仁慈，以及對你那高貴姓氏的榮譽的熱愛，我懇求你，前侯爵老爺，快來救我，把我救出監獄。我的過失是對你一貫忠心。啊，前侯爵老爺，我懇求你也仁厚待我吧！

關在這恐怖的監獄裡，我每時每刻都在走近死亡。前侯爵老爺，我向你保證，我仍將為你效悲慘不幸之勞。

遭難人　加貝爾

於巴黎阿巴依監獄⑥
一七九二年六月二十一日

讀完這封信，達內心中隱伏著的不安情緒突然激動了起來。一個老僕人，又是一個好僕人，唯一的罪行只是由於對他和他的家族忠心耿耿，如今面臨著生命的危險，他心中感到深深的內疚。當他在聖堂區內來回走動，考慮該怎麼辦時，幾乎不敢把臉對著過往行人。

他很清楚，雖然他深惡痛絕使那古老家族的劣跡惡名登峰造極的罪行，雖然他憎恨而且信不過自己的叔父，雖然他內心十分厭惡人們期望他來支撐的那座正在崩潰的大廈，可是他所採取的行動卻是很不徹底的。他很清楚，雖說他早就有意要放棄自己的社會地位，但是由於愛上露西，在這件事情上做得過於匆忙，不夠周全。他知道，他本該按部就班地加以實現，而且還應該進行監督，他是打算這麼做的，可是始終沒有兌現。

不過，他沒有壓迫過任何人，也沒有關押過任何人，他不但從來不曾橫征暴斂，而且還自願放棄了這些權益，投身於一個自己毫無特權可享的世界，贏得了一席棲身之地，掙得了一個溫飽。

加貝爾先生按照他的書面指示，經管著那已敗落、困難重重的莊園，體恤人民的困境，把那兒所能給的一點點東西都給了他們——冬天，給他們一點債主沒有拿光的燃料；夏天，給他們一點也是從債主手中救下的出產——毫無疑問，為了自身的安全，加貝爾先生必定已經提出這些事實來爲自己辯護，因而這些情況現在是不可能不清楚的。

這一切，促使查爾斯．達內不計後果地下了決心，他得去巴黎。是的，就像古老傳說中那個航海者一樣，狂風和急流把他驅進磁礁的吸力之內，它吸住了他，他非去不可。他腦子裡浮現出的每一件事都促使著他，愈來愈堅定地把他推向那可怕的吸力。

他內心深感不安的是，在他那不幸的祖國，有人正在用種種罪惡的手段來達到罪惡的目的，而自知比他們略勝一籌的他卻不在那兒，沒能做些事情來制止流血，維護仁愛和人道的主張。他懷著這種半是不安半是自責的心情，拿自己和那位責任感如此強烈的勇敢的老先生作了比較，覺得自己差得太遠了；繼而是老爺們那些深深刺痛他的譏笑，還有斯特里佛那出於宿怨而發的粗俗惡毒的嘲諷，此外，還有加貝爾的來信——一個生命危在旦夕的無辜囚徒，向他的正義感、人格和名譽發出的呼籲。

他下定了決心，他必須去巴黎。

是的，那磁礁吸住了他，他必須向前駛去，直到觸礁爲止。他並不知道有什麼礁石，他幾乎看不到任何危險。雖說他以前做得不徹底，可是他所做的那一切，已經足以證明他懷有良好的意願，只要他親自去法國加以表白，人們一定會以感激之情承認他的這種好意的。

許多好心腸的人，往往會一廂情願地過分誇大自己所做的好事，從而產生了過分樂觀的幻想。達內先生也是這樣，他甚至幻想自己可以運用某種影響，去左右這場兇猛可怕、失去控制的大革命。

他來回踱著，思緒萬千，一直到該回台爾森銀行給洛瑞先生送行的時候。待他到了巴黎，他會馬上去見這位老朋友，可是現在，他絕不能洩漏自己的意圖。

一輛套有幾匹驛馬的馬車，已經停在銀行的大門口，傑里也已換上靴子，整裝待發了。

「我已經把那封信轉交給本人了，」查爾斯．達內對洛瑞先生說，「我沒有同意讓你帶書面答覆去，不過，也許你會答應捎一個口信去吧？」

「好的，我樂意，」洛瑞先生說，「只要沒有危險。」

「絕對沒有危險。不過口信是捎給阿巴依監獄裡一個犯人的。」

「他叫什麼？」洛瑞先生手裡拿著打開的記事本問道。

「加貝爾。」

「加貝爾。要捎什麼口信給這個不幸的犯人加貝爾呢？」

「很簡單，就說：『信已收到，馬上來。』」

「要說時間嗎？」

「他將在明天晚上啓程。」

「要說姓名嗎？」

「不用。」

他幫洛瑞先生穿上層層外衣和大衣，跟他一起從這家老銀行的溫暖房子裡，走進佛利特街的濛濛霧氣中。

「問露西好，問小露西好，」洛瑞先生在分手時說，「好好照料她們，等我回來。」

查爾斯・達內搖了搖頭，詭秘地笑了笑，馬車就駛去了。

那天夜裡——八月十四日——他睡得很晚，寫了兩封感情熾烈的信；一封是給露西的，向她解釋，由於義不容辭的責任，他必須去巴黎，並且詳細地向她歷數了種種理由，深信自己決不會遇到什麼危險。另一封是給醫生的，託他照料露西和他的愛女，並且極爲自信地把上述的話又講了一遍。他對他倆說，他一到巴黎，就會立即給他們寫信，證明他安全無恙。

此時，那無形的力量正迅速地將他吸引過去，而且急流和狂風更是使勁地在一旁推波助瀾。他把兩封信交給一個可靠的差役，囑他在午夜前半小時送到，不可提前。然後，他雇了一匹去多佛的馬，啓程了。

「爲了對上帝，對正義，對仁慈，以及對你那高貴姓氏的榮譽的熱愛！」這是那可憐的囚徒的呼聲。當他拋下世上所愛的一切，朝著那磁礁漂去時，他用這一呼聲堅定了自己那顆發沉的心。

①見《一千零一夜》中《第三個僧人的故事》，凡有航船在此礁附近經過，船上的每顆釘子都會被磁力吸走，船便解體。

②法國革命發展至一七九一年底到一七九二年，國內外勢力相互勾結，發動武裝干涉。一七九二年七月十一

日，當時的臨時革命政權立法議會宣布「祖國在危險中」的法令。

③基督教中對墮落前的魔鬼撒旦的稱呼。撒旦最初居於天堂，名魯西爾佛，因自大而被逐出天堂。

④傳說中的亞述國王，以其生活奢靡而著稱。

⑤一種頭大毛短、身體結實的猛犬。

⑥僅次於巴士底獄的巴黎三大監獄之一。

第二卷　暴風雨的蹤跡

1 秘密監禁

公元一千七百九十二年的秋天，這位從倫敦去巴黎的旅客，一路上走得非常緩慢。每一個城門口和村稅所的門前，都有一群愛國公民，手裡拿著隨時準備射擊的國民軍火槍，攔截住過往行人，盤查詰問，檢查他們的證件，在他們備有的名單上查找旅客的名字，有的勒令返回，有的放行通過，有的就地扣押。總之，一切全憑他們那變幻無常的判斷或毫無根據的想像，全憑是否最有利於這個「自由、平等、博愛，要不毋寧死的統一不可分割的新生共和國」而定。

查爾斯．達內在法國的土地上才走了幾里格路，他就漸漸發覺，除非他在巴黎被宣布為好公民，否則就休想沿這些鄉間大道回來了。

這種無所不在的嚴密監視，不僅使他在一站路內停上二十次，而且還會在一天之內耽擱上二十次。一會兒有人騎馬追上前來，帶他回去，一會兒有人騎馬在前面截住他，一會兒又有人騎馬和他並轡而行，時刻看管著他。當他來到大路旁的一座小鎮上，精疲力竭地倒在床上時，他已經獨自在法國走了好多天，可是離巴黎還有很遠的路程。

全靠出示了遭難的加貝爾從阿巴依監獄寄出的那封信，他才得以走這麼遠。他在這個小地方的關卡，遇到了極大的麻煩，使他覺得這趟行程已經到了危急關頭。因而，當他被扣押在一家小客店裡，半夜給人叫醒時，他一點也不感到驚訝。

叫醒他的是一個戰戰兢兢的當地小官員，還有三個頭戴粗布紅帽、嘴裡叼著煙斗的武裝愛國者，他們全都在床上坐了下來。

「逃亡貴族，」那個小官員說道，「我打算派人護送你去巴黎。」

「公民，我急著要去巴黎，不過沒人護送也行。」

「住口！」一個戴紅帽子的粗聲吼了起來，用槍托敲著被子，「安靜點，貴族！」

「這位好愛國者說得對，」那個膽小怕事的小官員說道，「你是個貴族，一定得有人護送——還應該付錢。」

「我沒有選擇的餘地？」查爾斯·達內說。

「選擇！聽他說的！」還是那個滿面怒容的戴紅帽的大聲吼道，「保護你，不讓你給吊在路燈柱上，這莫非不是對你的優待！」

「還是這位好愛國者說得對！」小官員說，「起來，穿好衣服，逃亡貴族。」

達內一一照辦了，於是，他又被帶回關卡，那兒另有一些戴著紅帽子的愛國者圍在火堆旁抽煙、喝酒、睡覺。他在這兒付了一大筆護送費後，清晨三點，就在護送的人伴隨下，走上了濕漉漉的大路。

待他們到達小城博韋時——已是黃昏時分，街上擠滿了人——他再也不能哄瞞自己了，事態確實讓人非常擔心。一群人氣勢洶洶地圍了上來，看著他在驛站的院子那兒下馬，只聽得許多人大聲高呼：「打倒逃亡貴族！」

他正要翻身下馬，又坐定了，覺得還是騎在馬上最安全，他說：

「逃亡貴族！我的朋友們！我是自願回法國來的，你們沒有看見麼？」

「你是個該死的逃亡分子！」一個釘馬掌的鐵匠喊著，手裡握著鐵錘，怒氣沖沖地分開眾人，朝他擠上前來，「你是個該死的貴族！」

驛站長趕忙插身到此人和達內的轡繩之間（此人顯然想撲過來抓轡繩），一面勸說道：「算了，算了！到了巴黎，他會受到審判的。」

「受審判！」釘馬掌的搖晃著手中的錘子重複了一句，「哼！還要當賣國賊定罪哩！」周圍的人群聽了這話，吼聲雷動，表示贊同。

驛站長正打算拉馬掉頭進院子，達內止住了他（那位醉醺醺的愛國者依舊泰然自若地坐在馬背上看著，手腕上仍挽著那條繩子），等到人們能聽見他講話的聲音，趕忙說道：

「朋友們，你們弄錯了，要不就是受人騙了，我不是賣國賊。」

「他撒謊！」那鐵匠喊道，「自從法令一頒布，他就是賣國賊了。他那條命已經罰給人民處置了。他那條該死的命已經不是他自己的了！」

就在這時，達內看到群眾的眼睛中冒出了一團怒火，轉瞬之間，這怒火就會衝到他的身上。驛站長趕快把他的馬拉進院子，兩個護送的人緊跟在他的兩側，也騎馬進來。接著，驛站長關上那兩扇搖搖晃晃的大門，上了門。釘馬掌的又用他的錘子在門上砸了一下，人群又亂哄哄地吼叫了一陣，但也就到此爲止。

「那個鐵匠說的法令是怎麼回事？」達內在院子裡謝過了驛站長，站在他的身邊問道，

「確有這麼回事，是關於拍賣逃亡貴族財產的法令。」

「什麼時候頒布的？」

「十四號。」

「正是我離開英國那天！」

「大家都說有好幾條法令，這只是其中的一條，另外還要頒布一些——要是現在還沒有頒布的話——禁止所有逃亡分子回國，凡跑回國來的一律處死。他說你的命已經不是你自己的，就是這個意思。」

「可是現在還沒有頒布這樣的法令吧？」

「我哪兒知道！」驛站長聳了聳肩膀說，「也許已經頒布了，也許將要頒布，反正都一樣。」

天亮後，終於來到巴黎城下。他們策馬上前，但見關卡的柵欄門緊閉，戒備森嚴。

「這個犯人的證件在哪兒？」一個看上去辦事果斷的負責人問道，他是給一個衛兵叫出來的。

這句令人反感的話，自然刺傷了查爾斯·達內，他請求說這話的人注意，他是個自由的旅行者，一個法國公民，是因爲現在鄉下的局勢較亂，他才請人護送的，護送的人是他花錢雇的。

「這個犯人的證件在哪兒？」這位大人物根本不加理睬，又問了一遍。

那個喝得醉醺醺的愛國者一直把證件放在帽子裡，這時拿了出來。那位大人物看了加貝爾的信，吃了一驚，顯出不安的神色，把達內仔細地打量了一番。

達內坐在馬背上觀看著這番情景，約摸過了半個來小時，那位負責人又出現了，他命令打開柵欄門。然後給護送人員——一個喝醉，一個清醒——開了一張收條，表示送來的人已經收到，最後才叫被護送來的人下馬。查爾斯・達內遵命照辦。那兩個愛國者牽起他那匹疲憊不堪的馬，沒有進城就撥轉馬頭回去了。

他跟著那人走進了一間警衛室。辦公桌上攤著一些表冊，一個舉止粗魯、面色黝黑的軍官掌管著這些表冊。

「德發日公民，」他一面拿起一張紙來寫，一面對帶達內進來的人問道，「這就是那個逃亡的埃佛瑞蒙德嗎？」

「就是這個人。」

「幾歲，埃佛瑞蒙德？」

「三十七。」

「結婚沒有，埃佛瑞蒙德？」

「結婚了。」

「在哪兒結的婚？」

「在英國。」

「沒錯。你妻子在哪兒，埃佛瑞蒙德？」

「在英國。」

「沒錯。埃佛瑞蒙德，現在要送你進拉福斯監獄。」

「天哪！」達內喊了起來，「這是根據什麼法律，我犯了什麼罪呀？」

軍官從字條上抬起眼來看了看。

「從你離開以後，我們有了新的法律，定了新的罪名，埃佛瑞蒙德。」他冷笑著說，接著繼續寫他的字條。

「我懇請你注意，我是應一位同胞的書面請求，自願回來的，這份請求書就放在你的面前。我只要求給我這種機會，讓我盡快按他的請求去做。我沒有這種權利麼？」

「逃亡分子沒有任何權利，埃佛瑞蒙德。」回答冷淡生硬。軍官寫完字條，默讀了一遍，撒上些沙子①，然後把它交給了德發日，說了聲「秘密監禁」。

德發日舉起字條對犯人晃了晃，示意跟他走。犯人服從了，後面還跟了兩個警衛的武裝愛國者。

「娶馬奈特醫生女兒的就是你嗎？」待他們走下警衛室的臺階，朝巴黎城裡走去時，德發日低聲說，「他以前在巴士底監獄關過，那監獄現在已經不存在了。」

「是呀。」達內驚訝地望著他，答道。

「我叫德發日，在聖安東尼區開酒店，也許你聽說過我。」

「我妻子就是到你家接她父親的吧？這就對了。」

「妻子」一詞似乎使德發日想起什麼沮喪不快的事，他突然不耐煩地說：「憑著那位新出生的名叫吉蘿亭②的厲害女人的名義，我問你，你爲什麼要回法國來？」

「剛才你不是聽我說了。你不相信我說的是實情？」

「實情對你很不利哩！」德發日皺著眉頭說，眼睛筆直看著前面。

「我真的給搞糊塗了。這兒所有的一切，全是史無前例的，全都變了，而且是這樣的突如其來，毫無章法，把我完全給弄糊塗了。你能不能給我幫個小忙？」

「不能。」德發日回答說，眼睛始終筆直朝前看。

「你能回答我一個問題嗎？」

「也許可以，這得看是什麼問題了。你且說說是什麼問題。」

「這樣不公正地把我送進監獄，在裡面，我有沒有一點和外界通信的自由呢？」

「去了你就知道了。」

「不會不經審判就把我埋進那兒，連申辯一下案情的機會也沒有吧？」

「去了你就知道了。不過那又怎麼樣？從前，也有人給這麼關過，那時監獄裡的條件更壞。」

「可那絕不是我幹的，德發日公民。」

德發日沒有答話，只是陰鬱地朝他看了一眼。他一言不發，沉著鎮定地往前走去。他越是默不作聲，使他軟化的希望也就越少——也許達內就是這麼想的——於是，他趕緊說道：

「我有一件至關重要的事情要做（你也許比我知道得還清楚，公民，這事有多重要），就是我得把我被投進拉福斯監獄的事，不加任何說明，通知現在巴黎的一位英國紳士，台爾森銀行的洛瑞先生。你能幫我做這件事嗎？」

「我什麼也不能幫你，」德發日固執地回答說，「我要對我的國家和人民負責，我誓死忠於祖國和人民，反對你們，我決不能替你做任何事。」

一個面孔浮腫的人，打開了一扇結實的小門，德發日把「逃亡貴族埃佛瑞蒙德」交給了他。

「真見鬼！這號人還有多少呀！」面孔浮腫的人大聲嚷嚷道。

德發日沒有在意他的叫嚷，拿了收條，就和跟他同來的兩個愛國者走了。

「我還得說，真見鬼！」待身邊只留下他的老婆時，典獄長又大聲嚷了起來，「還有多少呀！」

典獄長的老婆對此沒有作答，只是說了一句：「忍著點吧，親愛的！」她打了打鈴，三個看守應聲而入，他們同聲附和她的意見，有一個還加了一句：「爲了對自由的愛嘛！」這種話在此時此地聽起來，就像是一個很不恰當的結論。

拉福斯監獄是座陰森森的監獄，又暗又髒，散發出一股髒被窩的可怕臭氣。很奇怪，所有這類管理不善的地方，總會迅速散發出這種難聞的牢房被窩臭！

「又是秘密監禁！」典獄長看著那張字條咕噥道，「就像我這兒還沒脹破似的！」

①當時多用沙子吸乾墨跡。

②指斷頭臺，該詞法文為陰性。

2 磨刀砂輪

坐落在巴黎聖日爾曼區①的台爾森銀行，設在一幢大樓的側翼，前面有一個院子，有一堵高牆及一道堅固的大門和大街相隔。

這幢大樓屬於一位大貴族，他一直住在這裡，直到在動亂中穿了廚子的衣服，越過國境線逃亡國外。過去，爲這位大人進食巧克力，除了上面提到的那個廚子外，還得有三個壯漢侍候，如今他雖然只是一隻在獵人追逐下逃奔的野獸，但即使是死而復生，也依然是那同一個大人。

洛瑞先生對銀行忠心耿耿，像一株紮下深根的常春藤，已成了銀行的一個組成部分。由於這層關係，他在銀行裡擁有一套房間。主樓由愛國者佔領，倒使銀行有了一道保證安全的屏障，不過，這位實心眼的先生絲毫沒有想到這一層。他對這一切情況都毫不關心，只知道盡自己的責任。

院子對面的一排廊簷下面，是一片寬闊的停車場——沒錯，那兒還停著大人的幾輛馬車。在兩側廊柱上，縛著兩個熊熊燃燒的大火炬，火光中可以看到，露天裡架著一座磨刀的大砂輪；這草草架起的東西，顯然是從鄰近的鐵匠鋪或別的什麼工廠裡搬來的。

洛瑞先生站起身來，朝窗外看了看這件無害的物品，不禁打了個寒噤，又回到爐邊的椅子上坐下。他原先不僅已打開了玻璃窗，連外面的百葉窗也打開了，這時，他又把它們全都關上，可是渾身上下還是直打哆嗦。

從高牆和堅固的門外的大街上，傳來了夜間城市裡常有的嘈雜聲，時而還夾雜著陣陣難以描述的、古怪的、非人間所有的聲響，彷彿有一種極其可怕的怪聲沖天而上。

「感謝上帝，」洛瑞先生緊握著雙手說，「我所親近的人，今晚沒有一個在這個可怕的城市裡。願上帝憐憫所有身處險境的人！」

過後不久，大門上的門鈴響了，他想：「他們回來了！」於是坐著聆聽。可是，並不像他預料的那樣，有一大群人吵吵嚷嚷地湧進院子，只聽得大門又吱嘎響了一聲，然後一切復歸寂靜。

洛瑞心理感到既緊張又恐懼，隱約地爲銀行擔心起來，時代的劇變自然會使人產生這種想法。銀行是警衛森嚴的，他站起身來，正想去找那些守衛銀行的可靠的人，他的房門突然推開了，兩個人衝了進來，一見之下，他驚得往後直退。

是露西和她父親！露西對他伸出雙臂，眉宇間依然凝聚著往昔那種熱情，深切專注，彷彿特地刻印在她的臉上，好讓它在她一生的這一重要關頭顯示出力量和能耐來。

「這是怎麼了？」洛瑞先生驚院失措、氣喘吁吁地喊了起來，「怎麼回事？露西！馬奈特！出了什麼事了？你們幹嘛來這兒？怎麼了？」

她兩眼定神地看著他，臉色蒼白，神色倉皇，撲進他的懷裡喘息求告道：「啊，我親愛的朋友！我的丈夫——」

「妳丈夫怎麼了，露西？」

「查爾斯……」

「查爾斯怎麼了？」

「他在這兒。」

「在這兒？在巴黎？」

「到這兒已有幾天了——已有三四天——我說不清究竟有幾天——我已經六神無主了。他出於一種俠義心腸，瞞著我們來到這兒。在關卡上被截住，送到拉福斯監獄裡去了。」

老人不禁發出一聲叫喊，幾乎與此同時，大門上的鈴聲又響了，接著，一陣雜沓的腳步聲和嘈雜的人聲湧進了院子。

只見院子裡男男女女擠了一大堆人，還沒有把整個院子擠滿，充其量不過四五十人。是佔有這幢房子的人放他們從大門進來的，他們都湧到那架磨刀砂輪旁磨起刀劍來，這裡既方便又僻靜，砂輪顯然是為他們架的。

可是，這班人看上去多可怕，他們幹的活兒也讓人毛骨悚然。

砂輪有一對手柄，兩個男人正發瘋似的在搖著。隨著砂輪的飛速轉動，他們揚起了臉，長長的頭髮向後飄散，他們的臉，比那些塗抹得最猙獰的野蠻人還要殘忍可怕。他們貼著假眉毛和假鬍子，猙獰的臉上滿是血污和汗水。

因為使勁喊叫，臉扭曲著，由於獸性大發，又缺少睡眠，雙目圓睜，兩眼怒視。這兩個暴徒不住地搖著砂輪，他們那纏結成餅的一簇簇頭髮，一會兒垂在前面遮住眼睛，一會兒甩到後面蓋住脖子。幾個女人把酒遞到他們嘴邊讓他們喝，往下直滴的有血，有酒，還有從砂輪上迸濺出來的火花，一片血與火的邪惡氣氛。在這群磨刀的人中，找不出一個身上沒沾血跡的人。

你推我搡，爭著要擠到砂輪跟前去的，有赤裸著上身，四肢和身上都沾滿血污的男人，有的穿著各色各樣的破衣爛衫，上面也滿是血跡，有的男人還怪模怪樣地穿戴著搶來的女用花邊、絲織品和緞帶，上面也無不沾有血污。

帶來磨的斧頭、大刀、刺刀和劍，全都被血染得腥紅。有些砍缺了口的劍，用被單撕成的布條，或者衣服扯開的布片，拴在佩劍人的手腕上，儘管布條質地各色各樣，但是都浸透了同一種顏色。當這些武器的發狂的主人握著它們，離開火花四濺的砂輪奔出大門時，他們那狂亂的眼睛也是血一般的通紅——任何一個尚未失去人性的人看見了，都寧願少活二十年，用一支瞄得很準的槍，來使得它們僵化不動。

「他們，」洛瑞先生小聲說出這幾個字，擔心地回頭看了看鎖著的門，「正在屠殺囚犯。要是你對你剛才說的話有把握，要是你真的有你說的那種特權——我相信你是有的——你就出去見見這班惡魔，讓他們把你帶到拉福斯監獄去。也許已經來不及，我說不準，可是一分鐘也不能再等下去了。」

馬奈特醫生握了握他的手，沒戴帽子就匆匆走了出去，待洛瑞走回到窗口時，他已到了院子裡。他那隨風飄散的白髮，他那引人注目的面容，還有他那像划水般把刀斧槍劍推開的煩爲自信的態度，使他很快來到聚在砂輪旁那群人的中心。

開始靜默了一下，然後是一陣竊竊低語，還有醫生那聽不清的聲音。接著，洛瑞先生看到所有人都圍著他，列成二十來人長的隊伍，肩並肩，手拉手，匆匆地朝外走，口中高喊：「巴士底的囚犯萬歲！快去拉福斯監獄救巴士底囚犯的親人！給巴士底的囚犯讓路！快去救拉福斯監獄裡的囚犯埃佛瑞蒙德！」無數個喊聲呼應著。

①大革命前，巴黎上流社會人物聚居的一個區。

3 陰影

到了中午，醫生還沒回來，而每拖延一分鐘，都有累及台爾森銀行的危險，於是洛瑞先生就去跟露西商量。

她說她父親曾經說過，要在銀行附近一帶暫時租個住處。這對銀行的業務不會有什麼妨礙，洛瑞先生估計，即使查爾斯安全無恙，獲得釋放，一時也難以離開巴黎，於是就外出尋找房子，最後在一個偏僻的小巷裡，找到了幾間合適的樓房。四周一座座死氣沉沉的高樓上，所有的百葉窗都緊緊關閉，表明住戶都逃走了。

他立即讓露西母女和普羅斯小姐搬進新租的寓所，而且盡可能把她們安置得舒適一些，比他自己住的要好得多。他把傑里留給她們充當應門頂事的人，然後就回銀行去幹自己的事去了。他心緒不定、愁悶難當地工作著，這一天的日子過得特別慢，十分難挨。

一天終於打發過去了，銀行關上了門，他也累得精疲力竭。他正獨自一人坐在前一晚坐的房間裡，思量著下一步該怎麼辦，忽聽得有上樓的腳步聲。轉眼之間，一個人來到他的跟前，用銳利的目光朝他仔細打量著，直呼起他的名字來。

「正是敝人，」洛瑞先生答應說，「你認識我嗎？」

那人身體壯實，長著一頭黑色鬈髮，年紀在四十五到五十歲之間。他沒有作答，用同樣的話、同樣的語調反問道：

「你從馬奈特醫生那兒來？」

洛瑞先生不安起來，非常關注地問道：「你從馬奈特醫生那兒來？」

「是的，我從馬奈特醫生那兒來。」

「也許是在我的酒店裡吧？」

「我好像在哪兒見過你。」

「你認識我嗎？」

「他說了什麼？給我送什麼來了嗎？」

德發日把一張攤開的便條遞到他急切伸出的手中，便條上有醫生親筆寫的幾句話：

查爾斯安全無恙，但我尚無法安然離開此地。我已獲得特許，請來人帶一張查爾斯的便箋交他妻子，請允許來人面見他的妻子。

便條上註明寫自拉福斯監獄，時間是不到一小時之前。

「我們一起去他妻子住的地方好嗎？」洛瑞先生高聲唸完這張字條後，寬慰地鬆了一口氣說。

「好的。」德發日回答。

這時，洛瑞先生幾乎還沒注意到，德發日說話時的態度出奇地拘謹呆板。他戴上帽子，然後下樓來到院子裡。他發現這這兒站著兩個女人，一個正在編織。

「是德發日太太吧，沒錯！」洛瑞先生說道，大約在十七年前，他跟她分手時，她就是這個樣子，一點沒變。

「是她。」她丈夫回答說。

「太太也跟我們一起去嗎？」洛瑞先生見她也跟著走，便問道。

「是的，她們去見一見，認識一下。這是爲了她們的安全。」

洛瑞先生這時才發覺德發日的態度有異，他懷疑地看了看他，然後在前面帶路。兩個女人都跟著，另一個女人就是復仇女。

他們穿街過巷，盡量快走，最後登上了新住處的樓梯，傑里給他們開了門，進門就見露西正獨自一人在哭泣。洛瑞先生告訴她有關她丈夫的消息後，她欣喜若狂，緊緊握住了那隻遞過便條來的手——她絕對沒有想到，這隻手在頭一天夜裡，在離她丈夫不遠的地方幹了什麼，要不是幸運，說不定她的丈夫也已落入他的手中。

最親愛的：鼓起勇氣來。我很好。妳父親對我周圍的人很有影響。妳不能回信。替我吻我們的孩子。

總共只寫了這麼幾句話，可是對接到這一便條的人來說，簡直是無價之寶了，她從德發日轉向他太太，吻了吻那隻正在編織的手。這是女性的一種滿懷深情、衷心感激的表示，可是那隻手毫無反應——它冷冷地、不快地伸了開去，重又編織起來。

在接觸到這隻手時，有什麼東西使露西愣了一下。她正想把那張便條放進懷裡，手剛抬到頸邊，卻又停住了，滿懷恐懼地望著德發日太太。德發日太太則用無情的冷眼，迎視著她那上挑的眉毛和皺起的前額。

「親愛的，」洛瑞先生插進來解釋道，「街上常鬧亂子，雖說他們不一定會來騷擾你，可是德發日太太還是想來見見在眼前這種情況下她有能力給予保護的人，也好認識認識——我想是爲了認識一下。」洛瑞先生說這些寬心話時有點吞吞吐吐，他越來越覺出那三個人冷若冰霜的態度，「我說得對吧，德發日公民？」

德發日臉色陰沉地朝妻子看了看，只是粗聲地哼了一下，算是表示默認。

「憑這一定會放了他！」德發日太太說，「隨它去吧！」

「作爲一個妻子和母親，」露西急切地喊了起來，「我求妳可憐可憐我，別以妳的權利來反對我那無辜的丈夫，求妳盡妳的力量來幫助他。啊，我們都是女人，求妳爲我想一想，我是個妻子，也是個母親！」

「打從我們像這孩子這般大，甚至還要小的時候起，我們天天看到那些做妻子、做母親的又能得到什麼照顧呢？我們看到她們的丈夫和父親被關進監牢，鬧得妻離子散的，還不夠多麼？我們這一輩子，見過多多少少和我們一樣的姐妹，還有她們的孩子，她們除了一世受苦受窮，沒穿沒著，沒吃沒喝，貧病交迫，受盡各種壓迫和欺侮，還有什麼呢？」

「別的，我們什麼也沒見到。」復仇女答道。

「我們已經忍受得夠久了，」德發日太太說著，又把眼光轉向了露西，「妳說說看！現在有一個做妻子做母親的，她一個人有苦惱，這對我有來說，又算得了什麼呢？」

她重又編織起來，走了出去。復仇女跟在她後面。德發日走在最後，他隨手帶上了門。

4 在風暴中鎮定自若

馬奈特醫生直到第四天早上才回來。在這段恐怖時期內發生的許多事，凡是能不讓露西知道的，他都盡量瞞著她，所以直到很久以後，在她遠離法國時，她才知道，有一千一百個赤手空拳的男女老少囚犯，被那班民眾殺害。

這一慘無人道的暴行，一連持續了四天四夜，直弄得天昏地暗，連周圍的空氣都充滿了血腥。可是當時她只知道，有些監獄遭到了襲擊，所有政治犯都處於危險之中，有的竟被拖出去殺害了。

馬奈特醫生在要求洛瑞先生嚴加保密的條件下——其實這不用他多說——告訴他說，當時人群簇擁著他，穿過屠場般的街道，來到拉福斯監獄。

在監獄裡，他看到一個群眾自發組織起來的法庭正在開庭，囚犯一個個被帶進來受審，有的很快被判處死刑，立即拉出去執行，有的當場釋放，也有少數的重又被帶回牢房。

給馬奈特醫生引路的人把他帶到這個法庭上，他自報了姓名和職業，陳述了自己過去未經審判就被秘密監禁在巴士底獄十八年的情形。一個坐在審判席上的人站起來為他作證，這人就是德發日。

於是，他翻閱了放在桌上的名冊，查明他的女婿還列在未遭殺害的囚犯名單中，就苦苦請求法庭免他一死，釋放他——法庭上的那班審判人員，有的已睡去，有的還醒著，有的因參與屠殺，一身血跡，有的乾乾淨淨，有的醉了，有的沒醉。

起初，因為他是個在推翻了的舊制度下受過苦的知名人物，大家對他狂熱歡迎，一致同意把查爾斯・達內帶到這個無法無天的法庭上來訊問。可是，就在他似乎立即就要獲得釋放時，不知什麼緣故（醫生也感到莫名其妙），有利的形勢突然發生劇變，那班人又暗暗地交談了幾句。之後，那個坐在主審席上的人告訴馬奈特醫生說，這個犯人還得繼續監禁，不過看在他的分上，人身安全會得到保護，不會受到傷害。一個手勢，犯人又即刻被押送回牢房。

看到這樣，醫生一再請求讓他也留在監獄裡，以防他的女婿因受人暗算或一時失誤，而被交到門外那班群眾手中。這時，他們正殺氣騰騰地在那兒狂呼亂叫，聲音常常蓋過審訊中的話聲。他總算獲得許可，留在那座「血腥的廳堂」裡，直到危險過去。

即使當時醫生有更大的困難需要克服，有了這種不屈不撓的意志，也能無堅不摧。由於他保持著自己的醫生身份，這一職業就使得他可以和形形色色的人往來，不論是在押的還是自由的，富有的還是貧窮的，壞人還是好人，他都聰明地運用了他個人的影響，於是，他很快便成了三座監獄的巡迴醫生，其中包括拉福斯監獄。

現在他可以讓露西放心，她的丈夫已不再單獨監禁，而是和其他囚犯關在一起了；他每周都能見到她的丈夫，還可以直接從他嘴裡給她捎來溫存的口信；有時她的丈夫親自寫信給她（不過從不經過醫生之手），但是不許她給他寫信，因為他們無端懷疑監獄裡有人圖謀不軌，種種懷疑中最無根據的，是懷疑逃亡貴族，知道他們在國外有朋友，或者和國外經常有聯繫。

不過，雖然醫生竭盡全力，而且始終不懈，想要使查爾斯・達內獲得自由，或者至少能使他得到開庭受審，可是當時的群眾狂潮對他來說，實在太強太迅猛了。

新紀元①開始了。國王②受審，判了死罪，砍了腦袋；那「自由、平等、博愛，要不毋寧死」的共和國，宣布武裝反抗舊世界，不成功即成仁。黑色的大旗③日夜飄揚在聖母院的高塔上；三十萬人從法國各地應召奮起，起而反抗地球上的各國暴君，勢頭之猛，就像遍地播下的龍牙④，在山丘和平原，在岩石上、砂礫裡、淤泥中，在南方的晴空和北方的陰雲下，在沼澤和森林裡，在葡萄園和橄欖林中，在刈過的草叢和莊稼之間，在寬闊的河流兩岸豐腴的土地上，在大海邊的沙灘中，到處都結出了果實。

有什麼個人私情能抵擋住這場「自由元年」的大洪水呢——這是一場自地下湧出，並非天上傾瀉的洪水，天上的窗戶都緊閉著，無一敞開⑤！

沒有停歇，沒有憐憫，沒有和平，沒有片刻鬆弛休息，沒有時間的劃分。雖然晝夜仍如渾沌初開時一樣，有規律地循環不已，元年的第一日也照樣有晨昏，可是別的計時方法卻沒有了。一個民族在發狂熱的時候，也像一個發高燒的病人一樣，失去了時間觀念，一會兒，劊子手打破了全城異常的沉寂，提起國王的頭來給民眾看，一會兒，幾乎過不多久，又讓民眾看他那嬌妻的頭⑥。她在獄中度過了八個多月寡居的悲苦生涯，頭髮已經花白了。

馬奈特醫生就在這種恐怖的環境以及這個環境中的那幫人中間，沉著冷靜地周旋著，他對自己的力量充滿信心，謹慎小心地堅持著自己的目標，從不懷疑自己終將救出露西的丈夫。然而，時勢潮流發展得如此迅猛深入，它無情地把光陰席捲而去，儘管醫生仍十分堅定自信，查爾斯已在獄中關了一年零三個月。

到了這年的十二月，革命變得更加邪惡，狂暴，甚至南方的河流，都被夜間拋入的溺死的屍體堵塞了，囚犯們成行成列地被槍殺在南方的冬日陽光下，然而，醫生仍沉著冷靜地周旋在這些恐怖分子中間。在當時的巴黎，沒有人比他更出名，也沒有人比他的處境更奇特了。

他是一個超然局外的人，沉默寡言，富於同情的人，醫院和監獄都少不了他，無論對殺人者還是犧牲品，他都一視同仁地施展他的醫術。在他行醫的過程中，由於他的外表和巴士底獄囚徒的經歷，使得他和所有其他人的處境迥然不同。他沒有遭到過懷疑，也沒有受到過傳訊，彷彿他真的是個十八年前復活的人，或者是一個活動在芸芸眾生中的神靈。

①法國革命軍擊退了入侵的普奧聯軍後，於一七九二年九月二十一日在巴黎召開國民公會，二十二日宣布廢除君主，建立共和，並於一七九三年十月五日公布了新曆法，以一七九二年九月二十二日為新紀元之始，即法國共和曆元。

②指路易十六。

③表示國難當頭。

④據希臘神話，腓尼基王阿格諾爾之子、勇士卡德摩斯，外出尋找妹妹，路遇一惡龍，將牠殺死後，遵照女神雅典娜指點，將龍牙播種於地，遂長出許多武士，他們互相廝殺，最後剩下五人，幫助卡德摩斯建成底

比斯城。

⑤參見《聖經．舊約．創世紀》第七章：「……過了那七天，洪水氾濫在地上，當挪亞六百歲，二月十七日那一天，大淵的泉源都裂開了，天上的窗戶也敞開了，四十晝夜降大雨在地上。」

⑥國王路易十六於一七九三年一月二十一日被斬首，其妻瑪麗．安托瓦內特王后亦於同年十月十六日被送上斷頭臺。

5 鋸木工人

一年零三個月。在整個這段時間裡，露西時時刻刻都提心吊膽，唯恐吉蘿亭會在明天砍下她丈夫的頭。每天，都有滿載死囚的囚車，沉重地顛簸著穿過鋪石的大街。

這種應變的生活過了不多幾個月之後，有一天，她父親傍晚回到家裡時，對她說：

「親愛的，監獄裡有一個高高的窗戶，下午三點鐘時，查爾斯有時候能靠近那兒，他要是能到達窗口旁邊——這取決於許多未知的情況和偶然機會——他認為，妳如果能站在街上我指點給妳的某個地方，他或許能看見妳。不過，我可憐的孩子，妳是看不見他的，而且即使能看見，妳要是露出一點兒認出他的樣子來，那對妳來說是非常不安全的。」

「啊，我的好父親，快把那地點告訴我吧，我要每天上那兒去。」

從此以後，不管是什麼天氣，她都要在那兒等上兩個小時。每當時鐘敲響兩點，她就已經站在那兒了，一直待到四點，她才無可奈何地離開。要是天氣不太陰濕不太冷，能帶上孩子，她就帶孩子去；別的時候，她就獨自一人去，從來沒有間斷過一天。

那地方是在一條蜿蜒曲折的小巷的拐角處，又暗又髒。這角落裡唯一的小屋，是個鋸木柴的工人的棚屋；其他幾面都是牆。她上那兒去的第三天，那工人注意到了她。

「日安，女公民。」

「日安，公民。」

這種稱呼方法，這時已經成了法定之規。前不久，這還只不過是在那些更徹底的愛國者中間自發形成流行開的，而現在，卻已成了人人必須遵守的法律。

「又上這兒散步來了，女公民？」

「你不是看見了，公民！」

鋸木工人是個說起話來手舞足蹈的小個子（他曾經當過修路工人），他朝監獄那邊瞟了一眼，朝監獄指了指，把十個手指擋在臉前當作鐵柵，滑稽地在「鐵窗」後面探頭探腦。

「不過這不關我的事。」他說，接著便繼續鋸他的木頭。

第二天，他等著她，她一露面，他就上前搭話。

「嗨！又上這兒散步來了，女公民？」

「是呀，公民。」

「唷！還有個孩子！小公民，她是妳媽媽，是嗎？」

「我該說是嗎，媽媽？」小露西緊挨著母親，悄聲問道。

「是的，我的寶貝。」

「是的，公民。」

「啊！不過這不關我的事，我的事就是幹我的活。」

不論什麼天氣，露西每天總要在這兒度過兩個小時，冒著隆冬的霜雪，迎著早春的寒風，頂著炎夏的驕陽，淋著晚秋的苦雨。每次離開這兒的時候，都要吻一吻監獄的大牆。在五六天中，她的丈夫或許能看見她一次（這是她從父親那兒知道的），可能接連兩三天都看見她，也可能一個星期或者整整半個月看不見。只要有機會，他能夠而且確實看見了她，這就足夠了，爲了有這種可能，她願意從早到晚每星期在那兒等上七天。

就這樣，她又熬到了第二年的十二月；她的父親仍然沉著冷靜地周旋於那些恐怖分子中間。

一天下午，下著小雪，她又來到了那個常去的拐角處。這是個什麼狂歡的日子，是個節日。她一路上看到家家戶戶的房子上都插著小長矛，矛尖上挑著小紅帽，還飾有三色彩帶，刷了規範化的標語（當時最愛用三色的字母）：「統一不可分割的共和國。自由、平等、博愛，要不毋寧死！」

鋸木工人的這間寒酸的木柴鋪實在太小了，它的整個牆面也沒有那麼大的地方能容納下這句銘文。不過，他還是請了什麼人，草草地塗上了這條標語，那個「死」字是好不容易才擠上去的。他按照一個好公民應該做的，在棚頂上插了小長矛和小紅帽，還在一個窗口擺著他的鋸子，上面標明這是他的「小聖吉蘿亭」——當時，那個非常厲害的女人，已經普遍被人尊爲聖徒了。

他的鋪子關著門，他也沒有在那兒，露西感到鬆了一口氣，她可以安安靜靜獨自一人待著了。

但是她並沒有走遠，過不多久，她就聽到一陣騷動和叫喊一路傳來，使她膽戰心驚。轉眼之間，一大群人湧到了監獄大牆旁的這個拐角，鋸木工和復仇女手拉著手，走在人群中間。大約有五百來人，卻像五千妖魔在狂舞。除了他們自己唱歌外，沒有別的音樂伴奏。他們一邊唱著流行革命歌曲，一邊合著一種惡狠狠的節拍跳著舞，彷彿大家一齊在那兒咬牙切齒。

這就是卡曼紐拉舞①。這場狂舞過去後，露西驚慌失措地站在鋸木工人的棚屋門前。羽毛般的雪花靜悄悄地飄落下來，落在地上，那麼潔白輕柔，無聲無息。

「啊，我的父親！」她抬起剛才用手捂住的眼睛，看到父親就站在她的面前，「這場面太兇殘，太難看了。」

「我知道，親愛的，我知道。我見過好多次了，別害怕！他們誰也不會傷害妳的。」

「我不是爲自己害怕，父親。我想到我的丈夫，要受這幫人的擺佈——」

「我們很快就可以使他不受這幫人的擺佈了。我離開那兒時，他正朝那個窗口爬去，我急忙跑來告訴妳。現在這兒沒人看見，妳可以朝斜屋頂上那個窗戶送一個飛吻。」

「我就這麼做，父親，我要把我的靈魂也一起送給他！」

「妳看不見他吧，我可憐的寶貝？」

「看不見，父親，」露西滿懷思念之情，哭泣著送去一個飛吻說，「看不見。」

雪地裡傳來腳步聲，是德發日太太。

「向妳致敬，女公民。」醫生說。

「向你致敬，公民。」這只是順口說出，如此而已。德發日太太過去了，像道陰影掠過雪白的路面。

「讓我挽著妳的胳臂吧，親愛的。爲了他，妳應該高高興興、勇氣十足地從這兒走開。對，做得對！」他們離開了那個地方，「這不會白做的。明天就要傳訊查爾斯了。」

「明天！」

「沒有時間好耽誤了，我已經做好準備，但是還要採取一些預防措施，以防萬一，這要等到他正式出庭受審時才能採取。現在他還沒有接到通知，不過，我已經知道明天就要受審，馬上要把他轉移到候審監獄去。我及時得到了消息。妳不害怕吧？」

她僅僅能回答出一句話：「我信賴你。」

「我得去見見洛瑞。」醫生說，帶她拐向另一條路。

和洛瑞先生在一起的會是誰呢——誰是放在椅子上那件騎馬服的主人——這個不肯讓人看見的人是誰呢？洛瑞先生是打哪一位新來者那兒出來，興奮而又驚訝地把他的寶貝抱在懷裡呢？他提高嗓門，轉過頭去對著他剛才出來的那扇門，把露西那結結巴巴說出的話又重複了一遍，「轉到候審監獄，明天審訊。」他這是在對誰說呢？

①流行於法國大革命時期的一種在卡曼紐拉歌伴唱下的街頭舞蹈。

6 勝利

五名法官、一名檢察官和一個立場堅定的陪審團，組成了一個令人毛骨悚然的法庭，它每天都開庭審案。提審名單頭天晚上先提出，然後由各個監獄的典獄長向犯人宣讀。典獄長常愛說的一句話是：「裡面的人，快出來聽晚報吧！」

「查爾斯・埃佛瑞蒙德，又姓達內！」

拉福斯監獄的晚報，終於這樣開場了。

凡是叫到名字的人，就得站出來，走到專門指定給這些不幸榜上有名的人站的地方。查爾斯・埃佛瑞蒙德又姓達內的，當然懂得這個規矩，他親眼目睹過幾百人就是這樣一去不復返的。大家匆匆說上幾句道別的祝願話，就立刻上路了。

通往候審監獄的路程又短又黑，而在那個跳蚤虱子橫行的牢房裡度過的夜晚，則又冷又長。

第二天，在叫到查爾斯・達內的名字之前，已有十五名囚犯受到審判。十五個人全都被判處死刑，而整個審判只用了一個半小時。

「查爾斯・埃佛瑞蒙德，又姓達內」終於挨到傳訊了。

查爾斯・埃佛瑞蒙德又姓達內的，被檢察官指控為逃亡貴族。根據禁止逃亡貴族回國、違者處死的法令，他的生命應由共和國剝奪。雖然這項法令的頒布是在他回到法國以後，但這無關緊要。他到了這裡，這裡頒布了法令，他在法國境內被捕，就得要他的腦袋。

「砍掉他的腦袋！」聽眾喊著，「他是共和國的敵人！」

首席法官搖鈴要大家肅靜，接著問犯人是不是真的在英國住了多年。

當然是真的。

那他不是逃亡貴族了？那麼，他該把自己叫做什麼呢？

他認為從該項法律的精神實質來看，他不是逃亡貴族。

為什麼不是？首席法官急於要知道。

因為他已自願放棄了他所厭惡的頭銜，放棄了他所厭惡的地位，離開了自己的祖國——早在逃亡貴族這個詞語像現在這樣被法庭應用之前，他就放棄了——在英國靠自己的辛勤工作謀生，而不是靠盤剝法國人民的辛勤勞動為生。

他有這方面的證據麼？

他提出了兩個證人的名字：泰奧菲爾·加貝爾和亞歷山大·馬奈德。

「他不是在英國結了婚嗎？」首席法官提醒他說。

「是的，不過他娶的不是英國女子。」

「是法國女公民嗎？」

「是的，生來就是法國人。」

「她的姓名和家庭情況？」

「露西．馬奈德，在座的好醫生馬奈特的獨生女兒。」

這一回答對聽眾產生了可喜的影響，向這位大家都熟悉的好醫生歡呼的聲音，響徹了整個大廳。人們的情緒是如此變幻莫測，有幾張剛才還對犯人怒目而視、好像恨不得立即把他拖到街上去殺掉的兇惡的臉，轉瞬之間，竟滾滾地落下了熱淚。

查爾斯．達內在他艱險的歷程上所走的這幾步，完全是遵照馬奈特醫生的反覆指導行事的。對他此後要走的每一步，他也都作了謹慎的指點，而且還為他鋪平了歷程中的每一寸路。

首席法官問，為什麼他這時才回法國，而不早點呢？

他回答說，他沒有早點回來，是因為他在法國除了他已放棄的那些產業外，他已無以為生，而在英國，他可以靠教法語和法國文學來養家糊口。他現在回來，是應一位法國公民的書面緊急請求，假如他不來，那位公民就將有生命危險。他不顧個人安危回來，完全是為了拯救一個人的生命，來說明事實，為他作證。這在共和國看來是犯罪嗎？

旁聽群眾熱烈高呼：「不！」首席法官搖鈴要大家肅靜。可是大家並沒有肅靜下來，繼續高呼「不！」直到叫夠為止。

首席法官問，那個公民叫什麼名字。被告說，那個公民就是他的第一個證人。他還頗為自信地提到這個公民寫給他的信，這封信已在城門口被收走了，不過他相信，在首席法官面前的那堆文件中，一定可以找到。

馬奈特醫生事先已經作了安排，信就在那兒——醫生向他保證過，信一定會在那兒——審訊已進行到這一步，於是就拿出信來宣讀。

傳加貝爾公民前來作證，他照實說了。加貝爾公民極其委婉禮貌地說，由於法庭得處置共和國的大批敵人，公務繁忙，難免對關在阿巴依監獄裡的他稍有忽略——事實是，他早已被法庭的那些愛國者忘得一乾二淨了——直到三天前才受到提審。三天前，他們傳訊了他，陪審團宣布，既然公民埃佛瑞蒙德又姓達內的已經前來投案，他的案子也就可以了結，予以當庭釋放。

接著傳訊馬奈特醫生。他的個人名望極高，回答又乾淨俐落，給人印象很深。他接著說，被告是他長期監禁獲釋後的第一個朋友；被告一直居留在英國，對流亡中的他和他女兒忠貞不渝；被告不僅沒有受到英國貴族政府的寵愛，而且還被當作英國的敵人和美國的朋友受到審判，幾乎被判處死刑——他極其謹慎地——擺出這些情況，說得那樣誠實懇切，直截了當，具有說服力，陪審團和旁聽群眾的意見完全一致了。

最後，他又提出在場的英國紳士洛瑞先生的名字，說他和自己一樣，也是英國那場審判的證人，可以證實他說的是實情，然而陪審團宣稱，沒有必要再聽證，如果首席法官同意的話，他們現在就可以投票表決。

每投一票（是口頭投票，陪審員逐個大聲說出自己的意見），旁聽的群眾就歡呼一陣，所有的聲音都是支持犯人的，於是首席法官宣布他無罪釋放。

7 有人敲門

無處不在的恐怖和猜疑，給那個時代蒙上了一層陰影，所有往昔對別人並無害處的生活方式都發生了變化。醫生的這個小家庭，也像別的許多家庭一樣，日常必需的消費品，得在每天晚上到各家小店裡去零星購買。大家都希望避免引起別人注意，盡可能不讓別人眼紅，或者背後說閒話。

幾個月來，普羅斯小姐和克倫徹先生一直擔負著採購的任務。前者管錢，後者提籃。每到傍晚上燈時分，他倆就外出執行任務，採購回日常必需的消費品。

他倆走後，留下露西，還有她的丈夫、父親和孩子坐在熊熊的爐火旁。洛瑞先生馬上就要從銀行裡回來。普羅斯小姐已點上燈，可是她把它放在一邊的牆角，好讓他們不受干擾地享受一番爐火的火光。小露西坐在外祖父旁邊，以手抱著他的胳臂；他正用耳語般輕柔的聲音，在給她講一個神力無窮的小精靈的故事，這個小精靈打開了一座監獄的牆壁，把一個曾爲他做過好事的囚犯救了出來。周圍一片靜謐，露西也比剛才寬心了一點。

「那是什麼聲音？」她突然喊了起來。

「我親愛的！」她父親停下了他的故事，伸出一隻手按在她的手上說，「要鎭靜。妳太緊張了！一點點小事──什麼事也沒有──也會嚇妳一跳！妳呀，還算是妳父親的女兒哩！」

「我覺得，父親，」露西臉色慘白，聲音顫抖著爲自己辯解說，「我聽到，有生人上樓的腳步聲。」

「親愛的，樓梯那兒死一樣的靜。」

話剛說完，就聽得有人敲門。

「啊，父親，父親！這會是什麼事！快把查爾斯藏起來！快救救他呀！」

「我的孩子，」醫生站起身來，把一隻手按在她的肩頭說：「我已經把他救出來了。妳怎麼這樣脆弱呀，我親愛的！讓我開門去。」

他拿起燈，穿過兩間外屋，打開了門，只聽得樓板上一陣雜沓的腳步聲，四個頭戴紅帽、腰佩馬刀和手槍的粗魯漢子，走進了屋子。

「找埃佛瑞蒙德又姓達內的公民。」為首的說。

「誰要找他？」達內問。

「我要找他。我們要找他。我認得你，埃佛瑞蒙德，今天我在法庭上見過你。你又成了共和國的犯人了。」

四個漢子把他團團圍住，他站在那兒，妻子女兒緊緊摟著他。

「告訴我，我怎麼又成了犯人了？為什麼？」

「你直接回候審監獄就得了，別的明天就會知道。明天傳你受審。」

不速之客的到來，使馬奈特醫生變成了石頭一般，他手裡拿著燈站在那兒，好像一座持燈的雕像，直到聽了他們的對話後才活動起來，他放下燈，走到說話人的跟前，並非不禮貌地拉了拉他那紅色羊毛衫寬鬆的前襟，說道：

「你說你認得他，你認得我嗎？」

「是的，我認得你，醫生公民。」

「我們都認得你，醫生公民。」另外三個人也跟著說。

他茫然地從這個看到那個，停了停後低聲問道：

「那你能給我回答他剛才提的問題嗎？這是怎麼回事？」

「醫生公民，」為首的人勉強地說，「聖安東尼區的人告了他。這位公民，」他指了指第二個進來的人，「就是聖安東尼區的。」

被指到的那個公民點了點頭，補充說：

「是聖安東尼區的人告了他。」

「告他什麼？」醫生問。

「醫生公民，」為首的和先前一樣，勉強地說，「別再問了。如果共和國要求你作出犧牲，毫無疑問，你作為一個好的愛國者，是會樂於作出這種犧牲的。共和國高於一切。人民至高無上。埃佛瑞蒙德，我們得趕快了。」

「再問一句，」醫生懇求說：「請告訴我，是誰告了他？」

「這是違反紀律的，」為首的回答，「不過，你可以問問聖安東尼區的這一位。」

醫生的目光轉向那個人。那人不安地挪動著腳，捋了捋小鬍子，終於說道：

「好吧！這的確是違反紀律的。不過我可以告訴你，告他的是德發日公民夫婦——情節還挺嚴重哩——還有另外一個人。」

「另外那人是誰？」

「你問這個，醫生公民？」

「是呀？」

「那，」聖安東尼區的人臉上有一副古怪的表情，說，「你明天就會得到答覆的。現在我不能說！」

8 鬥牌

普羅斯小姐根本不知道家裡新發生的這場災禍，她興沖沖地穿過狹窄的街道，從納夫橋上過河來到對岸，心中盤算著有多少非買不可的東西。克倫徹先生提著籃子走在她旁邊。就在給他們打酒時，角落裡有一個人跟一個人道了別，站起身來離店。出門時，正好和普羅斯小姐打了個照面。普羅斯小姐一看見他，就拍著雙手尖聲叫了起來。

「怎麼啦？」那個引起普羅斯小姐驚叫的男人，用十分惱火的口吻且粗魯地問道（雖然聲音很輕）。他說的是英語。

「啊，所羅門，親愛的所羅門！」普羅斯小姐喊著，又拍起手來，「這麼久沒見到你，也聽不到你的消息，想不到竟在這兒碰上你了！」

「別管我叫所羅門。妳想要我死嗎？」那人驚恐萬狀，鬼鬼祟祟地說。

「弟弟呀，弟弟！」普羅斯小姐喊著，淚水奪眶而出，「你怎麼問出這樣沒良心的話來，難道我什麼時候虧待你了嗎？」

「那就快閉上妳那多管閒事的臭嘴！」所羅門說，「要想跟我說話，到外面去。快把酒錢付了，上門外去。這人是誰？」

普羅斯小姐朝她那毫無感情可言的兄弟，滿懷親情而又沮喪地搖了搖頭，含著眼淚答道：「是克倫徹先生。」

「讓他也到外面去，」所羅門說，「他是不是把我看成是個鬼了？」

「喂，」所羅門走到一個黑暗的街角站住了，「妳有甚麼事？」

「太可怕了。我一直來都愛著你，你卻這樣對我無情無義！」普羅斯小姐嚷嚷說，「竟這樣同我打招呼，一點感情都沒有。」

「嗐。真見鬼！喏，」所羅門說著，用嘴唇在普羅斯小姐的唇上碰了一下，「現在該滿意了吧？」

普羅斯小姐只是搖了搖頭，默默地啜泣著。

「也許妳以爲我會大吃一驚，」她兄弟所羅門說，「我可一點也不吃驚。我早知道妳在這兒。這兒的大多數人我都認識。要是妳真的不想害我的話——我對妳是半信半疑——那就趕快走妳的路，讓我走我的路。我很忙，我當官了。」

「我的英國弟弟所羅門啊，」普羅斯小姐抬起汪汪的淚眼，痛心地說，「他在自己的祖國本是個最能幹、最了不起的人，現在卻跑到外國人這裡當起官來了，而且是這樣的外國人！我真寧願看到我親愛的弟弟躺在他的——」

「我早就說了！」她兄弟打斷她的話，大聲嚷了起來，「我知道妳會這樣。妳是要我死。我的親姐姐害我成了嫌疑犯，而且正在我事業發達的時候！」

「慈悲的上帝可不容你這麼說啊！」普羅斯小姐喊了起來，「親愛的所羅門，那樣的話，我寧願再也不見你了，雖說我一直真心愛著你，以後也永遠愛你。只要你再跟我說句親熱的話，告訴我你並沒有生氣，我們姐弟間也沒有甚麼過節，我就再也不會打擾你了。」

「我說，能讓我提個問題嗎？你到底叫約翰·所羅門，還是所羅門·約翰？」

當官的朝他轉過身來，突然顯出戒備的神情。在這以前，這人還一直沒開過口哩！

「說呀！」克倫徹先生催促道，「說出來吧，這事你自己清楚（順便提一句，他本人也做不到這一點）。到底是約翰·所羅門，還是所羅門·約翰？她管你叫所羅門，她是你姐姐，她一定清楚。可我知道，你的名字叫約翰，這你知道。這兩個詞哪個在前呢？還有普羅斯這個姓，又是怎麼個關係？你在英國可不叫這個名字。」

「你這是什麼意思？」

「唔，我也不知道這是什麼意思，我想不起你在英國叫什麼名字了。」

「想不起了？」

「想不起了。不過我敢起誓，你的姓是三個字的。」

「是嗎？」

「是的。而名字是兩個字的。我認識你。你就是那個給老貝利作證的密探。憑你的老祖宗『謊言之父』①的名義，你說說，你那時姓什麼？」

「巴塞德。」另一個聲音突然插了進來。

「這名字值一千鎊！」傑里喊了起來。

插進來說話的人是西德尼·卡頓。他站在克倫徹先生身旁，倒背的雙手插在騎馬服的下襬底下，那副隨隨便便的樣子，跟在老貝利的法庭上一模一樣。

「別吃驚，親愛的普羅斯小姐。昨天晚上，我出其不意地到了洛瑞先生家。我們商定，不到萬事大吉，我絕不到別的地方露面，除非有用得著我的地方。我在這兒露面，是想同你兄弟談一談。但願你兄弟現在的職業要比巴塞德先生體面一點。我看在妳的分上，但願巴塞德先生還不是一隻獄羊。」

「獄羊」是當時的一個隱語，專指在典獄長手下當密探的人。那密探的臉色本來就蒼白，這時變得更蒼白了，他責問西德尼怎麼竟敢——

「我告訴你吧，」西德尼說，「一個多小時前，我在候審監獄的大牆外觀望時，正好看到你從監獄裡走出來。你這張臉很容易讓人記住，而我，記別人的長相又特別在行。看到你和這兒的監獄有關係，我心裡感到奇怪，自然而然地把你和我一個不幸朋友的種種厄運聯繫在一起了。於是我就跟上了你。我緊跟你進了那家酒店，坐在離你不遠的地方。憑著你那毫無顧忌的談話，以及給你捧場的那幫人公開散佈的謠言聽來，我毫不費力就推斷出你幹的是哪一行。這麼一來，我無意中做的這些事，漸漸地好像使我形成了一個主意，巴塞德先生。」

「什麼主意？」密探問道。

「在大街上講這種事是會引起麻煩的，也太危險。是不是可以請你私下和我談幾分鐘——比如說，到台爾森銀行辦事處？」

「我願意聽聽你打算說點什麼。好吧，我跟你去。」

洛瑞先生剛吃罷晚飯，正坐在燃燒著一兩根木柴的壁爐前——透過那歡快的火焰，也許看到了多年以前，比這年輕的那位台爾森銀行的老先生，坐在多佛的皇家喬治旅館壁爐前望著爐火出神的情景。聽到他們進來，他轉過身，一見有個陌生人，露出了驚訝的神色。

「先生，這是普羅斯小姐的弟弟，」西德尼說，「巴塞德先生。」

「巴塞德？」老先生重複了一遍，「巴塞德？我好像聽到過這個名字——也見過這張臉。」

「我說過你這張臉很容易記住嘛，巴塞德先生，」卡頓冷冷地說，「請坐吧。」

待他自己找了把椅子坐下後，他又皺著眉頭提醒洛瑞先生說：「就是那次審判的證人。」洛瑞先生馬上想起來了，用一種毫不掩飾的厭惡表情打量著這個新來的客人。

「巴塞德先生讓普羅斯小姐給認出來了，他就是你聽說過的那位她鍾愛的弟弟。」西德尼說，「他也承認了這層關係。告訴你一個壞消息，達內又給抓走了。」

聽到這消息，老先生驚得目瞪口呆，接著大聲叫了起來：「你說什麼！不到兩小時前我離開時，他還是好好的，自由的，我正打算再去看他哩！」

「可他的確又給抓走了。什麼時候抓的，巴塞德先生？」

「假如已經抓走的話，那就是剛才。」

「唔，我相信，」西德尼對他說，「憑著馬奈特醫生的名望和影響，明天也許仍能像今天一樣使他處於有利地位——你說他明天又得出庭受審，是嗎，巴塞德先生？」

「是的，我相信是這樣。」

「——明天也許仍能像今天一樣處於有利地位，不過也有可能做不到。說實話，洛瑞先生，我感到吃驚，馬奈特醫生怎麼竟沒能阻止住這次重新逮捕呢！」

「他可能事先不知道這件事。」洛瑞先生說。

「那樣的話更讓人擔心，你想想，馬奈特醫生跟他女婿的關係有多好。」

「是啊。」洛瑞先生承認，他用顫抖的手托著下巴，不安的眼睛望著卡頓。

「總而言之，」西德尼說，「這年頭是個冒險玩命的時代，要下冒險玩命的賭注，才能贏得這種冒險玩命的賭博。讓醫生去打穩牌，我來打險牌吧。這兒誰的命都值不了什麼。任何人都有可能今天放回家，明天又會被處死。好吧，到了萬不得已的時候，我就玩它一次命，把關在候審監獄裡的朋友贏回來，而和我鬥牌的對手，就是這位朋友巴塞德先生。」

「你手裡得有好牌才行，先生。」密探說。

「巴塞德先生，」他接著說，那口氣真像在看一手牌，「獄羊，共和國委員會的密探，一會兒當獄吏，一會兒當囚犯，但始終是個奸細、密探。因爲是英國人，他在這兒更值錢，因爲一個英國人來作這種僞證，可以比法國人少受懷疑。他在雇主面前用的又是一個假名。這張牌很妙。巴塞德先生，眼下受雇於法國共和政府，過去卻爲法國和自由的敵人——英國貴族政府效勞。真是一張絕妙的牌。在這個懷疑一切的國度裡，人們可以明白無誤地推斷出，巴塞德先生眼下仍受雇於英國貴族政府，是皮特②的密探，是個打入共和國心臟的狡猾的敵人，是人們常說的那種壞事幹盡卻又難以捉拿的英國間諜和特務。這是一張絕對不會輸的牌。你弄清我的牌了嗎，巴塞德先生？」

「我不懂你怎麼打法？」密探有些不安地回答。

「我會打出我的王牌，向最近的區委員會告發巴塞德先生，看看你手上的牌吧，巴塞德先生，看看你有些什麼牌。別著急。」他拿過酒瓶，又給自己滿滿倒了一杯，一飲而盡。他看出密探很怕他喝多了會馬上去告發，便又倒了滿滿一杯，喝了下去。

「仔細看看你手上的牌，巴塞德先生。慢慢來。」

密探手上的牌比他預料的還要糟。巴塞德先生看到的是必輸無疑的牌，對此，西德尼・卡頓是不知道的。由於多次作偽證失敗，他丟掉了在英國那份體面的職業——倒不是那兒不需要他這號人了；英國人誇耀自己不爲密探特務所左右，還是新近不久的事——於是，他只好渡過海峽，到法國來當差。

起初，他在自己旅法的英國同胞中間下鈎餌，搞竊聽；後來慢慢地在法國人中間也搞起這類勾當來。在被推翻的前政府時期，他作爲密探，曾到聖安東尼區和德發日的酒店刺探消息，還從主管的警察那兒，知道了有關馬奈特醫生的經歷，以及他坐牢、釋放的種種情況；他想用這些資料和德發日夫婦攀談，在德發日太太那兒試了試，結果敗下陣來。

每當他想起那個可怕的女人一面跟他說話，一面飛動著手指編織，眼冒兇光地望著他的樣子，就不由自主地感到害怕，渾身顫抖起來。後來，他在聖安東尼區一再看見她拿出她的編織記錄，告發一些人，把他們送上了斷頭臺。他知道，幹他們這行的人，是沒有安全可言的，想逃也逃不了，始終被緊緊地捆在那利斧的陰影之下。

雖說他已投靠了新主子，竭盡討好巴結之能事，給當今無處不在的恐怖火上加油，可是只消一句話，利斧就會落到他的頭上。要是有人拿他剛才想到的那些嚴重問題告發他，那可怕的女人一定會拿出她那份要命的紀錄來置他於死地。那個女人的冷酷無情，他早已多次得到見證。除此之外，所有幹這類見不得人勾當的人都極易被嚇倒，難怪巴塞德先生見了自己的一手臭牌，便不由得面如死灰了。

「你好像不大喜歡你那手牌，」西德尼悠然自得地說，「打嗎？」

「你不會這麼想吧，先生？」

「噢，我又想起了一件事。其實，我還有一張好牌沒亮出來哩。那個和你一起當獄羊，自稱在國家監獄裡吃草的朋友是誰呀？」

「一個法國人，你不認識他。」密探回答得很快。

「不對，是外國人！」卡頓突然想起什麼，用手掌在桌子上用力拍了一下，喊了起來，「是克萊！雖然改了裝，人卻沒變。我們在老貝利見過他。」

「這就是你的輕率了，先生，」巴塞德說著微微一笑，他的鷹鉤鼻歪得更厲害了，「這一來，你讓我佔了上風了。我可以毫無保留地承認，克萊確實是我的同夥，可這是以前的事了，他已經死了好幾年了。我在他病危時還照料過他。他埋在倫敦聖潘克拉斯老教堂的墓地裡。由於他生前和那幫無賴不和，搞得我沒法給他送葬，不過，我還是幫著把他放進了棺材。」

密探沒有發現，克倫徹先生已站在他的身旁，還像個拘魂鬼似的，碰了碰他的肩膀。

「那個羅傑．克萊，先生，」克倫徹先生一本正經地鐵板著臉說，「這麼說，是你把他裝進棺材的？」

「是的。」

「那麼又是誰把他弄出來的呢？」

巴塞德朝椅背上一靠，結結巴巴地問道：「你這是甚麼意思？」

「我的意思是，」克倫徹先生回答說，「他壓根兒不在棺材裡。沒有！絕對沒有！要是他在裡面，我願意砍下我的腦袋。」

密探轉頭望著另外兩位先生，他倆都無比驚訝地望著傑里。

「告訴你吧，」傑里說，「你在那棺材裡裝的盡是些鋪路石子和泥土。別再跟我說什麼你埋葬掉克萊啦。這是騙人。我和另外兩個人都知道。」

「你這是怎麼知道的？」

「嗨，我明白了，」卡頓說，「我手上又多了一張牌了，巴塞德先生。你和另一個同你一樣是英國貴族政府的密探狼狽爲奸，那人心懷鬼胎，假裝死去，卻又活了過來！在這充滿猜疑的瘋狂的巴黎，你要想逃過告發，保住性命，是不可能的！外國人在監獄裡搞陰謀，反對共和國，這可是張厲害的牌——是張真正能送你上吉蘿亭的大牌！和我打嗎？」

「不！」密探答道，「我認輸了。我承認，我們在那些無法無天的暴民中很不得人心，我只好冒著淹死的危險逃離英國，克萊則被人四處搜尋，要不是那樣裝死，很難脫身。」

獄羊轉過身去對著西德尼·卡頓，更堅定地說：「就到這兒吧，我馬上要去當班，不能再在這兒耽擱時間。剛才你跟我說你有個主意，是什麼主意？你到底要我幹什麼？」

「事兒不多。你是候審監獄的看守吧？」

「我老實告訴你吧，越獄是絕對不可能的。」密探堅決地說。

「我沒問你的事，你幹嘛要告訴我呀？你是候審監獄的看守嗎？」

「有時候是。」

「你想去當就可以當？」

「我可以隨便進出。」

西德尼·卡頓又倒了一杯白蘭地，慢慢地把它倒進壁爐裡，看著它一滴滴落下。等到滴盡了，他才站起身來說道：

「到現在爲止，我們都是當著這兩位先生的面談的，因爲這些牌的用處不能只限於你我知道。現在，到那間黑屋子裡去吧，讓我倆單獨談一談，把最後的話說完。」

①即魔鬼撒旦。

②皮特（1759～1806），英國政治家，時任英國首相。

9 定局

西德尼．卡頓和那密探從那間黑屋子裡出來了。「再見，巴塞德先生，」卡頓說，「我們就這麼說定了，你對我沒什麼可怕的。」

他在壁爐邊洛瑞先生對面的一把椅子上坐了下來。待屋子裡只剩下他們兩個時，洛瑞先生問他說定了些甚麼。

「不多。要是那個被抓的人有什麼不測，我可以進去見他一面。」

洛瑞先生的臉色沉了下來。

「我只能做到這點，」卡頓說，「要求過多，就會把他的頭推到刑斧下面，就像他自己說的那樣，即使被告發了，也不過如此。顯然，這是形勢不利的地方。這件事看來是沒有辦法了。」

「可要是在法庭上遭到不測，」洛瑞先生說，「進去見一面也救不了他。」

「我從沒說過這能救他。」

洛瑞先生的目光慢慢地轉向爐火，他爲他親密的朋友傷心，爲他的再次被捕感到萬分沮喪，他的眼睛漸漸模糊起來，這些天來的焦慮折磨了他，使他顯得特別蒼老，他落下了傷心之淚。

「再來說說可憐的達內吧，」卡頓說，「別把我和巴塞德的這次談話和安排告訴她，反正也不可能讓她去見他，她也許會以爲這是預作安排，我要在他判決前把自殺工具偷偷交給他哩。」

洛瑞先生根本沒有想到這一層，聽他這麼一說，急忙看了卡頓一眼，看他是否真有這種打算。看來他的確是這麼想的，卡頓也回看了洛瑞先生一眼，顯然清楚洛瑞先生心裡想的是什麼。

「她也許會有許許多多想法，」卡頓說，「可是每一個想法都只會增加她的痛苦。別對她提起我。還像我剛來時說的那樣，我最好不見她。這樣我才能放開手腳，爲她做一點我力所能及的，對她有益處的工作。我想，你正打算上她那兒去吧？她今晚一定非常孤苦。」

「我現在馬上就去。」

「這讓我很高興。她是那樣地依戀你，信賴你，她看上去怎麼樣？」

「又焦慮又痛苦，可是仍非常美。」

「啊！」

這聲音悠長而悲哀，像一聲嘆息——幾乎像一聲嗚咽。這聲音引得洛瑞先生不由得轉過頭去看卡頓的臉，可是那張臉卻已轉向爐火。只見一道光，或者是一道陰影（**老先生說不清到底是哪一種**）在那張臉上一閃而過，就像萬里晴空之下一陣疾風突然掠過山坡；只見他伸出一隻腳，把爐膛裡滾下來的一小根燃著的木柴截住。

他穿著當時流行的騎馬服、高統靴，火光映照著他這身淺色的裝束，再加上他那未經梳理、披散的棕色長髮，使他的臉色顯得更加蒼白！對於腳下的那團火，他似乎毫不在意，洛瑞先生不得不提醒他小心。那塊燒著的木柴在他腳下斷裂了。他的靴子還踩在那熾熱的餘燼上。

「你在這兒的事都辦好了吧，先生？」卡頓轉過臉來問他。

「是的，昨晚露西不期而至時，我不是正告訴你，我終於竭盡全力把我要在這兒辦的事都辦完了。我本來希望把他們夫妻倆在這兒安頓好，再離開巴黎。我已經領到通行證，隨時都可以離開。」

「我陪你一塊兒到她家門口。你知道我東遊西蕩慣了，要是我在街上逛久了，你別不放心，明天早上我又會出現的。明天你去法庭嗎？」

「是的，真不幸。」

「我也去。不過，只是作爲一個旁聽的群眾。我那位密探會給我找個地方。來，扶著我的胳臂吧，先生。」

洛瑞先生照辦了，於是他倆下樓出門來到街上。幾分鐘工夫，他們就到了洛瑞先生的目的地，卡頓在那兒和他分了手，不過他在附近逗留了一下。待大門關上後，他又回到門口，輕輕撫摸著大門。

他聽說她每天都去監獄附近。「她從這兒出來，」說著，他朝四下裡打量了一下，「朝這邊拐，一定老在這些石頭上走來走去，讓我也沿著她的足跡走一趟吧。」

待他走到拉福斯監獄跟前站住時，已經是夜裡十點了，這是她已經站了幾百次的地方。

西德尼走出沒多遠，就在街心一盞閃爍不定的路燈下停了下來，用鉛筆在一張紙條上寫了幾個字，然後以一個熟悉路徑的人的堅定步伐，穿過幾條又黑又髒的街道——這些街道比平時髒得多，因爲在那個恐怖的年月裡，即使最好的主要大街，也無人打掃——來到一家藥店門口。店主正在親自關店門。這是家又小又暗又不正派的店鋪，開設在一條彎彎曲曲的上坡路邊，老闆是個矮小、黝黑，一看便知是個不正派的人。

卡頓走到櫃檯前，向他道了晚安，把寫的字條放到他面前。「噓！」老闆看看字條，輕輕吹起了口哨，「噓——噓！」

西德尼．卡頓沒有理他，藥店老闆又問：

「是你用的嗎，公民？」

「是我用的。」

「當心，要分開用，公民。你知道混在一起用的後果嗎？」

「完全知道。」

給了他幾個包好的小紙包，他把它們一一放進貼身上衣的口袋，數錢付了賬，不慌不忙地離開了店鋪。

「明天早晨以前，沒什麼事要做了，」他抬頭看了看月亮，說，「可我睡不著。」

他在飛馳的流雲下大聲說出這話時，絲毫沒有滿不在乎的樣子，他臉上沒有漫不經心的表情，而是有著一種挑戰的神色。這是一個灰心喪氣的人決心已定的態度。他徘徊過，掙扎過，迷途過，如今終於踏上了正路，並且看到了路的盡頭。

很久以前，當他還是個前程遠大的青年，在那些年輕夥伴中出類拔萃時，他到父親墳前去給他送葬。母親在那之前幾年就去世了。此時此刻，當他在明月和飛馳的流雲下，徘徊在黑影幢幢的陰暗街道上時，心裡想起當時在父親墳前唸過的莊嚴經文：「耶穌說，復活在我，生命也在我；信我的人，雖然死了，也必復活；凡活著信我的人，必永遠不死。」①

此時街上寂靜無聲，夜色深沉，這些話音在他的腳步聲中回響，在空中盪漾。他的心十分寧靜、堅定，他一邊走，一邊不時重複著這幾句話，這些話始終在他耳邊縈繞。

待他回轉去時，洛瑞先生已經出去了，不難猜出這位善良的老人上哪兒去了。西德尼・卡頓只喝了點咖啡，吃了點麵包；飯後，梳洗了一下，換上衣服，以振作起精神，然後就出發前往開庭審判的地方。

法院裡人頭鑽動，人聲鼎沸。那隻獄羊——許多人見了他怕得連忙退避三舍——帶他擠到人群中一個不顯眼的角落裡。洛瑞先生已在那兒，馬奈特醫生也在那兒。她也在那兒，坐在她父親的身旁。

當她的丈夫被人帶進來時，她望著他，眼神裡流露出那麼深情的鼓舞和支持，充滿了愛憐和溫情，也充滿了勇氣和信心，使他一見之下，臉上馬上恢復了健康的血色，目光變得炯炯有神，精神大為振奮。此時，如果有人留心注意一下，就會發現，她的眼神對西德尼・卡頓也產生了同樣的影響。

「查爾斯·埃佛瑞蒙德又姓達內的，昨天獲釋，當天再度被控，再度被捕，起訴書已於昨晚交本人。該人涉嫌並被控爲共和國之敵人，係貴族分子，出身惡霸家庭，爲應當誅滅家族之一員。此家族曾利用其現已廢除之特權，殘酷欺壓人民。據此，查爾斯·埃佛瑞蒙德又姓達內的，必須依法處死。」

檢察官用不多的幾句話就這樣起訴完畢。

首席法官問，被告是被公開告發，還是秘密告發？

「公開告發，首席法官。」

「由誰告發？」

「共有三人。聖安東尼區酒店老闆歐內斯特·德發日。」

「好。」

「他的妻子泰雷斯·德發日。」

「好。」

「還有醫生亞歷山大·馬奈特。」

法庭裡頓時發出一陣喧嘩。只見馬奈特醫生在一片哄鬧聲中從自己的座位上站了起來，臉色蒼白，渾身顫抖。

「首席法官，我向你提出嚴正抗議，這是僞造的，是一場騙局。你知道，被告是我女兒的丈夫。我女兒，還有她所愛的人，對我來說，遠比我自己的生命還寶貴。是誰說我告發我孩子的丈夫的？這個搞陰謀撒謊的人是誰？他在哪裡？」

「馬奈特公民，安靜！不服從法庭的權威就是犯法。至於說到比你的生命更寶貴的東西，對一個好公民來說，最寶貴的莫過於共和國了。」

這幾句指責的話獲得了震耳欲聾的的喝采聲。首席法官搖了搖鈴，激動地接著往下說：

「即使共和國要求你犧牲自己的女兒，你也有義務那麼做。往下聽吧，聽時要保持肅靜！」

又是一陣瘋狂的喝采聲。馬奈特醫生只得坐了下來，眼睛朝四下裡張望著，嘴唇不住地顫抖。女兒朝他靠得更緊了。陪審團裡那個面帶渴望神色的人搓了搓雙手，又習慣地伸手摸起嘴唇來。

待法庭安靜下來，能聽到他說話聲時，德發日開始在庭上作證。他很快講述了醫生被長期監禁，以及他在少年時代曾給醫生當僕人的事，後來又講到醫生獲釋出獄後，人們把醫生送到他那兒的情況。法庭的工作進行得很快，他一說完，馬上對他作了一番簡短的質詢。

「在攻佔巴士底監獄時，你作出了卓越的貢獻，是嗎，公民？」

「我想是這樣的。」

「告訴法庭，那天你在巴士底監獄中做了些什麼，公民。」

「我本來就知道，」德發日說著，低頭看了看他的妻子，她正站在他上來那個臺階的最低一層，鎮定地仰望著他，「我本來就知道，我要提到的這個犯人，曾被關在一間叫北樓一百零五號的牢房裡。這是他自己告訴我的。當他在我的照料下只知埋頭做鞋時，他只知道自己叫『北樓一百零五號』。攻佔巴士底監獄那天，我是炮手，我決定在攻下這地方後去看看那間牢房。監獄攻下來了，我就在一個看守的帶領下，去了那間牢房，同去的還有我的一個同件，他現在是陪審團中的一員。我非常仔細地檢查了那間牢房。煙囪上有個洞，有塊石頭給挖出來又安上了，我在石頭後面的洞裡找到了一份手寫的文件。這就是那份手寫的文件。我曾認真查看過馬奈特醫生的筆跡。這確實是馬奈特醫生寫的東西。現在，我把馬奈特醫生親筆寫的這份文件交給首席法官。」

「宣讀這份文件。」

一片死寂，大家一動不動——受審的犯人愛戀地望著自己的妻子，妻子只看了他一眼，便焦慮地望著自己的父親。馬奈特醫生定定地望著宣讀文件的人。德發日太太的眼睛始終沒有離開犯人，德發日先生的目光則一直望著異常痛快的妻子。其餘所有人的眼睛都聚精會神地盯著醫生，而醫生對他們則誰也沒有看見——那份文件宣讀了，內容如下。

①見《聖經·新約·約翰福音》第十一章。

10 陰影的內容

「我，不幸的醫生亞歷山大・馬奈特，原籍博韋，後移居巴黎。在這一七六七年的最後一個月裡，我在巴士底監獄這間淒慘的牢房中，寫下這份悲傷的文件。我是在極端困難的條件下，偷偷寫成的。我計劃把它藏在煙囪的內壁裡，我費了許多時間和心血，已在那兒挖了一個藏匿的地方。在我和我的苦難都化爲煙塵時，也許會有一隻同情的手找到它。」

「在我被囚禁的第十個年頭的最後一個月裡，我用一枚鏽鐵釘，蘸著用鮮血調和的從煙囪裡刮下的煤煙炭末，極其艱難地寫下這些文字。我心中的希望早已破滅。從我身上一些可怕的徵兆看來，我的理智能保持完好無損，已經不會太久了。不過我要鄭重聲明，此時此刻，我的神志絕對正常——我的記憶精確詳盡——我寫的全是事實，不管以後是否有人看到，在末日審判席上，我也將爲自己最後寫下的這些文字負責到底。」

「一七五七年十二月的第三個星期（我想是這個月的二十二號），在一個月色朦朧的夜晚，我正在塞納河碼頭旁一個僻靜處散步，想呼吸一下寒冷的空氣提提精神。那地方離我在醫學院街的住處大約有一小時路程。一輛馬車飛快地從背後駛來，我怕馬車把我撞倒，急忙退到一旁讓它過去。不料車窗裡探出一個頭來，還聽到了喝令車伕停車的聲音。」

「車伕趕緊勒住馬，車停下了，剛才的那個聲音喚起我的名字來，我答應了一聲。馬車停在我前面很遠的地方，沒等我走到馬車跟前，車上已下來兩位先生。我發現他倆都裹在斗篷裡，像是有意把自己遮掩起來。他們並肩站在車門旁，看上去，他們的年齡和我不相上下，或許還年輕一點，兩人的身材、舉止、聲音和面貌（我能看到的部分）都十分相像。」

「『你是馬奈特醫生嗎？』」其中一個問道。

「『是的。』」

「『馬奈特醫生，原籍博韋，』另一個說，『是位年輕的內科醫生，原先是外科專家，這一兩年來在巴黎的名氣越來越大了，對吧？』」

「『先生們，』我回答說，『本人就是承蒙二位誇獎的馬奈特醫生。』」

「『我們去過你的住處，』第一個人說，『不巧沒有在那兒找到你。聽說你可能在這一帶散步，我們就跟著來了，希望能趕上你。請你上車好嗎？』」

「兩人的態度都很專橫，一邊說著，一邊就過來把我逼向車門。他們都帶著武器，而我手無寸鐵。」

「『先生們，』我說，『請原諒，不過，我通常都要問清是哪一位賞光請我去出診，要我去看的病人病情又是怎麼樣？』」

「答話的是第二個人。『醫生，請你出診的是有地位、有身份的人。至於病人的病情，我們相信你的醫術，你作的診斷一定會比我們的陳述準確。行了。請你上車好嗎？』」

「我只好順從，默默地上了車。他倆也跟著上了車——最後一個是收起踏腳板後跳上車的。馬車掉轉頭，又照原先的速度飛駛起來。」

「我如實記下了這番對話，無疑是逐字逐句，一字未漏。我竭力不讓自己走神，使每件事情都準確地如實敘述。下面凡是標有中斷符號的地方，皆因我不得不暫停記述，藏起文稿。」

「馬車飛快駛過一條條大街，出了北門，駛上了鄉間大道。出城後，大約走了三分之二里格地——當時我並未計算距離，是後來再走時估算的——馬車駛離大道，不久就在一座孤零零的宅院前停了下來。」

「我們在宅院大門口一下車（大門是鎖著的，兩兄弟中一個打開鎖讓我們進去後，重又鎖上了），便聽到從樓上的一間屋子裡傳來陣陣喊聲。兩兄弟逕直帶我朝那間屋子走去。隨著我們一步步爬上樓梯，那叫喊聲越來越響。最後，我看到了一個躺在床上發高燒的病人。」

「病人是個非常漂亮的女人，年紀很輕，肯定才二十出頭。她頭髮蓬亂，兩隻胳臂被腰帶和手帕綁在身體兩側。我注意到，這些捆綁用的全是上等男人身上的東西。其中有一條是禮服上用的有流蘇的綬帶，我看到上面有個貴族的紋章和一個字母『E』①。」

「我一開始仔細觀察病人，就看到了這一情況。因為在她焦躁不安的掙扎中，她翻轉身子，臉伏到了床沿上，把綬帶的一頭吸進了嘴裡，此時正有窒息的危險。我第一個舉動就是伸手從她嘴裡拉出綬帶。就在這時，我看到繡在角上的紋章。」

「我輕輕地將她翻過身來，雙手按住她胸口，想讓她平靜下來，躺著不動，然後察看她的臉。她兩眼圓睜，神色狂亂，不斷發出刺耳的尖叫，反覆叫著：『我的丈夫，我的父親，我的兄弟啊！』然後從一數到十二，還發出一聲『噓！』過後，她稍稍停頓了一下，像是側耳傾聽，接著，便又開始那刺耳的尖叫，又喊：『我的丈夫，我的父親，我的兄弟啊！』然後又從一數到十二，再發出一聲『噓！』如此周而復始，順序不變，神態也不變。除了有規律地停頓那麼一會兒外，她的這種喊叫聲從未休止。」

「『她這樣有多久了？』我問。」

「為了把這兄弟倆區別開來，我把他們叫做哥哥和弟弟。所謂哥哥，是指最有權威的那人。答話的是哥哥：『大約從昨晚這個時候開始。』」

「『她有丈夫、父親和兄弟嗎？』」

「『有個兄弟。』」

「『我不是在跟她兄弟談話吧？』」

「他帶著滿臉鄙夷的神氣回答說：『不是。』」

「她最近和十二這個數有什麼關係嗎？」

「弟弟不耐煩地插嘴說：『是和十二點鐘吧！』」

「『瞧，先生們，』我的手仍按著那女人的胸口，『你們這樣把我帶來，我什麼也幹不了！要是我事先知道來看甚麼病，我就可以有所準備。像現在這樣，時間就得浪費了。在這麼個偏僻的地方，到哪兒去弄藥呀。』」

「哥哥朝弟弟看了看，弟弟傲慢地說：『這兒有一箱藥。』說著，從櫃子裡取出一只藥箱，放到桌子上。」

「我打開幾只瓶子，嗅了嗅，又把瓶塞放到嘴邊嚐了嚐。如果我要用的不是有毒性的麻醉藥，那箱子裡的藥是一樣也用不上的。」

「『怎麼，你信不過這些藥？』弟弟問。」

「『你瞧，先生，我正準備用呢。』我回答了一句，就沒有再說什麼。」

「由於我的手有這種鎮定作用（我想是這樣），我便在床邊坐了半個來小時，那兩兄弟一直在旁看著。後來那哥哥說：『這兒還有一個病人。』」

「我吃了一驚，忙問：『病情嚴重嗎？』」

「『你最好去看一看。』他滿不在乎地回答說，拿起了一盞燈。」

「另一個病人躺在二樓樓梯對面的一間後屋裡，是馬廄頂上的一間閣樓，屋子的一部分有個低矮的粉刷過的頂棚，其餘部分都敞開，看得見瓦屋的屋脊和橫樑。」

「在地上的一堆乾草上，躺著一個英俊的農家少年，最多不過十七歲。他頭下塞了一只坐墊，仰天躺著，牙關緊閉，右手緊握著放在胸前。他那對怒火熠熠的眼睛直盯著上方。我單腿跪下俯身察看，看不出他的傷在哪裡。不過我能看出他是被利刃刺傷的，已經奄奄一息。」

「『我是醫生，可憐的小伙子，』我說，『讓我看看傷口。』」

「『我不想讓人看，』他回答說，『隨它去吧。』」

「傷口在他的手底下，我設法勸他讓我挪開他的手。傷口是劍刺的，受傷時間約在二十至二十四小時之前。即使未加拖延當即治療，也沒法救活他。他很快就要死了。我扭頭看看那個哥哥，只見他正低頭俯視著這個瀕臨死亡的英俊少年，那神情就像在看一隻受傷的鳥、或者是野兔、家兔，而不是他的同類。」

「『這是怎麼回事，先生？』我問。」

「『一隻下賤的小瘋狗！一個農奴！逼得我弟弟拔劍刺他，結果倒在我弟弟的劍下──居然像個上等人似的②。』

「這話沒有一點兒憐憫和內疚，可以說毫無人性。說話的人似乎認爲，讓這個不屬同類的生物死在這兒極不合適，應該讓他和那些賤類一樣悄悄死去才好。他對這個少年的命運，根本不可能有任何同情。」

「在他說話時，少年的眼睛慢慢地轉向他，然後又慢慢地轉向我。」

「『醫生，他們這班貴族驕傲得很，可我們這些賤民也有驕傲的時候。他們搶我們，欺我們，打我們，殺我們；可我們有時還是剩有一點傲氣。她──你見到她了嗎，醫生？』」

「雖然因爲離得遠，聲音輕了，可是她的尖叫和喊聲，這兒依然可以聽見。他這麼一提，彷彿她就躺在我們的面前。」

「我說：『我見到她了。』」

「『她是我姐姐，醫生。多少年來，這班貴族老爺對我們的姐妹們的貞操，都享有無恥的特權。可我們當中也有好樣的姑娘。這我知道，我父親也這樣跟我說過。我姐姐就是一個好樣的姑娘。她和一個也是好樣的青年訂了婚，他是那個人家的佃戶。我們都是那個人家的佃戶——我說的就是站在那兒的那個人。那另外的一個是他的弟弟，是個最壞的壞蛋。』」

「那少年是異常艱難地聚集起全身的力氣，才說出這些話的，可他的精神卻使他說得格外有力。」

「我以前從來沒有想到受壓迫的情感，會像火一樣爆發出來。我原先總以爲它必定隱伏在人民心中，可是在這個垂死的少年身上，我看到了這種情感的爆發。」

「『不過，醫生，我姐姐還是結了婚。當時我那可憐的姐夫正有病，可她還是嫁給了她心愛的人，這樣，她就可以在我們的草舍裡——那個人大概把它叫做狗窩吧——服侍他，安慰他了。可是結婚不多日子，我姐姐就讓那個人的弟弟看上了，他要求那個人把她租來給他——因爲我們這種人的丈夫算得上什麼！那個人當然很樂意，可我姐姐是好樣的，貞潔的，她像我一樣，恨死了那個人的弟弟。你知道那兩個傢伙用什麼手段威逼她的丈夫，想要他叫她順從的嗎？』」

「『你知道，醫生，這班貴族老爺有權把我們這些賤民套在車子上，趕我們拉車。他們就這樣把我姐夫套在車子上，趕他，要他拉車。你知道，他們有權要我們整夜守在他們的地裡，不讓青蛙叫，免得打擾他們尊貴的睡眠。晚上，他們就要我姐夫去有害的夜露裡守夜，白天，又命他套上籠頭拉車。但他還是沒有屈服。沒有！有一天中午，人們解下籠頭，讓他吃東西——要是他還能找到東西吃的話——他隨著報時的鐘聲，鐘敲一下，他哽咽一下，哽咽了十二下後，就死在我姐姐的懷裡了。』」

「要不是他決意傾吐冤情。任何人爲的力量也維繫不了這少年的生命。他使勁握緊右拳不讓鬆開，掩住傷口，竭力驅開朝他圍攏過來的死亡陰影。」

「『接著，在那個人的同意甚至幫助下，他弟弟把我姐姐給搶走了。我知道，她一定把她的情形給那人的弟弟說了——說的什麼，醫生，要是你現在還不知道，你很快就會發現的——可那人的弟弟還是把她給搶走了，供他一時享樂解悶。我在路上看到她從我旁邊過去。我把這個消息帶回家後，我父親傷心得死去了，滿肚子的話，一句也沒有說出來。我把我的小妹妹（我還有一個妹妹）送到這個人管不著的地方，使她至少不會做他的奴婢了，然後，我就追蹤那個弟弟來到這兒，昨天夜裡爬了進來——我，一個賤民，可手裡有劍——這閣樓的窗在哪兒？就在這旁邊吧？』」

「在他眼裡，這屋子越來越暗了，他周圍的世界越縮越小。我朝四下裡看了看，只見地上乾草麥稈踩得一片狼藉，這兒像是有過一場格鬥。」

「『我姐姐聽到我的聲音，跑了進來。我叫她別過來，別靠近我們，待我殺了那傢伙再說。他進來了，先是給我扔了幾個錢，後來又用鞭子抽我。我雖是個賤民，可我奮力回擊，逼得他不得不拔出劍來。那柄沾上我這平民鮮血的劍，讓他愛折成幾段就折成幾段吧。他只好拔出劍來自衛——爲了保命，他使出渾身解數來刺我。』」

「就在剛才，我已看到地上的乾草裡有幾截斷劍。那是老爺們用的武器。另一個地方，躺著一柄舊劍，看樣子是士兵用的。」

「『來，扶我起來，醫生，扶我起來。他在哪兒？』」

「『他不在這兒。』我扶住他說，知道他指的是那個弟弟。」

「『哼，這班貴族儘管傲氣十足，可是就怕來見我。在這屋子裡的那個人在哪兒？把我的臉轉過去對著他。』」

「我照辦了，扶起他的頭，讓他靠在我的膝蓋上。可是剎那間，他突然有了一股異常的力量，竟挺身完全站立起來，使得我也不得不跟著站起，要不就無法扶住他了。」

「『侯爵』，少年雙目圓瞪，舉起右手，對著他說，『等到算總帳的日子，我要向你，向你那萬惡家族中的每一個成員討還血債。我要用鮮血在你身上畫下這個十字，作爲我討債時的標記。等到算總賬的日子，我特別要向你的兄弟，你們那萬惡家族中最壞的壞蛋討還血債。我要用鮮血在他身上畫下這個十字，作爲我討債時的標記。』」

「他兩次用手在胸部的傷口上放了放，然後用食指當空畫了個十字。他就這樣舉著那手指站了一會，待它垂下時，人也隨之倒下。我把他放倒，發現他已經死了。」

「我回到那年輕女人的床邊，發現她還在按原先的順序一再說著那幾句胡話。我知道，這種情況還會持續許多時候，也許只有在死的寂靜中才能結束。」

「我又給她吃了幾次原先吃過的藥，坐在她的床邊，守到深夜。她的尖叫聲始終那麼刺耳，那幾句話還是那麼清楚，順序也一直沒有錯亂，總是『我的丈夫，我的父親，你的兄弟啊！一，二，三，四，五，六，七，八，九，十，十一，十二。噓！』」

「從我見到她的時候起，這種情形持續了二十六個小時。待我兩次來去，重又在她身旁坐下時，她的口齒開始含糊起來。我竭盡全力想挽救她，可她漸漸地陷入昏睡狀態，像死人一般躺著。」

「就像持續多時的可怕的暴風雨已過去，終於風停雨歇了。我鬆開她的雙臂，叫那女僕幫我把她的身體放平，理好撕破的衣服。這時我才發現，她已經有了要做母親的初步徵兆；就在這時，我對她僅存的一線希望也完全破滅了。」

「『她死了嗎？』侯爵問，我以後還是稱他爲哥哥。他剛剛騎馬回來，穿著靴子進了屋。」

「『沒有死，』我說，『不過快要死了。』」

「『這些賤民的身體怎麼這樣結實！』他有些好奇地低頭看著她說。」

「我寫這篇東西時困難重重，嚴寒刺骨，又怕給人發覺，把我關進漆黑一團的地牢，因而往下，我只能簡要地敘述了。我的思維沒有混亂，記憶力也沒有喪失，我和那兩兄弟的談話，字字都能記起，句句都能詳盡敘述。」

「她挨了一個星期。在她臨終時，我把耳朵貼近她嘴唇，才勉強可以聽到她對我說的片言隻語。她問我她在甚麼地方，我告訴了她；又問我是誰，我也告訴了她。我問她姓什麼，她沒有回答，只是在枕頭上微微搖了搖頭，也像那個少年一樣，不肯吐露她的秘密。」

「我一直沒有機會再問她什麼問題，直到我告訴那兩兄弟，她已處於彌留狀態，活不到第二天了。在此之前，雖然進那屋子的只有我和那個女僕，沒有旁人，可只要我在那兒，那兩兄弟中，總有一個坐在床頭的幔帳後面，小心提防著。到了這時，他們似乎不再怕我會跟她談什麼了，彷彿——我腦子裡突然閃過這個念頭——彷彿我也快要死了。」

「我一再看出，最使他們痛心疾首的是，那個弟弟（按我的叫法）竟和一個農民，而且還是個少年農民比劍交鋒，這傷害了他們的自尊心。他們腦子裡唯一考慮的是，這件事大大地辱沒了他們的家聲，實在太荒唐可笑。每當我和那弟弟的目光相遇，我都從他的眼神中看出，他對我極其憎恨，因爲我知道了從少年口中聽到的一切。雖說他對我比那哥哥隨和客氣，但我清楚地看出這一點。我也看出，在那哥哥的心目中，我也是個麻煩。」

「我的病人在午夜前兩小時死去了——照我的錶，正是我第一次看見她的時間，幾乎一分鐘也不差。當時只有我一個人在她身邊，她那年輕可憐的頭無力地垂倒在一邊，結束了她在這塵世上遭受的種種冤屈和苦難。」

「那兩兄弟正在樓下的一間屋子裡等著，很不耐煩地急著要騎馬出門。在我單獨地守候在床邊時，就聽到他們用馬鞭抽打著靴子，來來回回地走著。」

「『她總算死了？』我進去時，那哥哥問道。」

「她死了。」

「『祝賀你，弟弟。』他轉過頭去這麼說。」

「在這以前，他給過我錢，我一直遲遲沒有接受，這時，他又給了我一筒金幣。我從他手中接過，放在桌子上。我已經考慮過這個問題，決定什麼也不接受。」

「『請原諒，』我說，『在這種情況下，我不能接受。』」

「他倆交換了一下眼色，在我向他們鞠躬時，也對我鞠了鞠躬，於是我們就分手了，雙方都沒有再說一句話。」

「我累極了，累極了，累極了——讓苦難給折磨垮了。我用這隻瘦骨嶙峋的手寫下的這些文字，連再讀一遍都沒有力氣了。」

「第二天清晨，我的門口放著一只小盒子，裡面是那筒金幣，盒子上寫著我的名字。從一開始，我就焦急不安地考慮，這事該怎麼辦。那天，我決定私下給那位宮廷大臣寫封信，向他陳述我給喚去診治的兩個病人的實情，以及我去過的那個地方。總之，把一切情況都告訴他。我知道宮廷的權勢是怎麼回事，也知道什麼是貴族的豁免權；我也料到，這件事決不會有人理睬，可是我希望解除我良心上的負擔。這件事我一直嚴守秘密，就連對我的妻子也守口如瓶，關於這一點，我也在信中作了說明。我並不害怕自己會遭到什麼真正的危險，但是我意識到，要是別人知道了我所知道的這些事，是會受到牽連，遭到危險的。」

「那天我很忙，晚上沒能寫好那封信，第二天早上，爲了寫完這封信，我起得比平時早得多。這天正好是一年的最後一天。我剛寫完信，就聽說有一位太太等著要見我。」

「我越來越感到難以勝任自己定下的這項任務。天氣這麼冷，光線這麼暗，我的知覺這麼麻木，心頭的憂傷又這麼難以忍受。」

「要見我的太太年輕、漂亮、優雅，但沒有長壽之相。她神情非常激動，對我作了自我介紹。說自己是埃佛瑞蒙德侯爵的妻子。我把那農家少年對那個哥哥的稱呼，和繡在緞帶上那個字母聯繫起來，不難斷定，她說的侯爵，就是我最近見到的那貴族。」

「我的記憶仍很確切，但是我無法把我們的談話都一一寫下來。我猜測對我的監視更嚴密了，而且我根本不知道什麼時候會受到監視。她部分是根據猜測，部分是根據發現的情況，總之，她知道了這一殘酷事件的主要事實，也知道了她丈夫在這一事件中應負的責任，以及曾請我去診治的事，但她還不知道那個年輕女子已經死了。她非常痛苦地對我說，希望私底下對她表示一個女人的同情，希望不因這無數苦難者長期痛恨的家族，而遭到上天的懲罰。」

「她說她有理由相信那女子還有一個妹妹活著，而她最大的願望，就是幫助這個妹妹。我說，我能告訴她的也只是她確有一個妹妹，除此之外，我就一無所知了。她說她私下來見我，是出於對我的信賴，希望我能告訴她那妹妹的姓名和住址。可是直到現在這悲慘的時刻，我對這兩點還是一無所知啊。」

「我的紙不夠用了。昨天被他們拿走一張，還受到了警告。我必須在今天完成我的記述。」

「她是位心地善良、富有同情心的太太，可她的婚姻並不幸福。她怎麼能幸福呢！那弟弟不信任她，也不喜歡她，受他左右的人全都反對她。她既怕他，也怕她丈夫，我扶她下樓，送她到門口時，看到她馬車裡坐著一個兩三歲的漂亮男孩。」

「『爲了他，醫生，』她含淚指著孩子說，『我要盡我所能做一點補救。要不，日後他繼承了這份產業也興旺發達不了。我有一種不祥的預感，要是不爲此做些好事來贖罪，有朝一日會報應到他頭上的。如果能找到那個小妹妹，我要把我僅有的屬於我的一點東西——不過是一些珠寶首飾——作爲他生平應負的第一項經濟義務，連同他母親的同情和哀悼，一併給予那個受害的家庭。』」

「她吻了吻那男孩，撫摸著他說：『都是爲了你這個寶貝。你願意照我說的做嗎，小查爾斯？』那孩子慨然回答：『願意！』我吻了吻她的手，她把孩子摟在懷裡，撫摸著，驅車走了。從此我再也沒有見過她。」

「她是以爲我一定知道，才提到她丈夫的姓氏的，所以我沒有在信中加上這個姓氏。我封好信，因爲交給別人不放心，就親自在當天送去了。」

「那天晚上是除夕之夜，約摸在九點鐘時，一個穿黑衣服的人來我家敲門，要求見我。他跟著我的年輕僕人歐內斯特·德發日，輕輕走上樓來。當我的僕人走進我的房間時，我正和我的妻子坐在一起——啊，我的妻子，我心愛的人！我年輕漂亮的英國妻子啊！——我們發現來人一聲不響地站在德發日身後，本來還以爲他待在門口哩。」

「他說，聖奧納雷街有個人得了急病，請我去出診。說是不會要我耽擱很久的，樓下有輛馬車等著。」

「結果馬車把我載到了這兒，送進了這座墳墓。我一離開家，一條黑圍巾就從身後緊緊勒住了我的嘴，我的雙臂也給捆住了。那兩兄弟從一個暗角裡閃出，來到馬路這邊，打了個手勢，表示確認是我。侯爵從自己的口袋裡掏出我寫的那封信，給我看了看，然後就著手裡提的燈籠的燭火，把它給燒了，燒完還用腳踩滅了紙灰。一句話也沒有說，我就給帶到了這兒，送進這座把我活埋的墳墓。」

「在這麼久的恐怖歲月裡，如果這鐵石心腸的兩兄弟中，有一個想到要告訴我一點我親愛的妻子的消息——哪怕有一句話讓我知道，她是死是活——我也會認爲上帝還沒有完全拋棄他們。不過現在我相信，那鮮血畫下的十字，是要置他們於死地的了，上帝決不會寬恕他們。在這一七六七年的除夕之夜，我，亞歷山大．馬奈特，一個不幸的囚徒，懷著難以忍受的極度痛苦，決心要在算總帳的日子控告他們，控告他們的後代，直到他們這個家族的最後一個子孫。我要向上天和人世控告他們。」

文件一讀完，就掀起一片兇猛的聲浪。這急切渴望的聲音，明白無誤地只要血，別的什麼也不要。這番訴說激起了當時最強烈的復仇情緒，面對這種情緒，在這個國家裡，沒有人敢不低頭。

在這樣的法庭和聽眾面前，已經沒有必要說明，爲甚麼德發日夫婦沒有把這份資料和在巴士底監獄中繳獲的其他東西一起公之於眾，而是保存起來，等待時機。也沒有必要說明，這讓人詛咒的家族姓氏，早就受到聖安東尼人的深惡痛絕，並把它編織進了那本索命簿。在當時當地，絕對沒有人能憑他的德行和功績抵擋住這樣的控告。

對這個注定必死無疑的人來說，更糟糕的是，控告他的是一位聲譽卓著的公民，是他的親密朋友，又是他妻子的父親。

陪審員每投一票，就掀起一陣吼叫，投票一票又一票，吼叫一陣接一陣。

一致通過。從本質到血統都是貴族，共和國的敵人，臭名昭著的壓迫人民分子。押回候審監獄。二十四小時內處決！

①「E」為埃佛瑞蒙德家族姓氏的第一個字母。

②按當時習俗，平民無資格與貴族決鬥，與平民交鋒即有辱貴族身份。

11 暮色蒼蒼

無辜的人就這樣被判處了死刑，他可憐的妻子聽到這一判決，像受到致命的一擊，癱倒了。可是她一聲沒吭，她內心有一個強有力的聲音在告誡她：在他蒙難之時，她應該第一個站出來支持他，而不是加劇他的痛苦。這聲音是如此強而有力，竟使她在這樣的打擊下仍能很快站了起來。

由於法官要上街參加群眾遊行，法庭到此休庭。人們正熙熙攘攘從各條通道朝前湧去，法庭裡還充滿嘈雜急切的人聲，露西就站在那兒，向她丈夫伸出雙臂，臉上滿是愛憐和撫慰的表情。

「但願我能碰到他！要是我能擁抱他一次該有多好！啊，好心的公民們，你們要能給我們一些同情該多好啊！」

法庭上只留下一個看守，昨晚去抓他的四人中的兩個，還有巴塞德。人們全都到街上看熱鬧去了。巴塞德向另外幾個人提議，「那就讓她擁抱他一下吧，只是一會兒的事。」那幾個人默許了。他們把她舉過一排排座位，舉到一個高臺上。在那兒，他只要俯身探出被告席的圍欄，就可以把她摟在懷裡。

「永別了，我親愛的心上人。我要給我的愛人作訣別的祝福。我們會在睏乏人得享安息①的地方又相聚的！」

這是她丈夫把她摟在懷裡時說的話。

「我經得住，親愛的查爾斯。我有上天保佑，別爲我擔心。給我的孩子作最後的祝福吧！」

「妳代我向她祝福，代我吻她，代我向她道別。」

「我的丈夫！別忙，等一會兒！」這時，他正要戀戀不捨地離開她的懷抱，「我們不會分開太久的。我知道這會讓我漸漸心碎。但只要我活著，我一定會盡我的責任。等我離開她的時候，上帝會賜給她朋友的，就像祂待我那樣。」

她父親已跟著她走了過來，當他正要向他倆跪下時，達內伸手一把抓住了他，喊道：

「不，別這樣！你有什麼過錯，你有什麼過錯，爲什麼要向我們下跪！現在我們知道了，爲我倆的事，你經歷了多激烈的思想掙扎。現在我們知道，當你懷疑我的身世，直到弄清底細，你忍受了多大的痛苦。現在我們知道，爲了你親愛的女兒，你極力克服內心必然有的憎惡。我們衷心感謝你，以全部的愛心和孝心感謝你。願上帝與你同在！」

她父親沒有答話，只是雙手抓住滿頭白髮，一邊擰絞著，一邊發出痛苦的呼號。

「這是沒有辦法的。」囚犯說，「事情全都湊在一起了，弄成了現在這個樣子。我一直想完成我可憐的母親的囑咐，可是始終沒能如願。就是爲了要完成這件事，我才來到你們的身邊，這是命中注定。我們家族有這麼多罪孽，決不會有好結果，不幸的開端自然不會有美滿的結局，別難過了，原諒我吧，願上帝保佑你！」

他被拖走時，他妻子放開他，站在那兒目送他離去，雙手合十作祈禱狀，臉上容光煥發，甚至帶有令人寬慰的笑容。待他從囚犯進出的門走出後，她轉過身來，深情地把頭靠在父親胸前，正想跟他說話，卻倒在他腳下了。

西德尼．卡頓急忙從他一直坐著的那個不起眼的角落裡奔出來，抱起她。這時在她身旁的只有她父親和洛瑞先生。當他抱起她，用胳臂支著她的頭時，他的胳臂顫抖了。不過他臉上的神色，不全是憐憫——其中還閃著自豪。

「我可以把她抱到馬車上去嗎？我覺得她一點不重。」

他輕輕地抱著她出了門，小心翼翼地把她放進一輛馬車。她父親和他們家的老朋友也上了車。他則坐在車伕的身旁。

他們來到了大門口——幾小時前，黑暗中他曾在這兒徘徊，想像著她曾踩踏過哪些凹凸不平的街石——他又抱起她，上了樓，進了房間，把她放在一張長沙發上。她的孩子和普羅斯小姐都伏在她身上哭了起來。

「別把她弄醒，」他輕聲對普羅斯小姐說，「這樣反而好一些。她只是昏過去了，先別把她叫醒過來。」

「啊，卡頓，卡頓，親愛的卡頓！」小露西喊著，激動地跳起來抱住他，傷心地說，「你來了，我知道你會想辦法幫助媽媽，救我爸爸的！啊，看看我媽，親愛的卡頓！你和大家一樣愛她，能忍心看著她這樣嗎？」

他俯下身子，把她紅紅的小臉蛋按到自己的臉上，然後又輕輕把她推開，望著她昏迷不醒的母親。

「我走之前——」他說著遲疑了一下，「可以吻她一下嗎？」

後來人們回憶說，當他俯下身去，用嘴唇碰了碰她的臉時，低聲說了一句話。那孩子離他最近，據她事後告訴大家說，她聽見當時他說的是：「你所愛的人的生命。」在她成了一位慈祥端莊的老太太時，她也是這樣告訴她的孫子孫女們的。

他走出屋子來到隔壁房間，突然轉身對著跟出來的洛瑞先生和她的父親，並對後者說：

「就在昨天，你都還有很大的影響，馬奈特醫生，不妨再試一試。那法官，還有那些當權的，全都對你很友好，也很賞識你的醫術，不是嗎？」

「有關查爾斯的事，他們一點都沒有瞞我。原來我信心十足，認爲一定能救他，而且也確實救出來了。」他痛苦不堪，非常緩慢地回答說。

「再試一試吧。從現在到明天下午，時間已經不多了，但不妨再試一試。」

「我是要試的，我一分鐘也不會耽擱。」

「那就好。我知道，有你這樣的幹勁，以前是什麼大事都能辦成的——儘管，」他微笑著嘆了口氣，接著說，「儘管像這樣的大事，恐怕還沒人辦過哩。不過還是試一試吧！年華如果虛度，生命就毫無價值，這件事是值得一搏的。要是這點都做不到，那就死不足惜了。」

「我這就去，」馬奈特醫生說，「直接去找檢察官和首席法官，還要去找幾個不便說出姓名的人。我還要寫信，還要——不過，等等！街上正在舉行慶祝活動呀，天黑以前，誰也找不到的。」

「這倒是真的。好吧！這最多也只是個渺茫的希望，拖到天黑，也不見得會更渺茫。我是想知道你活動的進度。不過請聽我說！我並不抱什麼希望！你大概在什麼時候能見到那些可怕的當權者呢，馬奈特醫生？」

「我希望天一黑就能見到他們。離現在還有一兩個小時。」

「四點多一點天就黑了。我們把時間放寬一兩個小時。要是我九點去洛瑞先生那兒，大概可以從洛瑞先生或者你那兒得知你進行的情況了吧？」

「是的。」

「祝你成功！」

①見《聖經．舊約．約伯記》第三章。

12 夜色茫茫

西德尼．卡頓停在街上，一時拿不定主意該到哪兒去。「九點才去台爾森銀行，」他一臉若有所思的神情，自言自語地說，「在這段時間裡，我最好是不是去亮亮相？我想應該來這麼一下，最好讓那些人知道有這麼個人在這兒。這是個重要的預防措施，說不定還是必不可少的準備工作哩。不過要小心，小心，又小心！讓我再仔細想想！」

他已開始朝一個目的地走去，可突然又止住了腳步。在已經黑下來的街上來回走了一兩趟，心中考慮著可能產生的種種後果。最後，他肯定了自己最初的想法，終於拿定了主意，「最好還是讓那些人知道有我這麼個人在這兒。」於是，他轉身逕自朝聖安東尼區走去。

那天，德發日曾說自己是聖安東尼區一家酒店的老闆。但凡熟悉這座城市的人，不需問路就能輕而易舉地找到他的酒店。卡頓在確定了它的所在之後，就走出那些狹窄的街道，到一家小吃店裡吃了晚飯，飯後還睡了一大覺。多年來，他第一次沒喝烈性酒。打從昨天晚上起，他只喝過一點淡酒，昨天晚上，他像個決心戒酒的人那樣，把那杯白蘭地慢慢地倒進了洛瑞先生的壁爐。

待他一覺醒來，又來到街上時，已經是晚上七點鐘了。他一路朝聖安東尼區走去，半路上在一家店鋪的櫥窗前站住，對著裡面的鏡子，整了整鬆開的領結和衣領，理了理蓬亂的頭髮，然後逕自朝德發日的酒店走去。

店裡恰好沒有什麼顧客，只有那個手指老是動著、聲音沙啞的雅克三號。此人是陪審團裡的，他見過。他正站在那小小的櫃檯旁喝酒，一邊和德發日夫婦聊天。復仇女也在一旁搭腔，就像是這家店裡的人員。

卡頓走進酒店，找了個位置坐下，有意用十分蹩腳的法語要了一小杯葡萄酒。德發日太太先是漫不經心地瞥了他一眼，接著認真朝他看了看，然後又將他仔仔細細地打量了一番，最後親自走到他跟前，問他要的是什麼。

他把剛才說的話又重說了一遍。

「是英國人？」德發日太太問道，探詢地揚起她那兩道黑眉毛。

卡頓看著他，彷彿就連這麼一個簡單的法國字，他也要老半天才聽懂似的。過了一會，他才用剛才那種濃重的外國腔回答說：「是的，太太，是的，我是英國人！」

德發日太太回至櫃檯那兒去取酒。卡頓拿起一張雅各賓黨的報紙，裝成非常費勁地讀著。這時，他聽到她在說：「我敢向你們起誓，他活像埃佛瑞蒙德！」

德發日給他送來了酒，並對他說了句「晚上好」。

「什麼？」

「晚上好！」

「哦！晚上好，公民，」他給自己的酒杯倒滿酒，「啊，好酒！爲共和國乾杯！」

德發日回到櫃檯旁，說：「的確有點像。」太太嚴厲地駁斥道：「我說是很像。」雅克三號勸解說：「因爲妳心裡老想著他，是吧，太太。」和藹可親的復仇女笑著加了一句．「是呀，我相信是這麼回事!妳正滿心喜歡地巴望著明天再見他一面哩！」

卡頓用食指慢慢點著報上的字，一字字，一行行讀著，臉上一副勤奮好學、全神貫注的樣子。那幾個人，胳臂支在櫃檯上，緊湊在一起悄聲議論著。有一會兒，他們都沒說話，扭頭朝他看著，沒有去打擾他聚精會神地讀那篇雅各賓報上的文章。接著，他們又繼續談了起來。

「太太說得對，」雅克三號說，「幹嘛停止?勁頭正足哩。幹嘛要停止？」

「好，好，」德發日說出理由，「可凡事總得有個完嘛。一句話，到底要到什麼時候才歇手呢？」

「直到斬盡殺絕。」太太說。

「好極了！」雅克三號聲音嘶啞地叫了起來。復仇女也大爲讚許。

「斬盡殺絕雖說是個好主意，我的太太，」德發日頗感爲難地說，「總的說來我並不反對，可這個醫生受苦太多。今天你們看見了，讀那份文件時，你們注意到他的臉色了吧。」

「我注意到他的臉色了！」，太太用輕蔑的口吻憤憤地說道，「是的，我注意到他的臉色了，我注意到那不是一個共和國真正朋友的臉色。讓他小心他的臉色吧！」

「妳也注意到他女兒悲痛的樣子了吧，我的太太，」德發日的口氣很像在求情，「這會使他更加痛苦萬分啊！」

「我也注意到他女兒的樣子了，」太太回答說，「是的，我也注意到他女兒的樣子了，而且不止一次。我今天注意她了，以前也注意過她。我不僅在法庭上注意到她，還在監獄旁的街道上注意過她。只消讓我舉起一個手指！」——她大概舉起了一個手指（那個聽著他談話的人，兩眼一直盯著報紙），然後「喀」的一聲，像柄刑斧般落下，劈在她面前的櫃檯邊上。

「我們這位女公民真是了不起！」那位陪審員聲音嘶啞地喊了起來。

「真是位天使！」復仇女說著擁抱了她。

「至於你，」接著，太太毫不留情地對丈夫說，「要是事情由你作主——幸虧不由你作主——哪怕到現在你也還想救他哩。」

「不！」德發日辯解說，「即使這事只需舉手之勞，我也不會去救他！不過，我會把事情做到這步就歇手的。我說，到此爲止吧。」

「那就聽好了，雅克，」德發日太太勃然大怒，說道，「還有你，也聽好了，我的小復仇女。你們倆都注意了！聽著！他們都是惡霸，壓迫者，犯有種種罪行，我早就把這個家族的罪行記在我的帳本上了，發誓要消滅他們，斬盡殺絕。問問我丈夫，是不是這樣？」

「是這樣。」沒等他們問，德發日就肯定了。

「在這偉大的時代開始，當巴士底監獄攻陷時，他找到今天讀的這份文件，帶回到家裡。到了半夜，顧客散盡，關上店門，我們就在這兒，就著這燈光，看了這份文件。問問他，是不是這樣？」

「是這樣。」德發日肯定說。

「那天晚上，當我們看完文件，燈油點盡，晨光從那些百葉窗和鐵窗柵中透進來時，我對他說，我有椿秘密要告訴他。問問他，是不是這樣？」

「是這樣。」德發日又肯定地說。

「我把這椿機密告訴了他。我雙手捶胸，就像現在這樣，對他說：『德發日，我是在海邊的漁民中長大的。醫生在巴士底獄寫的這份資料裡說的，那個給埃佛瑞蒙德兄弟害得家破人亡的農民家庭，就是我家！德發日，那個受了致命傷躺在地上的少年的姐姐，也是我的姐姐，她的丈夫是我的姐夫，那個沒出世的孩子是他倆的孩子，那兄弟是我的哥哥，那父親是我的父親，那些死去的全是我的親人。現在，爲這些向他們討還血債的責任，落在我身上了！』問問他，是不是這樣？」

「是這樣。」德發日再一次肯定。

「那你就對狂風和野火說去，該到哪兒爲止，」太太說，「別來跟我說！」

她這種怒不可遏、不共戴天的感情，讓她的兩個聽眾獲得了一種可怕的快感——在一旁偷聽的人用不著看就知道，她此刻的臉色一定鐵青——他倆都把她這種感情大大讚美了一番。德發日是個軟弱的少數派，他插了幾句，說別忘了侯爵那個富有同情心的妻子。可這只惹得他自己的妻子把剛才的話重說了一遍：「你對狂風和野火說去，該到哪兒爲止，別來跟我說！」

洛瑞先生一直等到十點，馬奈特醫生還是沒有來。他不想離開露西太久，商量後，決定先回去陪她，到午夜再回銀行。在這段時間裡，由卡頓獨自一人在火爐邊等候馬奈特醫生。

他等了又等，鐘敲十二點了，馬奈特醫生還是沒有來。洛瑞先生回來了，仍沒有醫生的音訊，也沒有帶來任何消息。他上哪兒去了呢？正當他們討論著這個問題，並因醫生遲遲未歸幾乎產生一線希望時，聽到了他上樓梯的聲音。他一進屋，屋裡的人就明白：一切都完了。

他是否真的去找過人，還是一直在街上徘徊，誰也無法知道。當他站在那兒呆呆地望著他們時，他們什麼也沒有問，他臉上的表情已告訴他們一切。

「我沒找到它，」他說，「我一定得找到它，它在哪兒呢？」

他光著頭，圍巾也不見了，說著，用孤立無助的眼神朝四周打量著，一邊脫下外衣，任它掉落在地板上。

「我的小板凳呢？我到處找我的小板凳，就是找不到。他們把我的活兒弄到哪兒去了？時間緊迫，那些鞋子我得趕緊做好的呀！」

卡頓和洛瑞先生面面相覷，心如死灰。

「好了，好了！」他可憐巴巴地嗚咽著，「讓我幹活吧！快把我的活兒還給我！」

見沒有回答，他就揪扯頭髮，使勁頓腳，像個撒潑的孩子。

「別再折磨我這個孤苦的可憐人了，」他大聲哭號著，苦苦哀求他們，「快把我的活兒還給我！今晚要是做不好那些鞋子，那可怎麼得了呀！」

完了，徹底完了！

這種慘絕人寰的景象使他倆感慨萬千，五內俱焚，但眼下不是流露這種感情的時候，他那孤苦無告的女兒，已經失去最後的希望和依靠，迫切地在向他們求助。於是，他們又不約而同地互相對望了一下，臉上的表情含著同一個意思。卡頓首先開口：

「最後的一線生機已沒有了，希望本來也就不大。是的，最好還是先把他送到她那兒去，不過，你走之前，是不是可以靜聽我說幾句？別問我爲什麼我要做這些安排，而且還要得到你的承諾。我自有我的道理──有著充分的理由。」

「這我不懷疑，」洛瑞先生說，「你說吧。」

醫生癱坐在他們之間的椅子上，不住地搖晃著，呻吟著。他們交談的聲音很輕，就像夜間在病床邊守護著病人時一樣。

卡頓彎下身子，從地上拾起那件幾乎纏住他腳的外衣。醫生一個平日帶著用來放工作日程表的小夾子，輕輕滑落到地板上。卡頓撿起一看，見裡面有一張折著的紙。「得打開看看！」他說，洛瑞先生也點頭同意。他打開一看，不由得喊了起來：「感謝上帝！」

「那是什麼？」洛瑞先生急切地問。

「等一等！這事讓我過一會再說。」他把手伸進自己外衣的口袋，掏出另一張紙來，「先看看，這是一張准許我出城的許可證。看看這，你看到了吧──西德尼·卡頓，英國人？」

洛瑞先生攤開紙，拿在手上，注視著他那張懇切的臉。

「代我把它保存到明天。你總還記得明天我要去看他。我還是別把它帶進監獄爲好。」

「爲什麼？」

「我也不知道。我不想帶著它。好，現在你把馬奈特醫生身上的這一份也拿著。這也是一張許可證，准許他和他的女兒，還有她的孩子隨時離城出境。你明白了嗎？」

「明白了！」

「可能這是他爲了防止不測，昨天才弄到的。簽發的日期是幾號？不過沒關係，用不著看了。把它和我的，還有你自己的許可證一起小心收好。現在請注意！在這之前一兩個小時，我從不懷疑他本該有，或者可以有這樣一份許可證。現在看來不行了。不過吊銷之前，這份許可證還是有用的，只是很快就要給吊銷了，我有理由相信，一定會給吊銷的。」

「他們不會有危險吧？」

「他們的處境很危險，很可能受到德發日太太的告發。我是聽她親口說的。今天晚上，我從旁聽到了那女人說的一些話，使我清楚地看到他們處境的危險。我沒有耽誤時間，在那以後，立即去見了那個密探。他證實了我的看法。他知道，監獄的大牆外住著一個鋸木工，完全受德發日夫婦控制。德發日太太一再教他，要他告發說曾親眼見她——卡頓從不提露西的名字——對犯人做手勢，打暗號。不難預料，這會成爲一個老一套的藉口：陰謀越獄，這將危及她的生命——也許還有她的孩子，她的父親的生命——因爲有人見到他倆都曾和她一起在那兒待過。別這麼害怕，你會把他們全都救出去的。」

「但願如此，卡頓！可我怎麼做呢？」

「我就告訴你。這事全靠你了，再沒有更好的人可依靠了。新的控告肯定要到明天以後才會進行，很可能得過兩三天，更可能是在一星期以後。你知道，凡是哀悼或者同情處死犯人的人，就是犯了死罪。她和她的父親無疑都會犯這條罪。而那個女人（她的那種頑固的偏見簡直無法描述）一定會等待時機，把這條新罪狀加到他們頭上，使自己的控告更有分量，更有把握。你聽懂我的話了嗎？」

「我正全神貫注地聽著哩，對你的話深信不疑，一時間，我甚至連眼前這件不幸的事都拋到一邊了。」說著，他碰了碰醫生的椅背。

「你有錢，可以弄到能以最快速度到達海岸的旅行工具。你不是幾天前就已做好回英國的準備了嗎？明天一早你就讓人備好馬，一到下午兩點就可以動身。」

「一定辦到！」

卡頓的態度那麼熱情洋溢，激動人心，洛瑞先生也受到感染，變得像年輕人一樣活躍快捷了。

「你是個心地高尚的人。我不是說過嗎，沒有比你更可靠的人了。今天晚上，你就去把你知道的情況告訴她，說她處境很危險，還牽連到她的孩子和她的父親。你一定得把這點給她說清楚，要不，她情願讓她美麗的頭和她丈夫的頭滾落在一起的。」

說到這裡，他顫抖了一下，然後才接著說，「為了她的孩子和父親，一定要勸她帶著他們，到那時必須和你一起離開巴黎。對她說，這是她丈夫的最後安排。告訴她，爲了要做出她不敢相信、不敢期望的事，關鍵在此一舉。即使處在眼前這種悲慘狀況，她父親也會聽她的。你說是嗎？」

「我相信是這樣。」

「我也這樣想。你悄悄地在院子裡把一切都安排妥當，就連你自己也要坐在馬車裡等著。等我一到，就拉我上車，馬上出發。」

「我想你是說，在任何情況下，我都得等你來？」

「你知道，我的許可證和其他人的許可證全在你手裡。給我留個座位。只等我的座位上有了人，就立即出發，去英國！」

「這麼說，」洛瑞先生抓住他急切但沉著堅定的手說，「這事不只靠我一個老頭子了，我身邊還有個熱心的年輕人幫著哩。」

「靠老天爺保佑，你會有的！你要鄭重地向我保證，不管發生什麼事，都不能改變我們現在約定的行動部署。」

「我保證不改變，卡頓。」

「明天千萬要記住我的這些話：改變行動部署，或者拖延——不管是出於什麼原因——就救不了人的命，而且還會犧牲許多人的生命。」

「我一定記住。我會忠實地盡我這份責任。」

「我也會盡我這份責任的。好了，再見啦！」

儘管他帶著誠懇莊重的笑容說了再見，甚至還吻了吻老人的手，但他並沒有立即離開。他幫著老人扶起那坐在已經熄滅的爐火前搖來擺去的醫生，替他穿上大衣，戴上帽子，哄他去找他一直唸叨著要找回來的凳子和活兒。

他走在老人的另一邊，一直把他護送到他住的那幢房子的院子裡，在那幢房子裡，有一顆受盡磨難的心——當年那個難忘的時刻，他曾多麼幸福地對它袒露過自己孤淒的心啊——正在這可怕的漫漫長夜裡受著煎熬。他走進院子，獨自在那兒逗留了一會，仰望著她房間窗口的燈光。他輕聲對著窗口作了祝福，說了聲「永別了」，便出門離去了。

13 五十二個

在巴黎裁判所陰森森的附屬監獄裡，當天被判死刑的人在等待著末日的到來。他們的數目正好和一年的周數相等，五十二個。第二天下午，這五十二個人將乘著這座城市的生命洪流，擁向無邊無際、亙古不變的大海。不等他們騰出牢房，新的房客已經選定；不等他們的鮮血匯入昨日的血流，明日將和他們的血流匯合的鮮血，就已經準備在一旁了。

查爾斯·達內從法庭上回到自己的單人牢房後，已經不抱任何聊以自慰的幻想了。在宣讀那份資料時，他已聽出，每一行都在判他有罪。他完全清楚，任何個人的威望都救不了他，實際上，他已被廣大群眾判了刑，少數幾個人要想救他也不可能了。

他先給露西寫了一封長信，向她說明他根本不知道她父親入獄的事，直到她對他說了才知道。在宣讀那份文件之前，他和她一樣，對自己的父親和叔父在為這樁慘案中應負的責任一無所知。

他已經向她解釋過，他所以對她隱瞞他那早已放棄的姓氏，是因為這是她父親在他們訂婚時提出的一個條件——其目的現在已很清楚——而且在他們結婚的那天早上，又再次要他作出保證，他懇求她，為了她的父親，千萬不要再去追根究底，去弄清究竟他父親是完全忘記了有這麼一份文件，還是聽了倫敦塔的故事曾使他一時想起過它，或者一直再沒有忘記（在多年前的那個星期天，在那棵可愛的梧桐樹下，曾說起過倫敦塔的故事）。假如他確實還記得這份文件，他也一定以爲它已經和巴士底監獄一起毀掉了，因爲在監獄中找到的囚犯遺物，早已公諸於世，從未提到其中有這麼一份文件。

他請求她——他又添上一句說，他知道這是不必多說的——安慰她的父親，用她能想出的一切委婉方法好好安慰他，讓他明白，他的確沒有做過任何需要自責的事；相反，爲了他倆的結合，他一向是克己忘我的。他向她表達了最後的感激、愛戀和祝福，希望她節哀，撫養好他倆的愛女。最後，他又要她安慰她的父親，說以後他們還會在天堂相聚的。

他又以同樣的口氣給她父親寫了一封信，但著重說的是他把自己的妻子和孩子託付給他的事。他對他說這事時，強烈希望他從對往事的沉緬中解脫出來，振作精神，他擔心他會陷於那種沮喪、危險的境地。

在寫給洛瑞先生的信中，拜託他照顧他們全家，並向他交代了一些具體事務。寫完這些，又加了許多表示感謝和友情的熱情話語。要寫的都寫了。他根本沒有想到卡頓。他腦裡想到的全是別的人，一次也沒有想到卡頓。

熄燈之前，他寫完了這些信。當他在草鋪上躺下時，覺得自己和這個世界的緣分已經了結了。

就這樣，他挨過了幾個小時，到了五十二顆人頭就要落地的這一天。此時，雖說他已經平靜多了，希望自己能懷著從容的英雄氣概去迎接死亡，可是一種新的思緒又活躍了起來，非常難以控制。

他來來回回地踱著，時光一小時一小時過去，時鐘一次又一次敲著，這些鐘點，以後他再也聽不到了。九點永遠過去了，十點永遠過去了，十一點永遠過去了，十二點也快要到來，快要過去了。他和那使他困惑的古怪思緒作了一番艱苦鬥爭，終於佔了上風。他踱來踱去，反反覆覆輕聲叨唸著親人們的名字。最險惡的一場戰鬥已經過去，現在，他可以擺脫那些令他苦惱的胡思亂想，來來回回踱著，爲自己祈禱，也爲親人們祈禱了。

十二點也永遠過去了。

已經有人通知他，那最後的時刻是三點。他知道，他們會提前把他押走，因爲笨重的囚車還要緩慢地在街上顛簸好一陣子。因此他決定以兩點爲界，在這之前，自己先振作起精神，以便在這之後可以去鼓勵別人。

他雙臂交叉抱在胸前，有節奏地來回踱著，這時的他，和以前在拉福斯監獄裡踱步的那個囚犯已經判若兩人。他聽見一點鐘敲響了，可心中並沒有引起任何震驚。這個鐘點也和其他鐘點一般長短。他衷心感謝上帝使他恢復了自制。「現在只有一個鐘頭了。」他心裡想，繼續踱起步來。

門外石砌過道上傳來腳步聲，他站住了。

鑰匙插進鎖孔，轉了一下。門還沒有打開，或許是正在打開時，他聽到有人用英語低聲說著：「他從沒在這兒見到過我，我一直躲著他。你自己進去吧，我在這附近等著。要快，別耽誤時間！」

門很快打開又關上了。面對面站在他跟前的，是西德尼·卡頓，他臉上閃著微笑，一言不發注視著他，一個手指放在嘴唇上，告誡他不要說話。

他的神情顯得那麼神采飛揚，引人注目，乍見之下，使達內幾疑是自己想像中出現的幻影。可是他說起話來了，這確實是他的聲音。他握住囚犯的手，這真的是和他在握手。

「在世界上所有人中，你最沒有想到會看見我吧？」他說。

「我簡直不能相信這會是你。到現在我還難以相信。你該不會——」他突然想到——「也是個犯人吧？」

「不是的。我碰巧有那麼點權力，能夠支配這兒的一個看守，所以我就進來看你了。我從她——從你妻子那兒來，親愛的達內。」

達內緊緊地握住他的手。

「我給你帶來了她的一個請求。」

「什麼請求？」

「一個最誠懇、最緊急、最重要的請求，是你最親切、最熟悉的聲音，以最感人的聲調向你提出的。」

達內把臉轉向了一邊。

「你已經沒有時間問我爲什麼帶來這個請求，這是怎麼回事；我也沒有時間來對你說明了。你必須按照她的要求做——脫下你的靴子，穿上我的這雙。」

牢房的牆邊有一把椅子，就在達內的身後。卡頓向前逼近，以閃電般的速度把他推在椅子上，自己則已脫掉靴子，赤腳站在他面前。

「快穿上我的靴子！雙手拿定，使勁穿。快！」

「卡頓，這地方是逃不出去的。絕對逃不出去。你這樣只是來陪死。你簡直是瘋了。」

「我要是叫你逃跑，那也許是瘋了。可我叫你逃跑了？假如我叫你逃出門去，你可以說我是瘋了，你儘管留在這兒。解下你的領帶，換上我這條，上衣也換一下。你快換，我來把你的束髮帶解掉，把你的頭髮弄得跟我的一樣散亂！」

他以驚人的速度，用超乎自然的意志和行動，強使達內換了所有這些東西。達內則像小孩般聽憑他的擺佈。

「卡頓，親愛的卡頓！你這是瘋了。這不會成功，決不會成功的。有人這麼試過，可都失敗了。我求你了，別以你的死來增加我的痛苦。」

「親愛的達內，我要你從這個門逃出去了嗎？要是我要你那麼做，你再拒絕吧。桌子上有筆墨紙張，你的手發不發抖，還能寫字嗎？」

「你進來時是好好的。」

「那你就再穩住手，把我口述的話寫下來。快，朋友，快！」

達內用手捂著不知所措的腦袋，在桌子前面坐了下來。卡頓的右手插在懷裡，緊挨他站著。

「完全照我說的寫。」

「寫給誰呢？」

「不寫給誰。」卡頓的右手仍插在懷裡。

「要寫日期嗎？」

「不用。」

每問一句，達內都抬頭看看卡頓。卡頓的右手插在懷裡，站在他身旁，眼睛朝下看著。

「如果你還記得，」卡頓口述道，「許久以前我們之間說過的話，那你看到這個馬上就會理解的。我知道你一定還記得那些話。照你的性格，你是不會忘記的。」

他正要從懷中抽出手來，恰逢達內在匆忙書寫中疑惑地抬起頭來，他急忙停住手，手裡緊捏著什麼東西。

「你寫完『不會忘記的』一句了嗎？」卡頓問。

「寫完了。你手裡拿的是武器？」

「不是，我沒有武器。」

「你手裡拿的是什麼？」

「你馬上就會知道的。寫下去，只有不多幾句話了。」他又繼續口述道，「我感謝上帝給了我這樣的機會，使我能證實自己說過的話。我這樣做，不值得惋惜，也不值得悲痛。」他一面口述著這幾句話，眼睛盯著寫字的人，一面輕緩地把手伸到他的臉孔近旁。

筆從達內的手中掉落到桌子上，他茫然地看看周圍。

「這是什麼氣味？」他問。

「氣味？」

「有什麼東西從我面前過去？」

「我沒覺出有什麼。這兒不可能有什麼東西。快拿起筆來，寫完它。快，快！」

好像記憶力已受到損害，神志也有些昏迷不清，達內費了好大的勁才集中起注意力。他仰望著卡頓，眼前一片朦朧，呼吸也和先前不一樣了，卡頓——他的手又插進懷裡——則目不轉睛地看著他。

「快，快！」

達內又俯身到紙上。

「如果不這樣，」卡頓的手又慢慢地悄悄伸下來了，「我就利用不上這個難得的機會了。如果不這樣，」他的手又伸到達內的面前，「我就得承擔更重更大的責任了。如果不這樣——」卡頓看到達內手上的筆在胡亂地畫出一些無法看懂的筆跡。

卡頓的手不再伸回到懷裡了。達內面帶責備的神情跳起身來，可是卡頓用右手緊緊地捂住他的鼻孔，左手抱住他的腰。達內虛弱無力地和前來替死的人抗爭了幾秒鐘，可是不到一分鐘，他便失去知覺，躺倒在地上了。

卡頓用那雙和他的心一樣忠誠於他的計畫的手，飛快地穿上達內脫下的衣服，把頭髮捋到腦後，用達內解下的束髮帶紮好頭髮，然後輕聲叫道：「進來，快進來！」那密探便閃了進來。

「你看見了吧？」卡頓單腿跪在不省人事的達內身旁，把那張寫好的紙放進他懷裡，然後抬頭看著密探說，「你要冒的風險很大嗎？」

「卡頓先生，」密探說著，輕輕地彈了一個響指，「這兒的工作很混亂，只要你遵守你答應過的全部條件，我冒的風險倒也不算很大。」

「你別怕。我到死都會遵守的。」

「卡頓先生，要讓五十二個一個不缺，你就只能這樣了。只要你能穿上這身衣服去頂數，我也就不怕了。」

「不用怕！上帝保佑！我很快就不能加害於你了，別的人也很快就要遠離這兒。好啦，快叫人來幫忙，把我抬上馬車。」

「把你？」密探緊張不安地問道。

「把他，跟我換了個的這個我。你還是從帶我進來的那個門出去嗎？」

「那當然。」

「你帶我進來時，我已經虛弱無力，昏昏沉沉，出去時就更加人事不省了。我受不了這最後的訣別。這是這兒常有的事，太經常了。現在，你的生命就掌握在你自己手裡。快！快叫人來幫忙！」

「你發誓不會出賣我嗎？」密探哆哆嗦嗦地問道，在最後關頭，他又遲疑起來。

「你呀，你！」卡頓頓著腳回答說，「我不是已經鄭重發過誓，這件事我做定了，現在你倒浪費起寶貴的時間來了！你要親自把他送到你知道的那個院子裡，親自把他放進馬車，親自把他交給洛瑞先生，親自告訴洛瑞先生不要給他吃解藥，只要有新鮮空氣就行，要洛瑞先生記住昨天晚上我說的話，以及昨天晚上他作出的保證，然後立即動身！」

密探出去了，於是卡頓在桌前坐了下來，雙手支著前額。不一會，密探就帶了兩個人進來。

「這是怎麼啦？」兩個中，一個看著倒在地上的人說，「見自己的朋友中了聖吉蘿亭彩票，就難過成這樣了？」

「要是這個貴族沒有中彩，一個真正愛國者的傷心程度，恐怕也不過如此吧。」另一個說。

他們抬起這個不省人事的人，把他放在門口他們帶來的擔架上，彎下身子準備把他抬走。

「時間快到了，埃佛瑞蒙德。」密探用警告的口吻說。

「我知道，」卡頓回答，「請你好好照料我的朋友。走吧。」

「好吧，伙計們，」巴塞德說，「把他抬起來，走！」

門關上了，留下卡頓獨自一人。他側耳細聽，想聽聽是否有懷疑或報警的聲息。什麼也沒有。只聽見轉動鑰匙，開關牢門以及遠處過道上的腳步聲，沒有驚呼聲，也沒有異常的雜沓聲。他的呼吸平靜了一些，就在桌旁坐了下來，繼續側耳聽著，直到時鐘敲了兩點。

這時，傳來了響動聲。他猜出這意味著什麼，但一點也不害怕。幾扇牢門接連打開了，最後輪到了他。一個看守手裡拿著張名單，朝裡張了張，只說了聲：「跟我走，埃佛瑞蒙德！」於是，他便跟著來到遠處一間又暗又大的屋子裡。

這是個陰沉沉的冬日，屋子裡漆黑一團，屋外也一片昏暗，他只能依稀分辨出那些給帶到這兒來的綁著胳臂的人。他們有的站著，有的坐著。有的哭號不止，不停走動。但大多數人都一言不發，一動不動，兩眼凝視著地面。

他站在一個昏暗的角落裡，五十二個人中，還有人陸續被帶了進來，其中一個走過他面前時突然站住，擁抱了他，像是認識他的。這使他大嚇一跳，生怕被人識破，幸虧那人馬上就走開了。過後不多一會，一個年輕女子從她坐著的地方站起，走過來和他說話。她身材瘦小，像個女孩，那張甜甜的瘦臉上沒有一絲血色，一對善於忍受的大眼睛睜得大大的。

「埃佛瑞蒙德公民，」說著，她用冰冷的手碰了碰他，「我是個窮苦的小裁縫，和你一起蹲過拉福斯監獄。」

他含糊其辭地回答說：「不錯。可我忘了他們控告妳什麼了。」

「搞陰謀。不過公正的老天爺清楚，我什麼罪也沒有，怎麼會呢?誰會來跟我這麼個可憐的小人物一起搞陰謀呢？」

她說話時那種淒慘的笑容，使他深爲感動，淚水不禁奪眶而出。

「我並不怕死，埃佛瑞蒙德公民，不過，我什麼壞事也沒有做。要是我死了，對這個要爲我們窮人做好事的共和國有好處，那我心甘情願。可我實在不明白，埃佛瑞蒙德公民，我死了對共和國會有什麼好處呢。我不過是個窮苦可憐的小人物呀！」

如果說在這個世界上，還有什麼人他要最後關心和安慰的話，那就是這個可憐的姑娘了。

「我聽說你給釋放了，埃佛瑞蒙德公民，我原先希望那是真的。」

「是真的。不過，我又給抓了回來，還判了死刑。」

「要是我和你同坐一輛車的話，埃佛瑞蒙德公民，你能讓我握著你的手嗎？我並不害怕，不過我又小又弱，握著你的手，能給我增添勇氣。」

她抬起那雙善於忍受的大眼睛，望著他的臉。他發現她的眼睛中突然出現疑惑的神情，接著是驚訝。他趕緊握住她那因勞累和飢餓而消瘦的年輕的手，放到自己的嘴唇上。

「你替他去死嗎？」她輕聲問道。

「也爲了他的妻子和孩子。噓！是的。」

「啊，能讓我握著你勇敢的手嗎，素不相識的人？」

「噓！好的，我可憐的小妹妹，直到最後。」

朝著監獄落下來的陰影，在午後的同一時刻，也在朝人群熙攘的城門口落下。一輛準備駛出巴黎城的馬車來到了關卡前，停下來接受檢查。

「來的是誰？車裡是些什麼人？證件！」

證件遞了出來，檢查人員查看著。

「亞歷山大・馬奈特。醫生。法國。是哪一個？」

這就是他。有人指了指這個神志不清、低聲嘟囔著甚麼的不能自理的老人。

「這位醫生公民看來是神經不正常了吧？是不是革命熱潮太高，他受不了啦？」

確實高得他受不了啦。

「哈！許多人都受不了啦。露西。他的女兒。法國人。是哪一個？」

這就是她。

「一看就知道是她。露西，是埃佛瑞蒙德的妻子，是嗎？」

是的。

「哈！埃佛瑞蒙德另有任用了。小露西，她的女兒。英國人。這是她吧？」

正是她。

「吻我一下，埃佛瑞蒙德的孩子。好，你吻了一個忠誠的共和派啦，這對你們家族可是件新鮮事，千萬別忘了！西德尼，卡頓。律師。英國人。是哪一個？」

他在這兒，躺在馬車的角落裡。有人朝他指了指。

「這個英國律師看樣子是昏過去了？」

希望他吸了新鮮空氣後就會醒過來。據說他本來身體就不太好，剛才和一個得罪了共和國的朋友訣別，傷心過度了。

「就爲這個？嗨，這算得了什麼！很多人因爲得罪了共和國，不得不把頭伸進吉蘿亭那個小窗子。賈維斯・洛瑞。銀行家，英國人。是哪一個？」

「我就是。我是最後一個了。」

剛才回答所有問題的，就是這個賈維斯・洛瑞。檢查時，他下了車，雙手扶著馬車門，站在那兒回答那一群當官的問話。

他們優哉游哉地在馬車旁踱著步子，又慢吞吞地爬上車廂，查看了車頂那不多的幾件行李。一些鄉下人圍在四周，有的還擠到車門邊，貪婪地朝裡張望。有位母親抱著個小孩，讓他朝馬車伸出小胳臂，想讓他摸一摸這個已到吉蘿亭那兒去的貴族的妻子。

「收好你們的證件，賈維斯・洛瑞，全都簽過字了。」

「可以走了嗎，公民？」

「可以走了。走吧，趕車的！一路順風！」

「向你們致敬，公民們！——這第一道險關總算通過了。」

賈維斯・洛瑞說這幾句話時，雙手合掌，仰望著上天。馬車裡有恐懼，有哭泣，還有那失去知覺的人的沉重呼吸。

風在我們後面狂奔，雲在我們後面飛騰，月亮在我們後面猛衝，整個狂野的黑夜在追趕我們。不過，除此之外，到現在爲止，還沒有別的什麼追上來。

14 編織到頭

在那五十二個人等著大限臨頭的時候，德發日太太正和復仇女，還有那位革命的陪審員雅克三號，在開一個不祥的秘密會議。這次，德發日太太和兩員大將商量問題的地點，不是在自己的酒店裡，而是在當過修路工的鋸木工的棚屋裡。鋸木工本人沒有正式參加會議，他只是像顆衛星般呆在一旁，問到他時才敢說話，徵求他意見時才敢開口。

「不過我們的德發日，」雅克三號說，「沒說的該是個好樣的共和派吧？呃？」

「在法國沒人比得上他。」愛說話的復仇女尖著嗓子嚷道。

「別嚷了，復仇女，」德發日太太說著，眉頭微微一皺，用手捂住她副手的嘴，「聽我說，我丈夫確實是個好樣的共和派，非常勇敢，爲共和國立過功，也得到它的信任。可是我丈夫也有他的弱點，軟弱到竟去憐憫那個醫生。」

「真可惜，」雅克三號嗓音沙啞地說，一面將信將疑地搖著頭，兇殘的手指摸著那張永遠飢渴的嘴，「這可就不像個好樣的公民了。這真是太可惜了。」

「總之一句話，」德發日太太出了一會兒神後說道，「在這件事情上，我信不過我丈夫。從昨天晚上起，我覺得，不但不能把我的詳細計畫告訴他，而且要是我不盡快動手，他說不定還會去通風報信，讓他們逃跑哩。」

「那可絕對不行，」雅克三號嗓音沙啞地嚷了起來，「一個也不許逃掉。就這樣，我們都還沒湊足半數哩。每天總得有那麼一百二十個才行。」

「總之一句話，」德發日太太繼續說，「我丈夫沒有我這樣的深仇大恨，定要把這家人斬盡殺絕；我也不像他那樣有舊情，對那個醫生心慈手軟。所以我一定得自己動手。過來，小公民。」

鋸木工怕她怕得要死，一向對她恭恭敬敬，服服貼貼。他把手舉到紅帽子跟前，走上前來。

「關於她向犯人發信號的事，小公民，」德發日太太厲聲說道，「你今天就能出庭作證嗎？」

「哎，哎，怎麼不能呢！」鋸木工大聲回答，「每天，不管刮風下雨，從兩點到四點，她總在那兒發信號。有時帶著那小東西。有時一個人。我全知道，沒錯。我親眼看見的。」

他邊說邊做著各種手勢，彷彿在模仿那些其實他從未見過的信號。

「明顯是要謀反，」雅克三號說，「這再清楚不過了！」

「陪審團方面不會有問題吧？」德發日太太問道，把眼睛轉向他，陰沉沉地笑了笑。

「親愛的女公民，相信愛國的陪審團吧，我可以替我的那些陪審團同事們打包票。」

「嗯，讓我想想，」德發日太太說著，又琢磨起來，「再想一想！爲了我丈夫，我是不是可以饒了那個醫生？我不知道該怎麼辦。要放過他嗎？」

「他的頭也可以湊個數，」雅克三號低聲提醒道，「我們的人頭真還不夠哩。放過他，我想怪可惜的。」

「我那次看見她時，他也跟她在一起發信號，」德發日太太肯定地說，「我不能說到一個不提另一人。再說，我也不能不作聲，把這個案子整個兒交給這個小公民。我也不是個沒用的證人嘛！」

復仇女和雅克三號爭先恐後地熱烈表示，她是一位最值得敬佩、最了不起的證人。小公民也不甘落後，吹捧她是天仙似的證人。

「讓他聽天由命吧，」德發日太太說，「不，我可不能饒了他！你們倆三點鐘有事，要去看今天處死的那批人——你呢？」

她問的是鋸木工。他急忙作了肯定的回答，並趁機表白了一番，說自己是個最熱誠的共和派。

「我也要上那兒，」太太說，「等完事以後——就定晚上八點吧——你們就上我那兒，來聖安東尼，我們要在我這個區，對這些人提出控告。」

德發日太太用手勢招呼陪審員和復仇女走近門邊，然後進一步向他們闡述了自己的看法：「她這時候一定在家裡等她丈夫的處死時刻。她一定很傷心難過。照她現在的思想情緒，一定會指責共和國的審判不公正。她對共和國的敵人一定充滿同情。我要上她那兒去一趟。」

「啊，妳真是個了不起的女人，真讓人敬佩！」雅克三號狂喜地喊了起來。「啊，我親愛的！」復仇女叫著擁抱了她。

「把我的編織活帶去，」德發日太太說著，把編織活交到她副手的手中，「在我平日坐的地方，給我佔個座位。把我常坐的椅子給我留著。現在就去吧，今天的人可能要比往常多。」

「樂意聽從頭兒的命令，」復仇女高興地說著，在她的頰上吻了一下，「妳不會遲到吧？」

「開場之前一定到。」

「還是在囚車到來之前到吧。妳可一定要趕到啊，我的靈魂！」復仇女在她背後喊道，因爲她已轉身走到街上，「要在囚車到來前趕到啊！」

德發日太太輕輕擺了擺手，表示她聽見了，一定會及時趕到。接著便踩著污泥，拐過監獄的牆角，走了。復仇女和雅克三號目送著她，對她那綽約的身姿、高尚的道德和超凡的天資讚嘆不已。

德發日太太粗劣的長袍中裹著的，就是這麼一副鐵石心腸。那長袍可真合身，她隨隨便便披在身上，模樣兒顯得頗爲古怪。粗布的紅帽子下露出的黑髮非常濃密。她懷裡藏著一支實彈手槍，腰間插了一把鋒利的匕首。她裝備著，邁著合乎她性格的堅定自信的步伐，以一種從小慣於赤腳裸腿走在棕色沙灘上的輕盈自在，快步沿大街走去。

此時此刻，洛瑞先生安排的馬車，正在等待它的最後一名乘客。昨天晚上，在安排這次旅行時，爲了是否帶普羅斯小姐同行的事，著實使洛瑞先生費了一番心思。他考慮不僅要避免馬車超載，更重要的是，要讓檢查馬車和乘客的時間減到最低限度，因爲他們是否能逃脫，可能就取決於這兒那兒省下來的幾分幾秒。

洛瑞先生考慮再三，決定讓隨時都可出城的普羅斯小姐和傑里在三點鐘時，乘坐當時最輕便的馬車出城。因爲沒有行李拖累，他倆很快就能趕上他們這輛馬車，而且還可以超過它，到前面的驛站預先雇好馬匹，這樣就可以在夜間寶貴的時間裡，大大方便馬車的行程。在這種時候，耽擱時間是最可怕的事。

普羅斯小姐覺得，這樣的安排，有可能讓她在這危急關頭真正盡一份力，高興得叫了起來。她和傑里目送那輛馬車起程，而且知道所羅門送來的是誰。他們提心吊膽地熬過了十來分鐘，現在正收拾停當準備隨後追去。就在這時，德發日太太正穿街過巷，一路走來，離這座寓所越來越近。要不是他倆還在裡邊商議，這兒早就空無一人了。

「你有什麼想法，克倫徹先生？」普羅斯小姐異常激動，幾乎連話都說不出來了，她站也不是，坐也不是，簡直不知道該怎麼活了，「我們別從這個院子裡出發，你看怎麼樣？今天已經從這個院子出去一輛車，再從這兒動身，可能會讓人起疑心的。」

「我的意見是，小姐，」克倫徹先生回答說，「妳說得完全對。再說，不論妳對不對，我都聽妳的。」

德發日太太還在穿街過巷，一路前來，離他們更近了。

「要是你先走一步，」普羅斯小姐說，「攔住車子不讓到這兒來，而在別的什麼地方等我，這樣是不是更好一些？」

克倫徹先生也認爲這樣更好。

「那你在哪兒等我呢？」普羅斯小姐問道。

克倫徹先生心亂如麻，只想得起聖堂柵欄門。

天哪！聖堂柵欄門遠在幾百里之外，而德發日太太已經近在眼前了。

「就在大教堂門口吧，」普羅斯小姐說，「在大教堂兩座塔樓之間的大門旁邊，你在那兒接我上車，好不好？」

「好的，小姐。」克倫徹先生答道。

「好，那就拿出男子漢的樣子來，」普羅斯小姐說，「馬上去驛站，照這去改動路線。」

想出了這麼個以防萬一的措施，而且正在付諸行動，普羅斯小姐大大鬆了一口氣。她感到有必要梳洗一下，整理一下外表，以免在街上引起旁人的注意。想到這裡。她又舒了一口氣。她看看錶，已經兩點二十分，不能再耽誤時間了，必須立刻做好準備。

獨自一個人待在這空蕩蕩的屋子裡，普羅斯小姐心亂如麻，非常害怕，總覺得有人在每扇敞開的門背後窺視她。她打來一盆冷水，開始洗起自己紅腫的眼睛來。她膽戰心驚，生怕順著臉流下來的水迷糊了眼睛，不時停下來朝四下裡張望，看看是不是有人在監視她。一次，在她停下來張望時，突然嚇得大叫一聲，往後直退，她看到屋子裡站著一個人。

臉盆掉在地上，摔破了，水流到了德發日太太的腳邊。這雙腳一路踩過灘灘血漬，跨著堅定的步伐，走到了這汪水的前面。

德發日太太冷冷地看著她，問道：「埃佛瑞蒙德的妻子在哪兒？」

普羅斯小姐猛然想到，門全開著，逃走的事會被發現。她的第一個行動就是去關門。屋子裡共有四扇門，她急忙都給關上，然後把守在露西房門前。

德發日太太輕蔑地看著她，但心裡也和普羅斯小姐想的一樣：她倆都是決一死戰的架勢。她看到面前是個精壯結實、身材挺拔的女人，仍像當年洛瑞先生看到的那個用壯實有力的手推他一掌的女人一樣。她很清楚，普羅斯小姐是這家人的忠實朋友；普羅斯小姐也很清楚，德發日太太是這家人不共戴天的敵人。

也許是隨後的一片死寂，也許是普羅斯小姐臉上的表情露出了什麼，也許是跟這兩者都無關的突然產生的疑惑，使德發日太太意識到，人已經走了。她飛快打開那三扇門，朝裡面張望了一下。

「這幾間屋子裡都亂七八糟的，看來剛匆匆忙忙收拾過東西，零碎物品滿地都是。妳身後那間屋子裡也不會有人吧！讓我看看。」

「休想！」普羅斯小姐說，她完全知道對方想要幹甚麼，就像德發日太太完全明白她的回答一樣。

「如果他們不在那間屋裡，那一定是跑了，現在還追得上，能把他們抓回來。」德發日太太自言自語地說。

「只要妳搞不清他們是不是在這間屋子裡，妳就拿不定主意該怎麼辦。」普羅斯小姐也自言自語地說，「要是我不讓妳知道，妳就別想知道。而且，不管妳知道也罷，不知道也罷，我只要能拖住妳，妳就休想離開這兒。」

德發日太太朝門口過來了。說時遲那時快，普羅斯小姐猛地撲上去抱住她的腰，緊緊箍住不放。德發日太太拚命掙扎、踢打，依然無法脫身。

普羅斯小姐懷著對醫生一家無限的愛——愛總是要比恨有力得多——緊緊抱住了她。在她們爭鬥中，她甚至把德發日太太抱離了地面。德發日太太的兩隻手朝她臉上又抓又打，可是普羅斯小姐低下頭，死死箍住她的腰，比一個溺水快死的人箍得還緊。

過不多久，德發日太太的手就停止了抓打，朝被箍住的腰間摸著。

「在我的胳臂底下壓著呢，」普羅斯小姐用憋住的聲音說，「妳休想把它拔出去。我比妳力氣大，這得感謝老天爺。我要這樣一直箍住妳，直到咱們倆有人昏倒或者死去爲止！」

德發日太太的手又往懷裡伸去。普羅斯小姐抬頭一看，看清了那是什麼傢伙，便一拳打去，打出了一道火光和一聲巨響，接著，便只剩下她一個人站在那兒——硝煙迷住了她的眼睛。

這只是一刹那的事，硝煙散盡，留下的是一片死寂。那個悍婦的靈魂，也像硝煙一樣，在空中飄走了，她的軀體則躺在地上，沒有一絲生氣。

普羅斯小姐先是一陣驚慌，接著便盡量遠離那個屍體，沒命地跑到樓下呼救，但毫無反應。幸好她想起這樣做，後果不堪設想，及時控制住了自己，回到樓上。

再走進那間屋子實在讓人害怕，可她還是進去了，甚至走到屍體旁邊，去拿了她非戴不可的帽子和一些別的東西。穿戴妥當後，她走出屋子，關好門，上了鎖，拔下鑰匙。隨後，她又在樓梯上坐了幾分鐘，喘了喘氣，哭了一會，然後站起身來，匆匆離去。

過橋的時候，她把房門的鑰匙扔到了河裡。她比她的保鏢早幾分鐘到達教堂門前。在那兒等待時，她心裡一直在想：萬一那把鑰匙碰巧給漁網撈起，萬一人家查出那把鑰匙是哪一家的，萬一房門被打開，發現了屍體，萬一她在城門口給扣住，被送進監獄，告她謀殺罪，那可怎麼辦呢！正當她這麼胡思亂想時，保鏢到了，把她接上馬車，疾馳而去。

「街上聲音嘈雜嗎？」她問他。

「跟往常一樣。」克倫徹先生回答說，對她的問題和她那副模樣感到意外。

「我聽不見，」普羅斯小姐說，「你在說什麼呀？」

克倫徹先生又把話重複了一遍，可是沒用，普羅斯小姐還是聽不見。

「那我就點點頭，」克倫徹先生想著，心裡感到奇怪，「不管怎麼說，她總該看得見吧。」

她確實看見了。

「現在街上聲音嘈雜嗎？」普羅斯小姐過了一會又問。

克倫徹先生又點點頭。

「我可什麼聲音也沒聽見。」

「才一個鐘頭就變成聾子了？」克倫徹先生怎麼也想不通，「她怎麼啦？」

「我只覺得，」普羅斯小姐說，「火光一閃，轟的一聲，在這以後，我就什麼也聽不見了。」

「但願她不會出什麼事吧！」克倫徹先生說著，越來越感到不安，「莫非她爲了壯膽，喝了點什麼？聽！那些可怕的囚車隆隆地過來了！妳能聽見嗎，小姐？」

「我什麼也聽不見，」普羅斯小姐看見他在對她說話，才說道，「啊，我的好人喲！先是轟的一聲巨響，接著便一點聲息也沒有了，一直就那麼靜靜的，什麼聲音都沒有。看來我這輩子是再也聽不到聲音了。」

「要是她連這隆隆的囚車聲都聽不見——它們已經快要到了，」克倫徹先生說著，回頭看了看，「我看她這輩子恐怕真的再也聽不見什麼了。」

她真的再也聽不見了。

15 足音永逝

囚車沿著巴黎的街道隆隆駛過，聲音沉重淒厲。六輛囚車給吉蘿亭女士送去這一天的美酒。古往今來，人類的想像力創造出無數貪得無厭、不知饜足的妖魔鬼怪，如今全都匯集於吉蘿亭一身了。

而在法蘭西，由於土壤各異、氣候萬變，還沒有一草一木，一根一葉，一枝一果，具備了比產生這種吉蘿亭恐怖更為有利的生長和成熟條件。用相似的大錘再一次把人性擊得走樣，人性肯定扭曲成同樣的畸形；再一次播下一樣是掠奪和壓迫的種子，結出的必然是相同品種的果實①。

六輛囚車沿著大街隆隆駛過。

坐在囚車裡的人，有的漠然地看著這一切，看著人生最後旅途的景象，有的則對生活和人世流露出戀戀不捨之情。有的垂頭喪氣地坐著，有的陷入沉默的絕望。還有的人十分注重自己的外表形象，他們用在戲院裡和圖畫中見過的那種目光，朝周圍的人群打量著。有幾個人在閉目沉思，也許想集中起紛亂的思緒。只有一個人，可憐巴巴地，瘋瘋癲癲地，嚇得精神已經崩潰，像喝醉了酒，唱著歌，還想跳舞。所有囚犯中，沒有一個想用表情或手勢喚起民眾的同情。

時鐘敲了三點。人群中犁出的那道深溝拐了個彎，到了目的地——刑場。被翻掀到兩邊的一排排面孔，這時都聚攏過來，跟著最後一輛囚車，來到吉蘿亭跟前。在吉蘿亭的前面，有一群婦女坐在椅子上，像在公園裡看游藝節目似的，一個個都忙著在編織。復仇女正站在最前排的一把椅子上，朝四下張望著尋找她的朋友。

「泰雷斯！」她尖叫喊道，「有誰看見她了？泰雷斯．德發日！」

「她以前總是到場的呀！」一個正在編織的姐妹說。

「是的，今天她一定會到場的。」復仇女氣呼呼地說，「泰雷斯！」

「再大聲點！」那女人提議說。

哎！再大聲點，復仇女，不管妳叫得多響，她都再也聽不見了。復仇女又提高嗓門喊了一聲，還加上一句粗話，可還是不見蹤影。派幾個女人四下去找她，看看她是不是在哪兒耽擱住了。不過，雖說這班女人都幹過可怕的事，但是不是願意跑那麼遠找她，卻是個問題。

「真倒楣！」復仇女叫著，急得在椅子上直跺腳，「囚車都到了！再過一會，埃佛瑞蒙德就要上斷頭臺，她卻不在這兒！瞧，她的編織活兒還在我手裡，給她留著的椅子也空著。我叫得心都煩了，真掃興！」

復仇女從椅子上跳下來時，囚車已經開始下人。聖吉蘿亭的侍者們已經穿戴就緒，準備停當。卡嚓！——一顆人頭給提了起來。剛才，當這顆人頭還能思索，還能講話時，這班埋頭編織的婦女連眼皮都沒朝它抬過一下。這時她們數了起來：一。

第二輛囚車也已下空，拉走，第三輛過來了。卡嚓！埋頭編織的婦女們依然無動於衷地忙著手中的活兒，口中數道：二。

那個被當作埃佛瑞蒙德的人下了車，女裁縫接著也被抱了下來。下車時，他一直沒有鬆開她那隻勤奮的手，仍照他原先答應過的那樣握著它。他體貼地有意讓她背對著那架呼呼地不斷起落的殺人機器。她望著他的臉，向他道謝。

「親愛的陌生人，要是沒有你，我一定不會這麼鎮靜，因爲我生來就是個可憐的小人物，膽小得很。要是沒有你，我也就不可能提高我的思想，想到那位被人處死的主，使我們今天在這兒還能懷著希望，感到安慰。我覺得，你是上天賜給我的。」

「妳也是上天賜給我的，」西德尼．卡頓說，「眼睛一直看著我，親愛的孩子，別的什麼都不要在意。」

「我一握住你的手，就什麼都不在意了。要是他們動作快，我把手鬆開時，也會什麼都不在意的。」

「他們的動作很快的。別怕！」

他倆站在迅速少下去的受難者中間，旁若無人地交談著。眼對著眼，嘴對著嘴，手拉著手，心連著心。這對萬物之母——大地——的兒女，原本天各一方，迥然有異，如今卻在冥冥之路上邂逅相遇，同歸故土，一起安息在大地母親的懷抱之中。

「勇敢高尚的朋友，能讓我最後問你一個問題嗎？我很無知，這件事總讓我不安——只是有點兒不安。」

「告訴我那是什麼事？」

「我有個表妹，像我一樣是個孤兒。她是我唯一的親人，我非常愛她，她比我小五歲，住在南方農村的一個農民家裡。貧窮使我們不得不分離，她對我的遭遇一點也不知道——因爲我不會寫信——再說，就是我會寫信，我該怎麼對她說啊！還是像現在這樣的好。」

「是的，是的，還是像現在這樣的好。」

「一路上，我一直在想，而且直到這時候，在我看著你那和善堅強、給了我這麼多支持的臉孔時，心裡還是在想：要是共和國真的能爲窮人辦好事，讓他們少挨餓，少受各種苦，那我表妹就會活得長一些，甚至還能活到老。」

「那又怎麼樣呢，我好心的妹妹？」

「要是那樣，」她那毫無怨艾、富有忍耐精神的眼睛裡噙滿了淚水，嘴唇微啓，顫抖著說，「你認爲，在你我都會受到庇護的那片樂土上等她，我會覺得時間長得難挨嗎？」

「不會的，我的孩子。那兒沒有時間，也不會有煩惱。」

「這就讓我放心了！我真無知，現在我可以吻你了嗎？時間到了嗎？」

「是的。」

她吻了他的嘴唇，他也吻了她。兩人莊嚴地互相祝福。當他鬆開她的手時，她那瘦小的手並沒有顫抖，她那富有忍耐精神的臉上，只有甜美而燦爛的堅貞。她先他一步而去——走了。編織的婦女們數道：二十二。

「耶穌說，復活在我，生命也在我。信我的人，雖然死了，也必復活。凡活著信我的人，必永遠不死。」

嗡嗡的人聲，無數張仰望的臉，外圍人群向前擠的腳步聲，一齊向前湧來，猶如捲來一股巨浪。剎那間，一切都逝去了。二十三。

那天晚上，全城到處都在談論他，說他是所有上吉蘿亭的人中，臉色最爲寧靜安詳的一個。許多人甚至認爲他神態莊嚴得有如先知。

在這之前不久，有一位非常著名的受難者——是個女人②，也死在這同一柄刑斧之下；就在這同一斷頭臺前，她曾要求允許她寫下當時的感受。如果西德尼・卡頓也有機會發表他的感想，而且能預卜未來，那他的話大概會是這樣的：

「我看到巴塞德、克萊、德發日、復仇女、那個陪審員，還有那法官等一大批從舊壓迫者的廢墟上興起的新壓迫者，在這冤冤相報的機器被廢除之前，一一被它消滅。我看到從這個深淵裡升起一座美麗的城市，一個卓越的民族。經過未來的悠悠歲月，在他們爭取眞正自由的鬥爭中，在他們的勝利和失敗裡，我看到前一個時代的罪惡，以及由它產生的這一個時代的罪惡，都逐漸受到懲罰，消亡殆盡。」

「我看到我爲之獻身的人們，在我再也見不到的英國，過著寧靜有益、富裕幸福的生活。我看到她懷抱一個以我名字命名的孩子。我也看到了她的父親。他老了，背駝了，但已恢復了健康；他無憂無慮，在自己的診所裡，全心全意地爲大家服務。我看到那位善良的老人，他們家多年來的老朋友，十年之後，他安然長逝，把所有遺產全給了他們。」

「我看到，在他們心中，在他們世世代代的子孫心中，我始終佔有神聖的一席之地。我看到她成了一位老太太，可每年的今天，她依然要爲我哭泣。我看到她和她丈夫走完了他們的人生旅程，並排躺在永久的安息之地。我知道，他倆彼此在對方的心中深受尊重，視爲神聖，可我在他們心目中，更受尊重，更爲神聖。」

「我看到她懷中那個以我名字命名的孩子長大成人，沿著我曾經走過的生活道路奮力攀登，我看到他取得了成功。他的輝煌成就，使我的名字大增光彩。我看到我在自己名字上留下的污點都已褪盡消失。我看到他成了一位傑出的公正的法官，備受人們尊敬。他帶了一個和我同名、長著我所熟悉的前額和金髮的男孩來到這兒——到那時，這兒的一切都變得非常美好，不再有今天諸多醜惡的絲毫痕跡——聽到他用溫柔發顫的聲音，給那男孩講述有關我的故事。」

「我現在做的，是我一生中做過的最好、最最好的事情；我即將得到的，是我一生中得到過的最安寧、最最安寧的休息。」

①作者認為法國大革命和封建專制一樣，對平民進行掠奪和壓迫，是對人性的又一次打擊和摧殘。這體現了狄更斯的思想所受的時代侷限。

②指羅蘭夫人（1754～1793），法國大革命時吉倫特派領袖之一，後被捕入獄，一七九三年十一月八日被處死。臨上斷頭臺前，她要求寫下自己的感受，未獲准許，於是她說出了一句名言：「自由啊，多少罪惡是假你的名義幹出來的！」

經典新版世界名著：29

雙城記【全新譯校】

作者：〔英〕狄更斯
譯者：宋兆霖
發行人：陳曉林
出版所：風雲時代出版股份有限公司
地址：10576台北市民生東路五段178號7樓之3
電話：(02) 2756-0949
傳真：(02) 2765-3799
執行主編：朱墨菲
美術設計：吳宗潔
行銷企劃：林安莉
業務總監：張瑋鳳

初版日期：2022年10月
ISBN：978-626-7153-32-1

風雲書網：http://www.eastbooks.com.tw
官方部落格：http://eastbooks.pixnet.net/blog
Facebook：http://www.facebook.com/h7560949
E-mail：h7560949@ms15.hinet.net
劃撥帳號：12043291
戶名：風雲時代出版股份有限公司

風雲發行所：33373桃園市龜山區公西村2鄰復興街304巷96號
電話：(03) 318-1378
傳真：(03) 318-1378
法律顧問：永然法律事務所 李永然律師
北辰著作權事務所 蕭雄淋律師

行政院新聞局局版台業字第3595號 營利事業統一編號22759935

定價：340元

國家圖書館出版品預行編目資料

雙城記 / 狄更斯(Charles Dickens)著；宋兆霖譯. -- 臺北市：風雲時代出版股份有限公司, 2022.08 面； 公分

譯自 :A tale of two cities.
ISBN 978-626-7153-32-1 (平裝)

873.57 111011384